Fantastic Oriental Heroes

무공총람

武功總覽

무공총람 4

임하 新무협 판타지 소설

초판 1쇄 찍은 날 § 2006년 3월 5일
초판 1쇄 펴낸 날 § 2006년 3월 15일

지은이 § 임하
펴낸이 § 서경석

편집장 § 문혜영
편집책임 § 최하나
편집 § 장상수 · 문정흠

펴낸곳 § 도서출판 청어람
등록번호 § 제1081-1-89호
등록일자 § 1999. 5. 31
어람번호 § 제2-0852호

주소 § 경기도 부천시 원미구 심곡1동 350-1 남성B/D 3F (우) 420-011
전화 § 032-656-4452 팩스 § 032-656-4453
http://www.chungeoram.com
E-mail § eoram99@chollian.net

ⓒ 임하, 2006

ISBN 89-251-0018-5 04810
ISBN 89-5831-911-9 (세트)

武功總覽
Fantastic Oriental Heroes
무공총람
|장소산이 가진 것|
4
임하 신무협 판타지 소설
도서출판
책벗람

목차

혼란스런 강호

이제 세상은 완연한 봄이었다. 산이며 들은 녹색으로 물들고 사람들의 복장은 화사해졌다. 겨울 동안 움츠렸던 사람들도 생기를 되찾고 새로운 한해를 준비하기에 여념이 없었다.

그러나 강호의 봄은 다가오기는커녕 점점 멀어지고 있었다. 소문으로만 돌던 마교의 부활을 무림맹에서 공식적으로 인정하였고, 그와 더불어 강북의 몇 개의 소문파가 자취를 감추었다. 강호의 사람들은 마교가 본격적인 활동을 시작하려 한다고 수군거렸다.

강호를 영도하는 대문파들은 무림맹을 중심으로 힘을 모아 마교와의 결전을 준비하려는 움직임을 보이기 시작했다. 그러나 이것은 어디까지나 힘있는 대문파들의 경우일 뿐이었다. 대부분의 중소문파들은 자기 자신을 지키는 것에 급급했다.

강북의 소문파인 기린문 역시 마찬가지였다. 기린문주 소군상은 곁

으로는 아무 걱정 없는 것 같은 표정을 하고 있었지만 속으로는 걱정
이 태산 같았다.

'이럴 줄 알았으면 그때 칠성방에서 하라는 대로 할걸.'

얼마 전 대방파인 칠성방의 사람이 찾아와 자기들 휘하로 들어오라
고 제안해 온 적이 있었다. 하지만 매년 수입의 절반을 바치라는 무리
한 요구에 단호하게 거절을 했는데, 지금에 와서 생각해 보니 그때 그
냥 속 편하게 밑으로 들어갈 것 그랬다는 생각이 들었다.

'뭔가 확실한 대책을 생각해야 하는데……'

고민해 보았지만 할 수 있는 일에는 한계가 있었다. 사실 힘없는 소
문파가 이번처럼 강호의 혼란기 때 할 수 있는 일은 뻔했다. 혼란이 가
라앉을 때까지 쥐 죽은 듯 조용히 지내고 있거나, 강한 문파의 휘하에
들어가는 것이었다.

그런데 문제는 마교의 부활이 지금까지와는 많이 다르다는 것이다.
마교, 아니, 꼭 마교가 아니더라도 무림 정복을 노리는 강대한 세력은
자신에게 위협적인 강력한 문파를 공격하는 것으로 자신의 존재를 만
천하에 알렸다.

하지만 이번은 다르다. 만만한 소문파들을 하나씩 없애며 조금씩 강
호를 긴장시키고 있었다. 무슨 속셈인지는 모르지만 먹이가 되는 소문
파 입장에서는 환장할 노릇이다.

'왜 대문파는 놔두고 약한 우리를 공격하느냐고!'

마교 교주가 눈앞에 있으면 한번 따지고 싶은 심정이었다. 이렇게
복잡한 생각에 불쌍한 소문파의 문주 소군상은 긴 한숨을 내쉬었다.

"문주님."

제자의 부르는 소리에 소군상은 상념에서 깨어났다.

“무슨 일이냐?”

“무림맹에서 사람이 왔습니다.”

“뭣이! 무림맹에서?”

불과 얼마 전까지만 해도 무림맹은 ‘그런 게 있었어?’ 라고 할 정도로 존재감이 없었지만, 현재는 상황이 판이하게 달랐다. 소군상은 즉시 대문으로 달려나갔다. 다섯 명의 붉은 띠를 머리에 맨 사람들이 그를 기다리고 있었다.

“어서 오십시오. 제가 기린문의 문주 소군상입니다.”

소군상의 인사에 다섯 명 중 기골이 장대한 남자가 나서서 고개를 숙였다.

“무림맹의 주작대를 맡고 있는 종남의 우경이라고 합니다.”

“우 대협이셨군요.”

주작대주 우경이라면 소군상도 소문을 들은 적이 있었다. 분명 무림맹주 남궁현의 신뢰를 한 몸에 받고 있는 인물이라고 했다. 젊은 나이에 무림맹의 사대 중 하나를 맡고 있다는 것만을 봐도 그의 무림맹에서의 위치를 짐작할 수 있는 일이다.

‘거물이 왔군!’

소군상은 속으로 놀라면서 우경 일행은 안으로 안내했다. 안채로 들어와 마주 앉자 그는 물었다.

“그런데 우 대협께서 누추한 기린문에 무슨 일이십니까?”

우경은 표정을 굳히며 입을 열었다.

“일주일 전 도절문이 멸문했습니다.”

“도절문이요?!”

소군상은 소스라치게 놀랐다. 도절문이라면 여기서 삼 일 거리에 있는 소문파이다. 결코 먼 거리가 아닌 것이다.

우경이 계속해서 말했다.

"이미 짐작하고 계시겠지요. 분명 마교도의 소행입니다. 저희 주작대는 계속해서 의미없는 학살을 저지르며, 문파들을 멸문시키는 마교의 무리를 쫓아 여기까지 오게 된 것입니다."

그 말인즉 문제의 마교 무리가 이 근처에 있다는 소리가 아닌가! 소군상의 안색이 창백하게 변했다.

"그, 그럼 어떡하지요?"

우경은 표정을 풀고 자신있게 대답했다.

"너무 걱정하실 필요 없습니다. 제 뒤에 계신 네 분은 모두 육대문파에서 파견된 뛰어난 고수들입니다. 마교의 무리들이 나타나면 우리에게 맡기시면 됩니다."

소군상은 조금 안심이 되긴 했지만 그렇다고 불안감이 사라지진 않았다. 사실 그는 마교가 뭔지 전혀 몰랐다. 마교란 것은 이미 오래전에 사라진 존재였기 때문에 그저 강호의 소문으로 들은 것이 전부였다.

문제는 그 강호의 소문이라는 것이 상당 부분 허황된 것이라는 점이다. 마신을 섬기며 사람을 산 제물로 바친다고도 하고, 인육을 먹고 집단으로 환각에 빠져 광란한다고도 했다. 상상만으로 부풀려진 소문은 사람들의 마음속에 있는 원초적인 공포심을 자극했다. 근본적으로 귀신을 무서워하는 것과 별반 차이가 없었다.

'어찌 됐든 없는 것보다는 낫겠지. 잘 대접해서 우리 문을 지킬 호법으로 이용해야겠다.'

소군상은 우경을 앞에 두고 웃으며 속으로 이런 결심을 하고는 말했다.

"여기까지 오시느라 피곤하겠군요. 일단 묵으실 거처부터 마련하겠습니다."

그런데 우경이 고개를 젓는 것이었다.

"아니, 그전에 확실히 해두고 싶은 것이 있군요."

"예? 무슨 일입니까?"

"이곳 기린문의 식솔은 전부 몇 명이고, 무공을 익힌 제자는 또 몇 명입니까?"

소군상은 어리둥절했다.

"그건 왜요?"

"마교의 무리들이 나타났을 시 싸우는 것은 우리가 하겠지만, 다수의 적이 사방에서 공격해 오면 우리 다섯만으로는 모든 방위를 다 막을 수는 없을 것입니다. 그렇게 되면 이 문파의 사람들이 많이 죽거나 다칠 위험이 있지요."

우경의 설명에 소군상은 걱정스런 표정이 되었다.

"그럼 어떡하죠?"

"때문에 마교의 무리를 공격하는 것은 우리들이 맡고, 수비는 귀문에서 책임져야 합니다. 무공을 모르는 사람은 한곳에 모으고, 무공을 아는 사람들이 그들을 지켜야지요. 그러기 위해서는 식솔이 몇이고, 제자가 몇인지 알아두어야 하지 않겠습니까."

듣고 보니 옳은 말이었다. 소군상은 고개를 끄덕였다.

"알겠습니다. 모두를 모아오지요."

그는 즉시 식솔과 제자들을 모두 모이도록 했다. 한 시진이 지나서야 앞마당에 삼십여 명의 사람들이 모였다. 그런데 모인 사람들이라고는 밥하다 왔는지 솥뚜껑을 든 아주머니, 농사짓다 온 쟁기를 든 농부, 하품을 쩍쩍 하는 한량 등등 무인다운 인간은 하나도 없고, 어딜 보나 촌민들뿐이었다.

"이게 답니까?"

우경의 질문에 소군상은 얼굴이 붉어졌다.

"그렇습니다."

사실 기린문은 문파 이름만 그럴듯했지, 시골에서 돈 몇 푼 받고 어설픈 수법 몇 개 가르쳐 주는 것이 전부인 삼류문파였다. 제자란 인간들도 하나같이 시골 촌민뿐으로, 그들이 무공을 익힌 이유는 건강과 호신뿐, 마교니 강호니 하는 것은 알 바 아니었다.

이런 문파는 현재 강호에 널리고 널렸다. 오십 년 전 소요유가 일으킨 정사대전에서 대부분의 사파가 정파에 의해 거의 싹쓸이를 당해 버렸다. 멸망한 그들 사파가 지배하던 지역들은 그대로 무주공산이 되어 버렸다. 호랑이가 없으면 여우가 날뛴다고, 덕분에 별 실력도 없는 사람들이 문파를 만들고 자리를 잡았던 것이다.

기린문을 세운 소군상의 조부도 마찬가지 경우였다. 강호의 낭인이던 그는 이곳에 날뛰던 산적들을 소탕하고 기린문을 세웠다. 일견 듣기에는 그럴듯하지만 산적의 정체는 화전민들이 일시적으로 업종 전환을 하여 무기 대신 곡괭이를 든 무리였고, 소군상의 조부도 본업은 약장수를 따라다니던 차력사였다.

"흐음."

우경은 모인 기린문 제자들을 하나하나 세심히 살폈다. 소군상은 우경이 제자들을 살필 때마다 창피하여 그만두라 말하고 싶었지만, 그의 비위를 상하게 할까 봐 참았다.

"무공은 그냥… 평범하군요."

형편없다고 말하지 않은 것만으로도 감지덕지하며 소군상은 고개를 숙였다.

"부끄러울 뿐입니다."

우경은 물었다.

"이분들은 평소 마을에 사시는 모양이군요. 그럼 문 안에는 몇 명이 삽니까?"

"저와 아내, 자식 둘이 전부입니다."

잠시 생각하던 우경은 소군상을 따로 구석으로 데려가서는 말했다.

"이런 말을 하기 죄송하지만, 솔직히 말해 문주님의 제자들은 있으면 도움은커녕 헛되이 목숨만 잃을 것입니다."

소군상도 동감이었다.

"옳으신 말씀입니다."

"그러니 차라리 없는 것으로 칩시다. 제자들은 마을로 돌려보내고 한 달 동안 무슨 일이 있어도 오지 말라고 하십시오. 문주님과 문주님의 가족은 저희들이 책임지고 보호하겠습니다."

"알겠습니다."

소군상은 우경이 시키는 대로 제자들에게 집으로 돌아가 생업에 종사하며 무슨 일이 터져도 한 달 동안은 절대 이곳으로 오지 말라고 했다. 영문을 모르는 제자들은 왜 그러냐고 묻다가 그냥 닥치고 시키는 대로 하라는 소군상의 윽박지름에 알겠다며 자기들 집으로 돌아갔다.

어느덧 밤이 깊어 소군상은 우경 일행을 기린문 안에 묵게 했다. 그는 우경 일행에게 잘 보이기 위해 자신이 쓰는 큰 방을 내주고, 자신은 가족들과 함께 작은 방을 쓰기로 했다. 그런데 여러 명이 작은 방을 쓰자니 좁아 불편하기도 하고, 혹시나 마교 무리가 쳐들어올까 겁이 나기도 해 좀처럼 잠이 오지 않았다.

그렇게 오지 않는 잠을 억지로 자기 위해 뒤척대고 있을 때였다. 누군가 문을 두 번 두드렸다.

쿵! 쿵!

"뉘시오?"

대답은 없었다. 잘못 들었나 보다 생각하고 잠들기 위해 노력하는데 다시 두드리는 소리가 들렸다.

쿵! 쿵!

"뉘시오?"

역시 대답이 없었다. 이상하다는 생각이 든 소군상은 자리에서 일어나 문을 열고 밖으로 나왔다. 밖은 조용할 뿐 아무것도 보이지 않았다.

"잘못 들었나?"

소군상은 방으로 들어가려고 했다. 그런데 그때 창고 쪽이 밝은 것을 발견했다. 의아해진 그는 창고 쪽으로 걸어갔다. 창고 창문으로 불빛이 새어 나오고 있었다.

'설마 도둑이?'

흠칫한 그는 조심조심 창고 쪽으로 다가가 창문 틈으로 안을 들여다보았다. 창고 안에는 놀랍게도 우경 일행이 있었다. 그들은 뭔가를 찾는 듯 창고 안을 마구 뒤지고 있었다.

"뭐 하고 계십니까?"

소군상은 멍청하게도 아무 생각 없이 물어보고 말았다. 그 말이 떨어지기가 무섭게 우경 일행의 시선이 소군상에게로 향했다. 그제야 뭔가 이상하다는 생각이 든 소군상은 어색하게 웃었다.

"무슨 일 있습니까?"

우경과 소군상의 시선이 마주쳤다. 우경은 굳어진 표정이었다가 소군상의 멍청한 얼굴을 보고는 표정을 풀고 웃으며 말했다.

"밤늦게 실례가 많습니다."

"별말씀을요."

우경은 말하면서 한 손을 뒤로 돌려 손짓했다. 동료 둘이 슬그머니 창고 문을 열고 나와 창문 밖에 서 있는 소군상에게로 다가갔다. 그사이 우경은 계속해서 소군상에게 말을 걸었다.

"실은 찾고 있는 물건이 있었습니다."

"아, 그러셨군요. 그럼 저에게 말하셨으면 제가 찾아드렸을 텐데."

"아니, 밤늦게 문주님을 깨우기 미안해서요."

"괜찮습니다. 그래, 찾고 계신 물건은 무엇입니까?"

우경은 돌연 씩 웃고는 대답했다.

"기린문이 마교의 분타라는 증거이지요."

"예?"

소군상은 무슨 소린지 이해가 안 가 멍청한 표정을 지었다. 그때 창고를 나온 우경의 동료 둘이 뒤에서 소군상의 양팔을 꽉 잡았다. 소군상은 당황했다.

"아니, 왜 이러십니까?"

우경이 싸늘하게 웃고는 말했다.

"정녕 모른단 말이냐?"

"전혀 모르겠소."

"네놈은 마교의 무리고, 이곳 기린문은 마교 분타가 아니더냐?"

소군상은 눈이 휘둥그레졌다.

"그게 무슨 뚱딴지같은 소리요?"

"순순히 말하시지. 이미 다 들켰으니까."

"난 무슨 소린지 하나도 모르겠소!"

우경의 동료가 눈살을 찌푸리며 말했다.

"정말 모르는 것 같은데요? 집안 어디에도 특별히 짚히는 물건도 없고 말이지요."

우경은 고개를 끄덕였다.

"그런 것 같군."

소군상은 안심하고 헤벌쭉 웃었다.

"무슨 일인지는 모르지만 오해가 풀리신 것 같아 다행이군요."

그러나 그의 웃음은 얼마가지 못했다. 우경이 신경질적으로 소리쳤기 때문이다.

"처넣어! 식구들하고 싹 없애 버려!"

소군상은 기가 막혀 휘둥그레진 눈으로 소리만 질러댔다.

"어? 어? 어! 어!"

우경의 동료 둘은 소리 지르는 소군상을 질질 끌고 그의 가족들이 자고 있는 방으로 들어갔다. 잠에서 깨어난 소군상의 가족들은 영문을 모르고 있다가 소군상이 우경의 동료 둘에게 끌려서 들어오자 당황했다.

"무슨 일입니까?"

소군상의 부인이 소리치려 했으나 우경의 동료 둘의 손이 더 빨랐다. 그들은 소군상과 가족들을 결박하여 방구석에 처박았다. 둘은 검을 뽑아 들고는 잔혹한 미소를 지으며 말했다.

"자, 그럼 한 사람 앞에 두 명씩 죽이는 거다."

소군상 가족들은 공포에 질려 벌벌 떨었다. 그런데 그때였다. 방문으로 한 인영이 뛰어들어 왔다.

"누구……."

우경의 동료들이 소리치며 검을 휘두르려 했으나 인영의 손이 더 빨랐다. 순식간에 둘은 검을 떨어뜨리며 쓰러졌다.

나타난 인영은 검은 복면을 한 자였다. 우경의 동료들은 쓰러뜨린 복면인은 소군상 가족을 풀어주었다. 소군상은 도대체 어떻게 돌아가는 상황인지 모르지만, 일단 구해준 복면인에게 감사 인사를 했다.

"뉘신지 모르지만 구해주셔서 감사합니다."

복면인은 고개를 끄덕이고는 말했다.

"일단 도망부터 치고 봅시다."

복면인과 소군상 가족은 밖으로 나와 보니 곳곳에서 불길이 올라오고 있었다. 우경 일당이 불을 지르고 있었던 것이다. 평생 살아온 터전이 불타는 모습에 소군상 가족들은 분노했지만 복면인이 말렸다.

"살아 있어야 재산도 있는 법입니다. 지금은 몸부터 피하는 것이 우선입니다."

맞는 말이라 생각했지만 이곳을 떠나면 당장 먹고살 길이 막막했다. 소군상은 잠시 생각하다 말했다.

"은인께서는 제 가족들을 데리고 일단 피해주십시오. 전 가져와야 할 것이 있습니다."

복면인은 웃고는 주머니를 내밀었다.

"이것 말입니까?"

주머니를 열어보자 그 안에는 소군상이 그동안 모아놓은 돈과 값나가는 물건이 들어 있었다. 소군상은 깜짝 놀랐다. 아무도 모르게 꼭꼭 숨겨놓은 것을 무슨 수로 찾았단 말인가?

"이걸 어떻게……?"

"제가 미리 챙겨놓았지요. 어서 갑시다. 좀 있으면 동료가 돌아오지 않는 것을 이상하게 여긴 그들이 이쪽으로 올 것입니다."

복면인과 소군상 가족들은 서둘러 걸음을 옮겼다. 어느 정도 거리까지 와서 뒤를 돌아보니 기린문은 완전히 불길에 휩싸여 있었다. 소군상은 지금껏 참고 있던 욕을 내뱉었다.

"무림맹에서 왔다기에 철썩같이 믿고 있었는데, 설마 강도 놈들이었을 줄이야! 개 같은 놈들!"

그런데 복면인이 고개를 젓고는 말했다.

"그자들이 무림맹 주작대 사람들인 것은 사실입니다."

"뭐라고요? 그럼 무림맹에서 강도 짓을 하고 있단 말입니까? 이런 쳐죽일 놈들 같으니!"

"이러고 있을 시간이 없습니다. 어서 도망치십시오."

우경과 그의 동료 둘이 불타는 기린문의 불빛을 뒤로하고 복면인과 소군상 가족들을 향해 달려오고 있었다. 복면인은 소군상 가족들에게 도망치라 하고 자신은 우경 일당의 앞을 막았다. 우경은 복면인이 자신의 동료 둘을 쓰러뜨린 장본인인 것을 짐작하고 소리쳐 물었다.

"네놈은 누구냐?!"

복면인은 반문했다.

"그러는 네놈은 누구냐?"

"나는 무림맹 주작대주이다. 감히 무림맹의 행사를 방해하다니 간이 크구나!"

복면인은 피식 웃었다.

"무림맹? 무림맹에서 언제부터 방화에 살인을 하게 되었지?"

우경은 물러서지 않고 대답했다.

"기린문은 마교와 결탁했다. 소군상 가족을 돕는 것은 네놈 역시 마교와 한패가 되는 것임을 아느냐?"

복면인은 웃음을 터뜨렸다.

"하하하! 잘도 가져다 붙이는구나. 네놈들 천명회는 남에게 누명 씌우는 재주가 갈수록 일취월장하니 처녀를 강간범으로 만들고, 갓난아기를 살인범으로 만들 날도 멀지 않았구나!"

우경의 표정이 딱딱하게 굳어졌다. 천명회의 이름을 알고 있다니!

"네놈은 누구냐?"

복면인은 살짝 고개를 숙이고는 대답했다.

"하늘의 명을 받고 선인인 척하는 악인들을 벌하러 온 사람이오."

더 이상 참을 수 없었다. 우경은 검을 뽑아 들고 복면인을 찔러갔다.

"죽어랏!"

복면인은 몸을 틀어 가볍게 피하고는 허리춤의 단봉을 꺼내 우경의 머리를 내려쳤다. 우경의 검과 복면인의 단봉이 허공에 난무하며 서로의 급소를 노렸다. 그사이 우경의 동료 둘이 양쪽에서 복면인을 공격했다.

복면인은 소리쳤다.

"역시나 겉으로는 착한 척하면서 비겁한 짓만 골라서 하니, 과연 천명회는 명불허전이오!"

우경이 대꾸했다.

“네놈들 같은 마교도를 잡는 데 강호의 도의를 따질 필요는 없다!”

복면인은 웃었다.

“하하, 역시 가져다 붙이는 데는 당할 수가 없습니다!”

말이 끝나기가 무섭게 양쪽에서 습격하던 우경의 동료 둘이 신음을 흘리며 뒤로 물러났다. 둘의 팔목에는 바늘이 하나씩 박혀 있었다.

복면인은 웃으며 말했다.

“이쪽 역시 당신 같은 위선자들을 상대할 때는 강호의 도의를 따질 수가 없지요.”

“큭!”

동료 둘이 부상을 입긴 했지만 우경은 조금도 기세를 줄이지 않고 공격해 갔다. 그의 주작대주란 직위는 단순히 무림맹주의 비위를 잘 맞추어 딴 것만은 아니었다. 그의 무공은 사문인 종남파에서 손꼽힐 만한 수준이었다. 복면인은 감탄하여 말했다.

“과연 천명회의 사람답게 실력이 훌륭하시군.”

그 순간 우경은 뭔가 이상하다는 것을 깨달았다. 상대는 진심으로 자신과 싸우고 있는 것이 아니었다.

‘아차!’

그제야 그는 깨달았다. 상대는 소군상 가족들이 도망칠 때까지 시간을 끌고 있었다. 그는 급히 두 동료에게 명령했다.

“소군상 가족들을 잡아라!”

“예!”

두 동료는 즉시 대답하고 달려가려 했다. 하지만 몇 걸음 가지 못해 앞으로 꼬꾸라졌는데, 둘의 발목에는 바늘이 박혀 있었다.

“허허, 날 두고 가면 섭섭하지 않소이까.”

복면인의 능글맞은 소리에 우경은 화가 폭발했다. 그는 참지 못하고 천명회에서 배운 비장의 살초를 꺼내놓았다.

"하압!"

눈부신 검광이 흩날리며 빛의 잔상이 복면인의 주위를 뒤덮었다. 우경은 승리를 확신하고 승리의 미소를 지었다. 그런데 그 순간 복면인이 뒤로 재주를 넘으며 허공에서 몇 번 방향을 바꾸더니 귀신같이 검광에서 빠져나오는 것이 아닌가?

"후, 제법이군!"

완전히 빠져나가는 것은 무리였는지 복면인의 가슴팍이 검에 의해 잘려져 피가 조금씩 흘러내리고 있었다. 복면인은 신음 섞인 목소리로 말했다.

"내가 방심했군. 안타깝지만 오늘은 이쯤하고 물러나기로 하지."

말이 끝나기가 무섭게 복면인은 경공을 펼쳐 달려갔다.

"거기 서라!"

우경이 소리치며 쫓아갔지만 복면인의 경공은 놀라워 시간이 갈수록 거리가 멀어져 갔다. 할 수 없이 우경은 추격을 포기했다.

'천명회를 알다니 도대체 어떤 놈이지? 마교의 무리인가?

잠시 후 우경은 소군상 가족들을 잡으려 했다. 그러나 흔적이 사라져 어디로 갔는지 종적을 알 수 없었다.

2

한편, 도망친 줄 알았던 복면인은 우경이 있는 근처에 숨어 있었다. 그는 우경 일당이 이동하는 것을 보며 가슴의 상처를 손가락으로 문질렀다. 피가 배어 나와 손가락에 달라붙었다.

"윽! 냄새~"

복면인이 복면을 벗자 장소산의 얼굴이 드러났다. 손가락에 묻은 피를 핥으며 그는 중얼거렸다.

"적당히 지는 척하는 것도 쉬운 일이 아니로군."

그는 주머니에서 닭다리를 꺼내 씹어 먹기 시작했다. 가슴에서 나오는 피는 그가 지금 먹고 있는 닭을 잡을 때 받아놓은 피였다.

장소산이 지켜보고 있다는 것을 꿈에도 짐작하지 못하는 우경은 두 동료의 몸에 박힌 바늘을 뽑고 금창약을 발라주었다. 잠시 후 먼저 장소산에게 당한 나머지 두 동료가 달려왔다. 우경은 다친 네 동료를 돌아보며 혀를 찼다.

"쳇!"

넷 모두 큰 부상은 아니었지만 다친 부위가 손목과 발목 등이라 이래서는 제대로 무공을 펼칠 수가 없었다.

"할 수 없군. 돌아갈 수밖에."

결정을 내린 우경은 동료들을 데리고 이동했다. 장소산은 일정 거리를 둔 채 뒤를 따랐다. 번화한 마을에 도착하자 우경 일행은 객점에 묵었다.

밤새 이런저런 일로 피곤했던 우경 일행은 객점에 들어가자마자 방으로 들어가 곯아떨어졌다. 장소산은 그들이 당분간 일어날 것 같지 않자 마을에서 필요한 물건들을 구입하여 행상으로 변장하고는 객점으로 돌아와 우경 일행의 바로 옆방을 잡았다.

객점은 벽이 부실하여 귀를 대면 옆방에서 나는 소리를 그대로 들을 수 있었다. 장소산은 침상에 누워 벽에 귀를 가져다 댔다. 간간이 코고는 소리만이 들릴 뿐 옆방은 조용했다.

"하암~"

하품을 한 장소산은 자신도 밤을 샌 것을 떠올리고 잠시 눈을 붙였다. 반 시진 정도 얕은 잠에 빠져 있던 그는 옆방에서 들려오는 목소리에 정신이 들었다.

"역시 그놈은 마교에서 온 자겠지요?"

동료의 질문에 우경이 대답했다.

"그렇겠지. 그렇지 않고서야 우리 무림맹의 일을 대놓고 방해할 놈이 어디 있겠나?"

"그렇다면 이번에는 제대로 짚은 것이 아닐까요? 기린문이 마교의 지부라면 맹에 연락하여 기린문과 관계된 자를 모조리 잡아들여야 하는 것 아닙니까?"

우경은 고개를 저었다.

"아니, 그건 아닐 거야. 마교인의 무공이 그렇게 형편없을 리는 없을 것 아니냐? 그렇게 얼빠진 놈이 마교도라면 우리 무림맹이 걱정할 필요가 전혀 없지."

동료가 물었다.

"그런데 그 복면인이 말한 천명회라는 것은 무엇입니까?"

우경은 인상을 쓰며 대답했다.

"무림맹의 장로 분들이 모여 만든 강호를 걱정하는 모임이다. 자세한 것은 알 필요 없다."

그의 표정이 좋지 않자 괜히 물었다고 생각한 우경의 동료는 얼른 고개를 끄덕였다.

"알겠습니다."

몰래 듣고 있던 장소산은 뭔가 좀 이상하다는 것을 느꼈다. 말로는 동료라고 하면서 우경과 동료들 간의 대화는 명확한 주종 관계를 느끼게 했다.

'아무리 대주와 대원들 사이라지만……'

일반 방파에서는 상하 주종 관계가 명확하지만 육대문파나 무림맹 같은 경우는 그렇게 될 수가 없다.

육대문파는 제자 구성원들의 관계가 사제 간을 중심으로 만들어진다. 사백, 사숙이 웃어르신이긴 하지만 상관이 될 수는 없다. 무림맹 역시 이 육대문파를 기본으로 구성되어 있기 때문에 인물들 간의 관계가 다를 수가 없다.

지금 무림맹에 속해 있다고 해도 그것은 임시로 사문의 명을 받고 들어와 일하고 있는 것일 뿐, 본인은 어디까지나 사문의 소속인 것이다. 아무리 상대가 대주라 해도 나이대가 비슷하면 무림맹 밖에서는 동등한 입장, 아무리 상관이라도 함부로 대하면 자신뿐 아니라 사문까지 모욕한다며 칼부림이 날 수도 있다.

'게다가 종남파는 전통있는 문파이긴 하지만 육대문파에는 속하지 못한다. 육대문파에 속한 무당이나 아미의 제자가 종남파의 우경이 막 말하는데, 아무 소리도 못한다는 것은……'

생각해 보니 육대문파의 제자라는 네 명의 무공은 장소산이 한 수로 제압할 수 있을 정도로 별 볼일 없었다. 강호가 평안했던 예전이라면 모를까, 마교와의 싸움이 임박한 시기에 육대문파에서 형편없는 제자를 파견하여 무림맹의 사대 중 하나에 소속시켰다고 생각할 수는 없다.

'자세히 살펴볼 필요가 있겠군.'

다음날 우경 일행은 객점을 나와 길을 떠났다. 장소산 역시 거리를 두고 뒤를 따랐다. 며칠을 아무 일 없이 여행하고 있는 그들의 앞에 한 무리의 일행이 나타났다.

"표국인가?"

세 대의 마차와 오십여 명의 무리가 이동하고 있었다. 마차에는 '남원표국'이라고 써진 깃발이 펄럭였다. 표국의 후위에 선 말을 탄 표두가 우경 일행에게 다가와 말을 걸었다.

"어디서 오신 분들이십니까?"

무인으로 보이는 자들이 나타나자 알아보려고 온 것이었다. 우경은 정중히 포권하고는 대답했다.

"무림맹 주작대 소속이오."

"무림맹 분들이셨군요."

표두는 놀라워하며 인사를 하고는 무리로 달려갔다. 잠시 후, 중년의 남자가 표두와 함께 와서 인사했다.

"남원표국의 총표두인 원상지라 하오."

"총표두께서 직접 나서셨군요. 전 종남의 우경이라고 합니다."

"최근 명성이 크게 떨치시는 주작대주셨군요. 만나 뵙게 되어 영광입니다."

우경 일행은 표국 사람들과 합류했다. 원상지는 옆의 표두에게 말을 내주게 하여 우경과 나란히 말을 타며 이야기를 나누었다.

"사실 평소라면 내가 나서지 않지만, 최근 강호가 뒤숭숭해서 할 수 없이 나서게 되었소."

원상지의 말에 우경은 고개를 끄덕였다.

"고생이 많으시군요."

"뭐, 그렇긴 하지만 대신 장사도 호황이라오. 중소문파들이 마교란 말에 몸을 사리는 통에 도적들이 많아져 일거리가 많이 늘었지. 그런데 어디까지 가시오?"

"무림맹으로 돌아가는 길입니다."

"그럼 며칠간은 길이 같구려. 이왕 이렇게 된 것 동행하도록 합시다."

우경이 고개를 끄덕이자 원상지는 크게 웃었다.

"무림맹 주작대주가 함께하니 당분간 도적 걱정은 없겠군!"

듣기 좋으라고 하는 소린 줄은 알지만 칭찬을 들으니 우경은 기분이 좋아졌다.

"총표두님이 계시니 도적이 나와도 제 몫이 있겠습니까."

"하하, 너무 띄우지 마시오. 어지럽소."

둘은 금세 친해졌다. 이날 일행은 한 객점에 도착하여 여장을 풀었고, 원상지는 우경 일행의 숙박 비용까지 대신 내주었다.

"우리 표국 보표를 해주시니 당연히 경비는 우리가 내야지."

그 모습을 보고 장소산은 속으로 말했다.

'보표 좋아하네. 강도당하지나 않게 조심하시오.'

현재 장소산은 표국 일행에 섞여 있는 중이었다. 오십여 명의 남원 표국 일행 중에 절반 정도는 일반 사람으로, 표국 사람과는 관계가 없었다. 그들은 표국과 함께 움직이는 편이 안전하니까 같이 따라 움직이는 것뿐이었다. 이들 중에는 행상들이 많았기에 행상으로 변장하고 있는 장소산은 전혀 눈에 뜨이지 않았다.

그렇게 장소산이 사람들 중에 섞여서 훔쳐보니 우경 일행 네 명의 눈치가 심상치 않았다. 표국의 마차를 보며 수군거리지를 않나, 뭐가 들었냐고 표국 사람들에게 물어보기까지 했다.

'얼레, 저 녀석들 진짜 강도질하려고 그러나?'

의심이 든 장소산은 더욱 면밀히 그들을 지켜보았다. 그들은 자기들끼리 의논을 하고 결정을 보았는지 우경의 방으로 가서는 말을 꺼냈다.

"마차에는 향주의 성주가 수도의 고관들에게 보내는 선물이 들어 있다고 하더군요."

우경은 일행을 쳐다보며 물었다.

"그래서?"

"분명 엄청난 귀금속이 있을 겁니다. 그러니 우리가 손을 쓰는 것이 어떻습니까?"

우경은 눈살을 찌푸리고는 거절했다.

"우리는 강도가 아니다."

그럼 지금까지 우리가 한 짓은 뭐냐고 속으로 중얼거리며 우경의 동료는 말했다.

"뭐, 어떻습니까. 지금까지처럼 마교의 짓이라고 하면 되지 않습니까."

"그 문제와 이 문제는 다르다. 그리고 무엇보다 너희들의 부상도 다 낫지 않았잖아."

"그건 문제없습니다. 총표두가 대주님을 철석같이 믿고 있지 않습니까. 술에다 미혼약을 타서는……."

"헛수작 말고 닥치고 잠이나 자라."

"그러지 말고……."

"닥치라고 했잖아!"

우경은 말을 하던 동료를 발로 차버렸다. 그는 살기등등한 표정으로 동료들을 노려보았다.

"네놈들은 강호의 쓰레기들이다. 그런 너희들을 내가 거두어 무공을 가르치고 어엿한 무림맹의 대원으로 만들었다. 지금의 너희들이 있는 게 다 누구 덕분이지?"

네 동료는 벌벌 떨며 대답했다.

"대주님 덕분입니다."

"그래, 맞다. 너희들을 대신할 녀석들은 얼마든지 있다. 너희는 내가 시키는 대로 하기만 하면 돼. 다신 쓸데없이 나서지 마라. 그땐 죽여 버릴 테니……."

"죄, 죄송합니다."

"나가!"

"예!"

네 동료는 황급히 도망치듯 방을 나갔다. 숨어서 듣고 있던 장소산은 웃으며 고개를 끄덕였다.

'과연 그렇게 된 것이로군.'

역시나 우경의 동료들은 육대문파 제자들이 아니었다.

'하긴 육대문파 제자들을 데리고 마교 행세를 하며 소문파를 멸문시키는 짓을 하다가는 금세 육대문파 장문인들의 귀에 들어가겠지. 아직 천명회는 무림맹을 장악하지 못한 모양이로군.'

그 후에도 여행은 계속되었다. 우경 일행은 표국 일행과 며칠간 함께 이동하다 길이 달라지자 헤어졌다. 길을 서두르는 우경 일행은 돌아가는 평탄한 길보다 빠른 험난한 길을 주로 택했다. 덕분에 다친 몸으로 따라가는 우경의 동료들은 죽을 맛이었다.

"대주님, 좀 쉬었다 가지요. 이러다간 다친 상처가 다시 터지겠습니다."

"엄살 부리지 마라."

"엄살 아닙니다. 다친 부위가 욱신거린다고요."

우경이 돌아보니 동료들의 얼굴에 땀이 뻘뻘 흐르고 있었다.

"할 수 없군. 다음에 쉴 곳이 나오면 그때 쉰다."

"예."

다행히 얼마가지 않아 낡은 객점이 하나 나타났다. 우경 일행은 좋아하며 객점으로 들어가자 점원이 즉시 달려와 넙죽 절하고는 물었다.

"어서 오십시오. 뭘 드릴깝쇼?"

우경이 주문했다.

"빨리 되는 간단한 것으로 가져와라."

"술은 필요없으십니까?"

동료들의 간절한 표정을 우경은 무시했다.

"필요없어."

"그럼 국수 다섯으로 되겠습니까?"

"그래."

잠시 후 국수가 나왔다. 예상했던 것보다 맛이 있어 우경 일행은 그릇을 깨끗이 비웠다. 그리고…

"여기 계산……."

말을 끝내지 못하고 우경 일행 다섯은 탁자에 머리를 박고 정신을 잃고 말았다. 여기는 사실 강도 소굴이었던 것이다. 객점의 강도들은 우경 일행이 쓰러지자 신바람을 내며 품을 뒤져 돈과 무기, 값진 물건들을 꺼냈다. 그런데 꺼낸 물건 중에서 금테가 둘러진 나무 패를 발견한 순간 표정이 굳어졌다.

"이 녀석들, 무림맹 소속인가 본데?"

"윽! 이거 잘못 건드린 것 아냐?"

두목으로 보이는 자가 웃으며 말했다.

"괜찮아, 죽여 묻어버리면 무림맹이든 마교든 지들이 무슨 수로 알겠어?"

3

객점 밖에 숨어서 상황을 살피던 장소산은 어이가 없었다. 마교를 사칭하여 소문파를 멸문시키던 악당들이 여행자를 노리는 악당들에게 당해 죽게 생겼으니…….

"참으로 무서운 세상이로고. 여기저기 강도가 판치는구나!"

장소산은 일이 이상하게 되었다고 생각했다. 예상하지 못한 사태로 일이 틀어져 버린 것이다.

원래 그의 계획은 이대로 우경 일행을 따라가 다른 천명회의 인물과 접선하는 것을 조사한다는 것이었다. 그래서 닭 피까지 가슴에 발라가며 일부러 지는 척까지 한 것인데, 이대로 우경 일행이 죽어 땅에 묻혀 버린다면 지금까지의 노력이 헛수고가 되는 것이 아닌가?

'이렇게 되면 별수없이 저놈들을 구해줘야 하겠군.'

기가 막힌 일이 아닐 수 없어 장소산의 표정이 뭐 씹은 것처럼 구겨졌다. 어쩌다 적을 구해줘야 하는 신세가 됐단 말인가?

"에휴~ 어쩔 수 없지."

일단 구해주기로 결정을 내렸지만 문제는 아직도 남아 있었다. 어떻게 그들을 구한단 말인가?

물론 객점 안의 강도들을 해치우는 것은 일도 아니다. 문제는 구해준 다음에 우경 일행이 '은인께선 누구십니까?' 라고 물으면 '니 적인데 정정당당히 싸우기 위해 구해줬다' 라고 할 수는 없다는 것이다.

'다른 사람 행세를 하려고 해도 만약 내 얼굴을 알고 있으면 소용없고, 수초처럼 완벽히 딴 사람으로 변장하는 재주도 없으니……'

장소산은 어떻게 하면 의심받지 않고 자연스럽게 우경 일행을 구해낼 수 있을까 고심했다. 그런데 상황은 그가 차분히 생각할 겨를을 주지 않았다. 객점의 강도들이 곧바로 무기를 치켜든 것이다.

"깨어나면 곤란하니 빨리 죽여 버리자."

이렇게 되니 이것저것 따질 때가 아니었다. 장소산은 급히 객점 안으로 뛰어들었다. 객점 안의 강도들은 갑자기 뛰어든 장소산에 놀라 무기를 뽑아 들었다.

"누구냐?!"

대답 대신 장소산의 주먹이 날아들었다. 강도들은 변변한 저항도 못해보고 그의 주먹 앞에 쓰러졌다.

"이제 어쩐다?"

강도들을 처리한 장소산은 눈앞에 쓰러져 있는 우경 일행 다섯, 강도 넷, 총 아홉 명의 악당을 내려다보며 고민에 빠졌다.

"아, 이렇게 한번 해볼까?"

한 가지 생각이 떠오른 그는 나무를 구해 단도로 깎았다. 잠시 후 완성된 것은 여우 가면이었다.

‘이걸 쓰고 내가 유자건인처럼 꾸며서 구해준 것으로 한다. 잘하면 천명회의 중요한 정보를 얻을 수 있을지도 모르지.’

진짜 유자건이 쓴 것과는 미묘하게 좀 다른 모습으로 완성되었지만 장소산의 기억력과 손재주의 한계라 어쩔 수 없었다. 만든 가면을 이리저리 살펴본 장소산은 이게 통할까 조금 걱정이 되었지만 일단 밀고 나가보기로 했다.

“정 안 되면 마는 거지 뭐.”

우경은 정신이 들었다. 주변을 둘러보니 어두운 지하실 안이었고, 네 동료도 자신의 옆에 묶여 있었다. 이게 어찌 된 일인가 처음에는 영문을 몰랐지만 잠시 생각해 보니 곧 감이 잡혔다.

“큭, 흑점이었구나!”

한심하게 강도 따위에게 당하다니! 방심을 뼈저리게 후회한 그는 어떻게든 도망칠 궁리를 했다. 그런데 그때 문이 열리며 한 사람이 걸어 내려왔다.

“정신을 차렸나 보군.”

점원 행세를 하던 강도였다. 우경은 이를 갈며 물었다.

“내가 누군지 알고도 이런 짓을 하는 것이냐?”

“넌 이제 죽은 목숨이다.”

“무림맹에서 알면…….”

“각오는 되었느냐?”

우경은 화가 났다.

“내 말을 들어!”

“죽어라!”

강도는 칼을 들더니 우경을 향해 치켜들었다. 우경은 이제 꼼짝없이 죽었구나 생각하고 눈을 질끈 감았다. 그런데 기다려도 아무 일도 일어나지 않았다. 이상하다는 생각이 들어 눈을 떠보니 강도는 칼을 든 자세 그대로 멈춰 있었다.

"너 뭐 하냐?"

강도는 우경의 질문을 여전히 무시한 채 그 자세 그대로 서 있었다. 자꾸 뒤를 흘금거리는 것이 뭔가 기다리고 있는 것 같았다. 우경이 의아해하고 있는데, 그때 갑자기 위가 소란스러워졌다.

"누, 누구냐?!"

"아아악!"

"나 죽었다!"

문이 열리며 한 사람이 뛰어들어 왔다. 칼을 들고 있던 강도가 급히 그에게 휘둘렀지만, 그자는 간단히 피하고 장을 날렸다.

"커억!"

비명을 지르며 강도는 쓰러졌다. 우경은 놀라서 물었다.

"누, 누구요?"

"나, 자건일세."

그 말을 듣고 보니 여우 가면을 쓰고 있었다. 사실 장소산이었지만 눈치채지 못한 우경은 기뻐하며 소리쳤다.

"구해주러 오셨군요."

장소산은 최대한 유자건의 말투를 흉내 내어 말했다.

"여기서 이렇게 만날 줄은 몰랐네. 천명회의 인물이 이깟 강도 따위에게 당하다니 부끄럽지 않은가."

우경은 고개를 숙였다.

"면목없습니다."

"뭐, 그건 그렇다 치고 하던 일은 잘되었나?"

"모두 다섯 개의 문파를 없앴습니다. 하지만 그중에 마교의 지부는 없었습니다."

"그것 실망이군."

장소산은 말하며 속으로 생각했다.

'이 녀석들, 설죽산장 같은 무명회의 지부를 찾고 있었던 것이로구나. 못 찾아도 멸문시키고 마교의 짓으로 꾸미니 일석이조의 작전이로군.'

우경이 급히 말을 이었다.

"하지만 성과가 전혀 없었던 것은 아닙니다. 마지막으로 목표로 삼은 기린문을 공격할 때 의문의 복면인이 공격해 왔습니다. 아마도 마교의 고수가 아닐까 합니다. 우리의 도발에 마침내 마교에서 본격적으로 움직이기 시작한 것 같습니다."

"음, 그렇군."

장소산은 몇 가지 더 묻고 싶었지만 오래 이야기했다가는 마각이 들통날 것 같아 그만두기로 했다.

"열심히 하게. 난 다른 볼일이 있어 가보겠네."

"아, 저기……."

"뭔가?"

"밧줄 좀……."

"그것까지 내가 도와주어야 하겠나?"

"아니, 아닙니다."

장소산은 속으로 웃으며 말했다.

"이번 일로 자네에게 크게 실망했네. 앞으로 이런 일이 다시 있지 않기를 바라겠네."

이렇게 말해놓으면 진짜 유자건을 만나도 그의 심기를 건드릴까 봐 이번 일을 언급하지 않을 것이다. 예상대로 우경은 고개를 끄덕였다.

"예."

장소산은 쓰러진 강도를 들고 위로 올라갔다. 우경은 강도를 뭐 하러 데려가느냐 묻고 싶었지만 그의 기분을 건드릴까 봐 묻지 못했다. 그는 밧줄을 풀러 애쓰며 속으로 장소산이 아닌 유자건에게 원망을 퍼부었다.

'제길! 자건 자식, 나와 똑같이 천명회에서 수련받던 처지면서! 두고 보자, 언젠가 큰공을 세워 네 상관이 되어줄 테다!'

한편 위로 올라온 장소산은 객점 밖으로 나가 들고 있던 강도를 던졌다. 그리고 객점을 향해 손가락을 까닥거렸다. 그러자 객점 안에 쓰러져 있던 강도들이 슬금슬금 일어나서는 걸어왔다. 그들은 장소산의 눈치를 보며 눈웃음지었다.

"헤헤, 대협, 저희 연기가 어땠습니까. 만족하셨습니까?"

강도들은 장소산의 협박으로 한판의 연극을 벌인 것이었다. 장소산은 인상을 팍 쓰며 대꾸했다.

"만족 좋아하네. 형편없었다. 죽고 싶지 않으면 당장 여기서 꺼져라!"

"예!"

강도들은 황급히 도망쳤다. 장소산은 나중에 또 쓸모있을지도 모르기에 가면을 짐에 챙겨 넣고는 기다렸다. 반 시진 정도가 지나자 그제야 밧줄을 풀었는지 우경 일행이 밖으로 나왔다.

"이 쓸모없는 녀석들!"

우경은 장소산에게 당한 화풀이를 내 동료들에게 하고 있었다. 장소산은 웃으며 우경 일행을 전처럼 미행했다.

우경 일행의 여행은 계속되었다. 험난한 산을 넘고 말을 타기 시작하면서 이동은 전보다 훨씬 빨라졌다. 그러던 어느 날 우경은 동료 넷에게 객점에서 기다리고 있으라 하고는 혼자 말을 타고 어딘가로 달려갔다.

'어딜 가는 거지?'

장소산은 우경의 뒤를 추적했다. 꼬박 하루를 달려 우경이 도착한 곳은 다름 아닌 황보세가였다. 우경은 문지기에게 말을 걸고 안으로 들어갔다. 장소산은 쫓아 들어가고 싶었지만 아무래도 무리였다.

몇 시간이 지나서야 우경은 밖으로 나와 말을 타고 동료들에게 돌아갔다.

'어쩐다?'

장소산은 계속 우경을 쫓을 것인가, 황보세가를 조사할 것인가 고민했다. 우경이 황보세가 안에서 천명회의 인물을 만나 보고를 끝낸 것이라면 더 이상 우경을 쫓을 의미가 없었다. 문제는 우경이 황보세가의 누굴 만났는지 알 도리가 없다는 것이다.

'명색이 강호의 사대세가 중 하나이니 잠입하는 것도 쉽지 않겠지.'

그는 별수없이 황보세가는 포기하고 계속 우경의 뒤를 쫓기로 했다. 그러나 이것 역시 곧 한도에 부딪쳤다. 우경 일행이 무림맹 안으로 들어가 버렸기 때문이다.

무림맹은 예전에 장소산이 갔을 때와는 달리 삼엄한 경계 체제에 놓여 있었다. 일단 안으로 잠입해 봤지만 내성 쪽의 경계는 더욱 견고했다. 이래서는 숨어드는 데 성공한다 해도 제대로 우경을 미행할 수가 없었다.

'한계인가?'

얼마 전 흑점 사건 때도 그렇고, 정체를 숨기고 활동하려니 여러모로 어려운 점이 많았다. 장소산은 강호에 떳떳이 얼굴을 들고 다니고, 강호 문파에 자유로이 출입할 수 있는 새로운 신분이 필요함을 느꼈다.

"할 수 없지. 그 사람을 찾아가 볼까?"

4

장소산은 천명회의 뒤를 쫓는 것은 당분간 미루기로 했다. 그가 목적을 뒤로 미루고 향한 곳은 남이랑의 제자 수초가 살고 있는 객점이었다.

'그런데 있으려나 모르겠네.'

수초는 장소산이 개방의 명을 받고 무림맹으로 향할 때 영물 사건으로 만나 동행했었다. 그리고 천뢰에게 당하고 그대로 한중평에게 구해져 설죽산장으로 가는 바람에 아무런 이야기 없이 무림맹에서 헤어지게 되어 그 후 전혀 소식을 알지 못했다.

없으면 어쩌나 조금 걱정을 하며 장소산은 객점의 문을 열고 안으로 들어갔다. 점원이 계산대에 앉아 머리를 기대고 꾸벅꾸벅 졸고 있었다.

'있구나!'

속으로 좋아하며 장소산은 말을 걸었다.

"실례하오."

점원은 정신을 차리고 물었다.

"뭐 드시겠습니까?"

"어화복령탕을 주시오."

어화복령탕이라는 말에 점원은 놀라더니 장소산을 위아래로 살펴보았다. 변장을 하긴 했지만 변장의 명수가 보기에는 어설픈 장난에 불과했다. 즉시 변장 속에 숨겨진 진짜 얼굴을 알아보고 소리쳤다.

"장소산!"

점원의 목소리는 젊은 여성의 것으로 바뀌어 있었다. 장소산은 웃으며 대답했다.

"오랜만이오."

무림맹에서 헤어진 것이 벌써 사 개월 전의 일이었다. 수초는 즉시 따져 물었다.

"어떻게 된 거야? 당신 정말 마교의 끄나풀이고, 숭산 장문을 살해한 거야?"

"그야 당연히 누명이오."

"그럼 어떻게 된 일인데?"

천명회의 일이나 마교 무명회의 일을 말할 수는 없었기에 장소산은 적당히 중요한 사실을 빼고 설명했다.

"나에게 누명을 씌운 무리들에게 죽을 뻔했다가 간신히 도망쳤소. 임 장문인을 해친 것도 바로 그자들이오."

"그래? 그렇다면 어서 그 사실을 밝혀야지 여기서 뭐 하고 있는 거야?"

"그럴 수는 없소. 내가 사람들 앞에 나서는 순간 해명할 기회도 없이 죽게 될 테니."

"네 사문인 개방에 가서 밝혀도 안 돼?"

"그렇소. 내가 해명할 기회도 안 주고 파문시킨 것만 봐도 알 수 있지."

"대체 그 누명을 씌운 놈들이 누군데?"

"그건 말할 수 없소. 내가 말하는 순간 당신까지 목숨이 위험해질 테니까."

수초는 의심스런 표정으로 장소산을 훑어보았다. 그녀로서는 장소산이 지금 거짓말을 하는지 진실을 말하는지 구별할 수 없었다.

"하긴 뭐, 네가 마교와 결탁했든 안 했든 나와는 상관없는 일이니까."

장소산은 빙그레 웃었다. 그가 그녀를 찾아올 수 있었던 이유는 바로 이것 때문이었다. 수초의 사부인 남이랑은 그의 사부 채평안이 도둑 시절부터 알고 지낸 정사 어느 쪽에서 속하지 않은 인물, 거기다 혼자 활동하기에 강호의 세력 다툼과는 전혀 관계가 없었다.

"그렇소. 당신이 상관할 일이 아니지."

"그런데 사문에도 나서지 못한다면서 날 찾아온 이유가 뭐야? 아마도 변장시켜 달라고 온 거겠지만."

장소산은 고개를 끄덕였다.

"내 본 모습으로 활동하긴 곤란해서 정체를 숨길 필요가 있소."

수초는 재미있다는 표정을 지으며 물었다.

"그래, 이번에는 누구로 변장시켜 주길 원하지?"

"누가 아닌 아무도 아닌 인물이오."

"아무도 아닌 인물?"

장소산은 설명했다.

“그렇소. 딴 사람으로 변장했다가 진짜와 만나거나 정체가 드러나면 곤란하지. 오랫동안 그 인물로 활동을 해야 하니 내가 원하는 변장 대상은 이 세상에는 존재하지 않는 아무도 아닌 인물이오.”

수초는 무슨 소린지 알아듣고 고개를 끄덕였다.

“그러니까 아무 얼굴이나 변장만 하면 된다는 소리 아니야.”

“그야 그렇지. 하지만 그렇다고 정말 아무렇게나 만들어주면 곤란하오.”

그런데 수초는 돌연 곤란하다는 표정이 되었다. 잠시 고민하던 그녀는 말을 꺼냈다.

“좀 힘들겠는데…….”

장소산은 놀랐다.

“아니, 왜? 간단한 것 아니오?”

“당장 변장시키는 것은 간단하지. 문제는 사용 기간이야. 네 말을 들어보니 그 얼굴로 적어도 몇 달, 길면 일 년 이상을 사용할 것 같은데 변장의 수명이 그 정도까지 안 되거든.”

수초는 설명했다.

“전에 변장해 봤으니 알겠지? 세수를 하면 얼굴에 바른 것이 닦여져서 본 얼굴이 드러나 버려. 전에는 며칠간이었으니까 세수를 안 하고 좀 참으면 됐지만, 몇 달간이나 그럴 수는 없잖아.”

장소산은 의아해하며 물었다.

“그 정도는 상관없지 않나? 난 세 달간 세수 한 번 안 한 적도 있는데.”

수초는 눈살을 찌푸렸다.

“누가 거지 아니랄까 봐. 세수를 안 해도 얼굴에서 나오는 땀과 기름 등으로 변장이 지워지는 것은 마찬가지야."

"그럼 가면처럼 쓰는 것으로 하면 안 되나? 인피면구라고……."

"그것도 있지만 쓰는 것만으로는 안 돼. 표정을 짓거나 입을 움직일 때 부자연스러운 점이 나타나니까. 역시 약물들을 써서 보강해야 한다는 점은 마찬가지라고."

"그럼 어떡한다?"

간단할 줄 알았던 문제가 어려워지자 장소산은 근심에 빠졌다. 수초가 그를 흘금 보고는 말을 꺼냈다.

"한 가지 방법이 있긴 한데."

"그게 뭐요?"

"간단해. 일정 기간마다 변장을 새로 하는 거야."

"일정 기간이라니 그것이 어느 정도 기간인데?"

"삼 일, 아무리 늦어도 일주일에 한 번은 다시 해야지."

장소산의 표정이 굳어졌다. 앞으로 온 세상을 떠돌아야 되는데 일주일에 한 번씩 이곳에 온다는 것은 어림도 없는 일이다.

"그건 안 되겠는데?"

"아니, 안 될 것도 없지."

수초는 배시시 웃으며 자신을 가리켰다.

"내가 따라가면 되잖아."

장소산은 놀라며 반대했다.

"지금까지 내 말을 어디로 들은 거요? 나와 함께 있으면 위험하다고."

"하지만 심심한걸."

"뭐요?"

수초는 웃으며 말했다.

"여긴 한 달 가야 사람 한두 명 올 뿐이라 심심해 죽을 지경이야. 그래서 나도 강호를 돌아다닐 생각인데 마침 당신이 나타났거든."

"나랑 같이 다니면 목숨이 위험하다고!"

"그거야말로 강호의 매력이지."

"……."

장소산은 어처구니가 없었다. 그는 예전에 잠시 보았던 수초의 본모습을 떠올렸다.

'역시 어린애로군.'

그는 고개를 젓고는 말했다.

"역시 같이 갈 순 없소. 그보다 당신이 나에게 변장술을 가르쳐 주면 해결되는 문제지."

"흥! 내 변장술이 그렇게 간단한 건 줄 알아? 그리고 무엇보다 내가 남에게 내 밑천을 간단히 내놓을 리가 있나."

수초는 말하고는 장소산을 흘금 보며 물었다.

"그리고 무엇보다 변장 요금을 낼 수가 있나? 천 냥인데. 날 데리고 가면 공짜로 해주지."

"전에 인면토룡의 내단 줬지 않소."

"언제까지 울궈 먹을 생각이야? 그건 예전에 끝났어. 그리고 알아보니까 그 인면토룡의 내단은 내공 증진의 효능이 전혀 없어 나에게는 아무짝에도 쓸모가 없더라고."

"…그렇소?"

"변장의 명수인 이 몸이 따라가면 여러모로 도움이 많이 될걸? 당신에게 나쁠 것 전혀 없다고."

고민하던 장소산은 긴 한숨을 내쉬었다.

"할 수 없지."

허락하는 줄 알고 수초는 기뻐했다.

"잘 생각했어."

그러나 그녀의 예상은 틀렸다.

"관계없는 사람을 끌어들일 수는 없지. 변장하는 것은 포기할 수밖에."

장소산은 일어나 나가 버렸다. 수초는 당황했다.

"이봐, 너무 쉽게 포기하는 것 아냐?"

"안 되는 것은 안 되는 거요."

너무나 확실한 거절이었다. 별수없이 포기한 수초는 한숨을 내쉬며 말했다.

"잠시 기다려."

그녀는 지하실로 들어가서는 털 뭉치 같은 것을 들고 나왔다.

"이걸 붙여."

"이게 뭐요?"

"수염. 특별히 공짜로 주지."

장소산이 시키는 대로 붙이고 거울을 보니 얼굴의 절반이 수염으로 덮여 도저히 본래 얼굴을 알아볼 수 없었다. 그는 좋아하며 말했다.

"이거 정말 좋은데. 이거라면 변장도 간단하고, 누가 봐도 한 사십대 무인으로 보이겠군. 이런 것이 있으면 진작에 주지 그랬소?"

"그런 식의 변장은 제대로 된 변장이라고 할 수 없는 거라고."

수초는 투덜거리다가 말을 꺼냈다.

"강연수나 개방 사람들이 당신을 많이 걱정하더라. 웬만하면 그 사람들에게 무사하다는 것쯤은 알려주는 것이 어때?”

장소산은 미소를 짓고는 고개를 저었다. 수초야 천명회와는 아무 관계가 없어서 만나는 데 큰 부담이 없지만, 강연수나 개방 사람들은 천명회와 연결되어 있어 위험성이 크다.

“아직은 그럴 수 없소. 내 누명을 벗고 떳떳해질 때까지는.”

그는 수초에게 고맙다 말하고는 산을 내려왔다. 그는 길을 가며 앞으로의 새로운 자신을 구상했다.

“이름은 가만있자… 그래, 연자천! 유성권 연자천이라고 하면 괜찮겠다.”

이렇게 해서 혼란스런 강호에 새로운 협객이 한 명 등장하게 된다.

第二十五章

명성을 떨쳐라!

장소산은 냇물에 자신의 얼굴을 들여다보았다. 얼굴의 절반을 덮고 있는 수염 덕분에 누가 봐도 사십대 중년인의 모습이었다.

'하지만 복장이 안 어울리는군.'

그는 시장에 가서 새로 복장을 갖추었다. 그렇게 적당히 꾸미고 나자 이제 세월에 찌든 듯한 낭인 같이 되었다.

'이 정도면 되었겠지.'

거리를 돌아다니니 사람들이 슬금슬금 그를 피해갔다. 옛날 거지일 때는 자신이 사람들을 피해 길가로 돌아다녀야 했는데, 이제는 그 반대가 되었다. 장소산은 자신의 험악한 모습이 더욱 마음에 들었다.

"자, 그럼 이제 시작해 볼까?"

일단 정체를 바꾸는 것까지는 성공했다. 이제 남은 과제는 이 새로운 인물로 명성을 날리는 것이었다. 최소한 육대문파나 무림세가에 드나들 수 있을 정도의 명성이 필요했다.

"적당히 악당들을 때려잡으면 되는 것이겠지."

별로 어려운 일은 아닐 것이다. 최근 천명회가 마교를 흉내 내어 사건을 일으키는 통에 도적들이 날뛰게 되었으니까. 바로 얼마 전에도 악인들인 우경 일행까지도 강도를 만나 죽을 뻔하지 않았던가.

"좋아, 빨리빨리 해치우고 본업으로 돌아가야지."

장소산은 일단 눈에 띄는 근처의 대장간 안으로 들어갔다. 대장간에는 늙은 주인이 곰방대를 물고 앉아 있었다.

"뭔가?"

장소산은 강철로 만든 두 개의 단봉을 주문했다. 이제 싸우는 일이 많아질 텐데 나무 봉만으로는 부족할 것 같았기 때문이다.

"두 개를 끼워 장봉으로도 사용할 수 있게 해주십시오."

설명을 들은 주인은 고개를 끄덕였다.

"알겠네. 당장 만들어주지. 간단하니 한 시진이면 될 것이네."

다른 일이 없는지 주인은 즉시 작업을 시작했다. 장소산은 옆에 앉아서 지켜보고 있다가 말을 꺼냈다.

"이 근처에 유명한 도적 무리 같은 것이 있습니까?"

주인은 그를 흘금 보고는 물었다.

"왜? 들어가려고?"

변장한 인상이 나쁘니 도적 무리로 오해한 모양이었다. 장소산은 허허 웃고는 대답했다.

"그럴 리가요. 퇴치하려고 그러지요."

"서쪽으로 오십 리쯤 떨어진 곳에 탕평산이라는 곳이 있지. 그곳에 칠인조 악당들이 있는데, 탕평칠흉이라던가? 관에서도 애를 먹는다고 하더군."

"감사합니다."

장소산은 강철봉이 완성되자 값을 치르고 암기용으로 바늘도 백 개 샀다.

'청류가 준 돈도 꽤 많이 줄었군.'

청류는 그와 헤어질 때 필요할 것이라며 활동에 필요한 돈과 자신이 개발한 바늘을 사용하는 암기술을 전수해 주었다. 그리고 깨끗하게 무명회의 마을을 떠나 헤어졌다. 예전에 청류와 이야기했다시피 천명회와의 싸움은 장소산이 주체가 되어야지, 마교의 후예인 무명회와 손을 잡을 수는 없기 때문이다.

힘이 필요한 상황이 와서 부탁하면 얼마든지 도와주겠다고 했지만, 그런 일은 장소산에게나 무명회에게나 좋은 일이 아니다.

'되도록 내 힘만으로 해야 한다.'

스스로에게 다짐을 하며 장소산은 말을 달려 대장간 주인에게 들은 탕평산으로 향했다. 산에 도착한 그는 근처 마을 사람들에게 탕평칠흉에 대해 묻고 즉시 산을 올랐다.

'사람들에게 들은 놈들의 활동 지역과 산의 지형을 따져 보면…….'

획득한 정보로 탕평칠흉의 본거지가 탕평산의 협곡이라고 판단한 장소산은 그곳으로 달려갔다. 그런데 이게 무슨 일이란 말인가? 협곡에서 불길이 올라오고 있는 것이 아닌가?

'무슨 일이 생긴 거지?'

놀란 장소산이 달려가 보니 협곡에 세워진 초가집들이 불타오르고 있고, 근처에 몇 명의 시체가 뒹굴고 있었다. 시체를 살펴보니 인상착의로 볼 때 마을에서 들은 탕평칠흉이 분명했다.

"대체 누가 한 짓이지?"

시체의 상처들은 모두 깨끗한 검상으로 일류 검객의 솜씨였다. 아무래도 검을 쓰는 정파 고수의 짓으로 보였다.

"쳇, 한발 늦었군."

악당들과 싸울 생각만 했지, 설마 다른 협객이 먼저 선수 칠 줄은 꿈에도 몰랐다. 장소산은 분해하다 곧 마음을 바꾸었다.

"뭐, 살다 보면 이런 일도 있는 법이지."

진정한 장소산은 다시 산을 내려가 근처의 마을에서 다른 악당들의 소재지를 물었다.

"여기서 백 리쯤 떨어진 곳에 구호사귀라고……."

"감사합니다."

그러나 구호사귀를 잡으러 달려가 보니 또다시 이미 죽어 있는 것이 아닌가? 상처를 보니 역시나 탕평칠흉과 같은 검상이었다.

"뭐야, 또야?"

이제는 우연으로 치부할 일이 아니었다. 장소산은 즉시 다음 목표를 알아본 후 밤을 새워 달려갔다. 그러나 이번에도 한발 늦고 말았다. 또다시 같은 검을 쓰는 협객이 지나가고 난 후였다.

"대체 어떤 자식이야?!"

장소산은 화가 치밀었다. 이제는 악당들보다 자꾸 선수 치는 협객을 더 잡고 싶은 심정이다. 그는 냉정하게 현재 상황을 분석해 보았다.

'이런 일이 발생하는 이유는 나와 그 협객 놈의 목표 순서가 같기 때문이다.'

왜 공교롭게도 이렇게 되었을까? 생각해 보니 답은 간단했다. 상대방이 장소산과 똑같은 식으로 악당들을 찾고 있기 때문이다.

"이렇게 된 이상 다음 목표는 포기하고 그 다음 목표를 노릴 수밖에!"

그 협객이 가까운 악당을 잡는 시간에 자신은 그보다 좀 더 먼 곳에 있는 악당을 노린다는 계획이었다.

'놈이 가까운 목표를 처리하고 다음 목표로 왔을 때는 이미 내가 처리한 후일 것이다. 후후, 놈의 황당해할 얼굴이 눈에 선하군.'

속으로 음흉한 미소까지 지은 장소산은 계획대로 목표를 향해 달려갔다.

"이번에야말로 내가 먼저 선수 치는 거다!"

그러나 이게 어떻게 된 일이란 말인가! 목표인 산적들의 본거지에 도착해 보니 곳곳에 불길과 비명 소리가 들리고 있는 것이 아닌가?

"아니, 내가 더 빨랐어야 되는데!"

장소산이 놀라며 달려가 보니 이십대 청년으로 보이는 검객이 검을 휘두르며 산적들을 해치우고 있었다. 검객이 검을 휘두를 때마다 한 번에 한 명씩 목숨을 잃는데, 명가의 자제인 듯 솜씨가 범상치 않았다.

'저놈인가?'

장소산은 눈살을 찌푸렸다. 상대가 자신을 그동안 골탕 먹인 자이기 때문이기도 하지만, 그보다는 도망치는 산적들을 가차없이 살해하는 모습이 너무나 잔혹해 보였다.

'누가 악당인지 모르겠군.'

그는 생각하며 검객을 향해 걸어갔다. 겉보기에는 산적과 별 차이 없는 그의 모습 때문에 청년 검객은 다른 산적을 죽이던 대로 검을 휘둘러 장소산을 베려 했다. 하지만 장소산은 지금까지 그의 손에 죽던 일반 산적이 아니었다.

챙!

대장간에서 맞춘 단봉을 꺼내 검을 막았다. 청년 검객은 처음으로 자신의 검을 막는 상대를 만나자 흠칫 놀라더니 뒤로 물러섰다.

"네놈이 두목인 모양이로구나."

장소산은 어이가 없어 되물었다.

"두목? 누가? 내가?"

"각오해라!"

청년 검객이 공격해 왔다. 지금까지 산적을 베던 식이 아닌 제대로 된 상승의 검초였다. 수십 개의 검끝이 장소산의 급소들을 노려왔다.

"흥!"

장소산은 코웃음쳤다. 상대의 실력이 상당하긴 했지만 그가 지금까지 상대하던 엄청난 고수들과는 비교가 되지 않는다. 그는 들고 있는 단봉을 휘둘렀다. 그렇게 아무렇게나 휘두르는 것 같은 강철 단봉 앞에 청년 검객의 검초는 모조리 막혀 버렸다.

"아니?!"

청년 검객은 자신의 검이 모조리 막히자 깜짝 놀랐다. 하지만 곧 자신만만한 목소리로 소리쳤다.

"이런 산 구석에 고수가 있을 줄 몰랐군. 좋아, 내 진정한 실력을 보여주지!"

장소산은 이죽거렸다.

"그럼 난 내 진정한 실력의 반만 보여주지."

"감히!"

분노한 청년 검객은 전력으로 검초를 펼쳤다. 일곱 개의 검광이 유성처럼 뻗어왔다.

‘확실히 좀 전보다는 낫군.’

장소산은 생각과 동시에 단봉을 일곱 개의 검광 중 하나에 기합성과 함께 휘둘렀다.

“하압!”

깡!

맑은 소리가 울려 퍼지며 검이 하늘 높이 솟구쳤다. 그와 동시에 나머지 여섯 개의 검광도 사라졌다. 검을 놓친 청년 검객은 멍청한 표정으로 날아오른 자신의 검을 바라보았다.

“이럴… 수가…….”

검이 바닥에 떨어짐과 동시에 청년 검객도 무릎을 꿇고 주저앉았다. 그는 눈앞의 검을 다시 잡을까 망설였다. 하지만 아무리 생각해도 눈앞의 상대를 이길 수 있을 것 같지 않았다.

“졌다!”

청년 검객은 고개를 푹 숙이다가 무슨 생각이 들었는지 벌떡 일어나더니 소리쳤다.

“하지만 이것으로 끝났다고 생각하지 마라! 다른 수많은 협객들이 널 쓰러뜨리기 위해 찾아올 테니까! 결코 악은 이기지 못한다는 것을 명심해라!”

장소산은 쓴웃음을 지었다.

“이봐…….”

청년 검객은 가슴을 내밀었다.

“자, 죽여라!”

“내 말을 좀 듣지?”

청년 검객은 눈까지 감고 외쳤다.

“소용없는 짓이다. 난 결코 악인의 회유 따위에는 넘어가지 않는다!”

“…….”

장소산은 단봉으로 말 안 듣는 청년 검객의 머리통을 가볍게 후려쳐 주었다.

빡!

“아이고, 내 머리!”

너무 아파 끙끙대는 청년 검객에게 장소산은 말했다.

“너 크게 착각하고 있는데, 난 산적이 아니라 너처럼 산적 잡으러 온 사람이거든.”

“예?”

놀란 청년 검객은 혹이 난 머리를 쓰다듬으며 물었다.

“그럼 협객이세요?”

“그렇지.”

청년 검객은 의심스런 눈으로 장소산을 훑어보았다. 아무리 봐도 협객이라기보다 산도적같이 생겼다.

“아닌 거 같은데…….”

“한 대 더 맞을래?”

“아, 아닙니다!”

“그럼 믿겠지?”

안 믿는다고 하면 때릴 것이 뻔하기에 못 믿어도 믿는다고 해야 했다.

“믿겠습니다. 그런데 협객이시라면 제가 산적들을 해치우는 것을 왜 막으셨습니까?”

“그야 네 손이 너무 과해서 그렇다. 아무리 악인이라도 그냥 막 죽이면 쓰나.”

둘이 싸우는 동안 살아남은 산적들은 모두 도망간 후였다. 장소산은 주변을 둘러보고 자신들 외에 아무도 없는 것을 확인하고 나서 자신을 소개했다.

“난 유성권 연자천이라고 한다.”

상대가 말하자 청년 검객도 이름을 밝혔다.

“전 종남파 제자로 관혁이라고 합니다.”

“네가 내가 노리는 악당들을 족족 선수 쳐서 해치운 놈이냐?”

“예? 그게 무슨 뜻입니까?”

“탕평칠흉, 구호사귀 등등 이 근처의 악당들을 해치운 것이 너냔 말이다.”

“아, 그것 말이군요. 반은 맞는데, 반은 틀립니다.”

“그건 또 무슨 소리냐?”

“반은 제가 했고, 반은 제 사매가 했거든요.”

관혁의 설명에 따르면 혼자 상대하기 좀 강한 적이면 사매와 둘이서 함께 공격하고, 약한 상대면 각자 다른 적을 해치우면서 이 지역 악당들을 처리하고 있다는 것이다.

‘제길, 그랬었군. 상대는 둘이서 행동하고 나는 혼자서 움직이니 당연히 선수를 빼앗길 수밖에!’

속으로 혀를 차며 장소산은 물었다.

“왜 계속 둘이서 하지 않고 그런 식으로 움직였지?”

“그야 그 편이 효율적이니까요.”

“효율적?”

“예, 그 편이 악당들을 최대한 빨리 해치울 수 있으니까요.”

“왜 효율적으로 움직여야 하지?”

“안 그러면 악당들을 다른 협객들에게 빼앗길 것 아닙니까.”

관혁의 설명에 따르면 이렇다. 최근 수십 년간 강호는 평화로웠다. 평화가 좋긴 하지만, 문제는 정파의 고수들이 활약할 기회가 거의 없다는 것이다. 그러다 마교가 모습을 드러내 각지의 문파를 공격하자 중소문파들이 문을 닫아걸거나 숨어버리자 숨죽이고 있던 흑도의 무리들이 일제히 활동을 시작했다.

“세상이 어지러워진 건 나쁜 일이지만, 덕분에 저희 정파의 젊은이들이 활약할 기회가 돌아온 것이지요. 무공을 익혔으나 써먹어볼 기회가 없어 좀이 쑤시던 젊은 고수들이 일제히 협행에 나서게 되었습니다. 협객은 많고 무찔러야 할 악당은 한계가 있으니, 최대한 효율적으로 움직여야 더 많은 악당들을 무찌를 수 있지 않겠습니까.”

관혁의 이야기를 모두 들은 장소산은 멍한 표정이 되었다. 협행을 해서 명성을 날리는 것이 쉬운 일이라 생각했는데 완벽한 오판이었다.

‘명성을 날리는 것도 경쟁인 시대로구나!’

2

관혁은 놀라 멍한 표정이 된 장소산을 이리저리 훑어보았다. 생긴 것은 산적 같지만 무공은 확실히 대단하다. 그리고 무엇보다 강호 일에 익숙하지 않아 보인다.

“연 선배님.”

가명에 익숙하지 않아 자신을 부르는 것을 뒤늦게 깨달은 장소산은 대답했다.

"어, 왜?"

"연 선배께서도 명성을 떨치려 하시는 것 같은데 맞습니까?"

"뭐, 그렇지."

장소산은 적당히 지어서 말했다.

"오랫동안 산속에서 홀로 무예를 갈고닦았다. 그러다 보니 마흔이 넘어서야 강호에 출도하게 된 것이지."

"그러셨군요."

관혁은 고개를 끄덕이며 머리를 굴렸다.

'지금까지 나와 사매만으로는 힘이 부족해 잔챙이나 처리하는 수준이었다. 이래서는 다른 녀석들에게 묻혀 알려지기 힘들지. 이 연자천이란 사람의 무공이 대단해 보이니, 함께 행동하면 이름난 흑도의 고수도 해치울 수 있을 것이다. 그 편이 우리 이름을 알리기가 더 쉽지 않을까?'

이리저리 계산을 끝낸 그는 장소산과 함께하는 편이 낫다는 결론을 짓고는 말을 꺼냈다.

"그렇다면 저희와 함께 행동하시는 것이 어떻겠습니까?"

"같이?"

"예, 저희와 함께 행동하면 여러모로 편할 것입니다. 다른 명성있는 고수 분들에게 소개시켜 드릴 수도 있고요."

관혁의 말에 장소산은 생각해 보았다. 지금 자신의 모습은 가짜이다. 확실한 신분이 있는 사람과 함께 다니는 편이 덜 의심을 받을 것이다.

'날 선배로 알고 있으니 부려먹기도 좋고, 나쁠 것 없군.'

장소산은 관혁에게 물었다.

"자네 몇 살인가?"

"스물넷입니다."

장소산은 생각했다.

'이 녀석, 나보다 연상이네.'

그의 나이 이제 스물하나였다. 그는 자기보다 나이 많은 사람에게 선배로 불리며 존댓말을 듣는다고 생각하자 굉장히 즐거워졌다.

"좋아, 함께하도록 하지."

"감사합니다!"

이렇게 해서 함께 행동하게 된 장소산과 관혁은 사이좋게 함께 산을 내려왔다. 도중 장소산은 몇 가지 알고 싶은 것을 관혁에게 물었다.

"명성을 떨치러 나선 협객들이 꽤 많은가 보지?"

"글쎄요. 세어보지는 않았지만 한 백 명 정도는 되지 않을까 합니다. 대부분 대문파에서 나온 청년 고수지요."

관혁은 장소산에게 설명해 주었다.

"중소문파들은 마교로부터 스스로를 지키기에도 급급하니 내보내지 못합니다. 반대로 고수를 초빙하기에 여념이 없지요. 대부분 여유가 있는 대문파에서 장래가 유망한 청년 고수들을 내보내고 있습니다. 이 기회에 경험을 쌓으라는 것이지요."

그는 말을 덧붙였다.

"물론 출도를 허락할 때 선발을 엄격히 합니다. 실력이 부족한 제자를 내보냈다가 비명횡사라도 하면 큰일이니까요."

장소산은 말했다.

"그렇다는 것은 자네가 장래가 유망하고, 실력있는 제자라는 소리로군.”

관혁은 쑥스러워하며 웃었다.

“하하, 말이 그렇게 되나요? 어쨌든 저희 종남파의 경우, 출도를 허락받은 것은 저와 사매 둘뿐입니다.”

그는 자랑스러움을 숨기지 않았다.

“하지만 저와 사매가 종남파의 젊은 고수 중 최고는 결코 아닙니다. 누가 뭐래도 최고는 우경 사형이시지요. 무공도 대단하시고, 일 처리도 뛰어나 젊은 나이에 무림맹 주작대주까지 하고 계시지 않습니까. 그분에 비하면 저흰 아직 멀었습니다.”

우경이라면 장소산이 바로 얼마 전까지 싸우고 미행하던 천명회 인물이 아닌가! 장소산은 조금 놀라며 생각했다.

‘그리고 보니 그 녀석이 종남파 제자였구나. 이거 관혁이라는 녀석, 이용거리가 더 늘었는걸.’

장소산의 속내를 전혀 모르는 관혁은 장소산에게 가까운 우길산으로 가자고 했다.

“지금쯤 사매가 그 산의 산적들을 처리하고 있을 겁니다. 그곳에 가서 합류하도록 하지요.”

“알겠네.”

둘은 말을 타고 우길산으로 향했다. 관혁의 안내를 받으며 산적들의 본거지에 도착해 보니 십여 명의 산적들이 죽어 있고, 한 여인이 앉아서 흥얼거리며 검을 닦고 있었다.

“사매!”

관혁의 부름에 여인은 고개를 들어 그를 보았다.

“사형? 다음 목표로 가지 않고 어쩐 일이에요?”

“하하, 좀 일이 있어서.”

관혁은 여인에게 장소산을 소개했다.

“유성권 연자천, 연 선배님이셔.”

여인은 고개를 숙이고 인사했다.

“종남의 주선약이라고 합니다.”

장소산은 슬쩍 턱을 끄덕였다.

“반갑네.”

인사하는 주선약의 옷 곳곳에는 산적들의 피가 튄 자국이 선명히 남아 있었다. 그뿐 아니라 자신이 죽인 시체들이 있는 곳에서 콧노래를 부르며 검을 닦고 있는 모습은 아무리 상대가 악인이라 해도 그다지 보기 좋지 않았다.

“연 선배님, 잠시만 실례하겠습니다.”

관혁은 장소산에게 양해를 구한 후 주선약을 데리고 안 보이는 구석으로 갔다. 그리고는 장소산과 만난 사연을 설명하였다.

“그러니까 이제부터 저 사람하고 함께 협행을 하기로 하자.”

주선약은 못마땅한 표정이 되었다.

“꼭 그럴 필요가 있어요? 우리끼리도 이제까지 충분했잖아요.”

“그거야 잔챙이들만 잡았으니까 그렇지.”

관혁은 자신의 생각을 설명했다.

“우리 말고 다른 문파에서 나온 실력있는 청년 고수들이 얼마나 많으냐. 우리가 머리를 써서 효과적으로 악당들을 무찌르고 있지만, 이런 식으로 삼류들만 상대하면 우리까지 삼류가 되지 않겠니. 차라리 이 기회를 살려 거물을 하나 잡는 것이 잔챙이 수백 잡는 것보다 낫다.”

“하지만 거물을 잡아도 싸우는 것은 저 연 선배인가 하는 사람일 것 아니에요? 그럼 명성을 날리는 것은 저 사람이지 우리가 아니게 되잖아요?"

"엄청난 거물을 잡으면 함께 행동한 우리 이름도 덩달아 알려지지 않겠니? 어쨌든 이런 식으로 잔챙이를 잡는 것보다 거물을 노리는 편이 현재 활동하고 있는 다른 녀석들보다 확실히 뜰 수 있는 방법이라고 확신한다."

주선약은 선뜻 내키지는 않았지만 사형인 관혁이 강하게 주장하자 일단 받아들이기로 했다.

"알았어요. 일단 사형 말대로 하죠. 그런데 누굴 노릴 생각이세요?"

그 말에 관혁은 귓속말을 했고 주선약은 깜짝 놀랐다.

"너무 상대가 강한 것 같은데요?"

"어중간한 적이면 우리 이름까지 알려지기 힘들 것 아냐? 그러니 확실히 거물을 노려야지."

"하긴 그렇긴 하지요."

의논을 끝낸 둘은 장소산에게 돌아왔다. 그들을 기다리고 있던 장소산이 물었다.

"이야기는 다 끝났나?"

"예, 앞으로 잘 부탁드립니다."

"그래, 이제 어떤 악인을 잡으러 가야 하나? 난 잘 모르겠으니까 네가 결정을 내려라."

"알겠습니다. 저만 믿고 따라오십시오."

셋으로 수가 불어난 일행은 다시 길을 떠났다. 그런데 엄청나게 급할 것이라고 생각했던 여행은 너무나 느긋했다. 장소산은 전처럼 또 누가 먼저 선수 칠까 걱정이 되어 물었다.

"길을 서둘러야 하는 것 아니냐? 남이 먼저 선수 치면 어쩌려고 이렇게 천천히 가냐?"

관혁은 웃으며 대답했다.

"그럴 걱정 없습니다. 지금 우리 목표는 삼십 년이나 악업을 하면서 끄덕 없던 마두입니다. 고작 며칠 늦는다고 무슨 상관이겠습니까?"

"하지만 많은 협객들이 서로 많은 악당을 잡으려고 경쟁하고 있다며?"

"그렇긴 하지만, 전에 말씀드린 대로 출도한 고수들 대부분은 젊은 사람들입니다. 무공이나 경험 면에 있어서 아직은 부족한 그들로서는 상대할 수 있는 악당 수준이 한계가 있는 법이지요. 우리는 다른 협객들이 감히 상대할 수 없는 거물을 노리고 있으니, 먹이를 빼앗길까 걱정할 필요가 없지요. 하하하!"

장소산은 귀찮다는 이유만으로 지금까지 어떤 악당을 노리고 있는지 물어보지도 않았다는 것을 뒤늦게 깨달았다.

"우리 목표가 누구지?"

"녹림칠십이채 중에서도 상위에 속하는 청풍채입니다."

관혁은 설명했다.

"청풍채의 채주는 악수(惡首) 기련이라고 흑도에서 이름난 일류고수입니다. 부하도 백 명이 넘고, 그중 고수도 제법 된다고 합니다. 근처 문파에서는 감히 건드릴 엄두도 못 내지요."

그는 웃으며 말을 덧붙였다.

"기련아는 무공도 무공이지만, 유명한 사람을 죽이면 기념으로 머리를 잘라 보관하는 악취미로 이름이 높다고 합니다. 지금까지 그의 손에 죽어 잘린 고수의 머리가 백 개가 넘는다지요."

장소산은 이제 다른 의미로 걱정이 되었다.

‘너 지금 무슨 깡으로 그런 놈을 잡겠다는 거냐? 만난 지 얼마 되지
도 않는 날 너무 믿는 것 아냐?’

대놓고 자신없다는 말은 차마 못하고 슬그머니 물어보았다.

“제법 힘든 상대로구나.”

“이번 일만 성공하면 선배님과 우리 명성은 강호를 진동할 것입니
다. 걱정하지 마십시오. 선배님의 무공은 겨뤄본 제가 볼 때 기련아보
다 위이니까요. 하하하!”

관혁은 그때를 생각만 해도 기분이 좋은지 웃음을 터뜨렸다. 반대로
장소산은 더욱 걱정이 되었다.

“하지만 셋이서 백 명이 넘는 수를 상대하려면 위험할 것 같은데?
자칫 기련아인가 하는 놈은 건드려 보지도 못하고 부하들에게 둘러싸
여서 끝나지 않을까?”

“뭐, 그럴 수도 있겠지요. 하지만 위험 부담이 높은 만큼 성공했을
때 효과도 크지 않겠습니까. 자잘한 것 작게 해치우느니 한방 크게 터
뜨리는 것이 강호에서 명성을 떨치는 비결입니다.”

장소산은 떨떠름한 표정으로 고개를 끄덕이며 생각했다.

‘그야말로 도박이로군.’

3

약간의 걱정을 안고 장소산 일행은 녹림칠십이채 중 하나인 청풍채
가 있다는 청풍산 아래에 이르렀다. 산을 올려다보며 잠시 감상에 젖
어 있던 관혁이 입을 열었다.

“자, 그럼 가볼까요?”

"잠깐!"

장소산이 소리쳐 이의를 제기했다.

"그냥 무작정 올라가면 어떻게 하냐? 어떻게 싸울지 계획부터 세워야 할 것 아니냐."

"계획이 무슨 필요입니까."

관혁은 자신있게 설명했다.

"기련아에게 도전해서 일 대 일로 대결하여 해치우십시오. 전에 말했다시피 무공에서 선배님이 더 위니까 실력 발휘만 확실히 하시면 되는 겁니다."

"그런 거야? 생각보다 간단하네. 그런데 말이야……."

장소산은 의심스런 눈으로 관혁을 쳐다보았다.

"기련아가 도전을 안 받아들이고 부하들을 동원해 우릴 죽이려 들거라는 생각은 안 드냐?"

"하하, 그런 걱정은 하지 않아도 됩니다. 지금까지 기련아는 도전자를 마다한 적이 한 번도 없습니다. 무공에 자신이 있는지 늘 일 대 일 승부를 해왔지요."

"아, 그래?"

걱정했는데 듣고 보니 간단할 것도 같다. 하지만 뭔가 좀 걸리는 것이 있었다.

"만약 지면?"

"그야 기련아의 머리 수집품 중 하나가 되겠지요."

"……."

싸우고자 하는 의욕이 뚝 떨어졌다. 그러자 관혁이 그를 격려했다.

"저희들이 있으니 걱정하지 마시고 싸우십시오."

"…너희는 뭐 하는데?"

"선배님을 응원하는 것과 동시에 기련아 부하들이 비겁한 짓을 하지 않나 감시하는 것이지요."

즉, 구경하고 있겠다는 소리였다. 장소산은 싸울 의욕이 더 떨어짐을 느꼈다.

'뭐, 할 수 없지. 이 녀석보고 기련아와 싸우라고 할 수는 없으니까.'

하지만 아직도 문제는 남아 있었다.

"그런데 내가 기련아를 이기고 부하들이 모조리 덤벼들면 어쩔 생각이냐?"

관혁은 혀를 찼다.

"참 걱정이 많으시군요."

"내 생각에는 네가 너무 태평한 것 같은데?"

"그런 산적들이야 두목이 죽으면 자연 흩어져 도망가기 마련입니다. 전혀 신경 쓰실 필요가 없습니다."

장소산은 잠시 어이없다는 표정을 짓고는 물었다.

"만약 안 도망치면?"

"도망친다니까요."

"안 도망칠 수도 있다는 생각은 못하겠냐?"

"도망친다니까요. 제가 지금까지 상대한 산적들은 모두 두목이 죽으면 도망치든가, 살려달라고 빌든가 둘 중 하나였습니다."

"지금까지 그랬다고 계속 그런다는 보장이 어디 있냐? 지금까지 네가 상대하던 산적들은 약한 놈들이었고, 이번에는 녹림칠십이채 중에 하나라며? 여러 가지 면에서 똑같을 것이라 생각하면 안 되지."

장소산의 주장에 관혁은 잠시 생각해 보더니 말했다.

"그래도 아마 도망칠 겁니다. 안 도망치면 우리가 도망치면 되는 거죠 뭐."

"하아~"

장소산은 절로 한숨이 나왔다. 관혁의 태평함에 그의 걱정은 더해졌다. 그는 생각 끝에 다른 의견을 내보았다.

"그보다는 이런 방법이 어떨까? 내가 혼자서 한밤중에 청풍채에 잠입해서 기련이라는 놈을 죽이고 올게. 그럼 간단히 끝나는 것 아냐?"

"아니, 그건 안 됩니다!"

관혁은 펄쩍 뛰며 반대했다.

"그런 것은 살수나 하는 짓입니다. 무엇보다 그렇게 하면 우리가 한 일인지 모를 것 아닙니까."

"그건 걱정 마. 우리가 했다고 이름 써놓으면 되잖아. 내가 확실히 자네 두 명 이름도 적어놓고 올게."

장소산으로서는 자신의 작전대로 하고 싶었다. 자신의 도둑 기술을 살린 확실하고 안전한 방법이었기 때문이다. 그러나 관혁과 주선약은 절대로 그럴 수는 없다고 목소리를 높였다.

"협객은 정정당당히 이름을 밝히고 쳐들어가서 마두를 없애야 합니다! 비겁한 방법으로 죽여가지고는 오명만 높아질 뿐입니다!"

"알았다, 알았어."

결국 장소산은 관혁의 주장대로 하기로 했다. 그는 고개를 끄덕이면서 속으로 생각했다.

'만일 잘못되기만 해봐라. 너희들이 죽든 말든 상관 안 하고 나 혼자만 도망칠 테다.'

도망치는 재주만은 누구보다도 자신있는 장소산이었다. 속으로 이런 결정을 내리자 마음이 한결 가벼워지는 것을 느꼈다.

"가자."

"예!"

장소산 일행은 산을 올라갔다. 천천히 한 시진쯤 올라가다 보니 산적들이 튀어나와 앞을 가로막았다. 관혁은 산적들을 보자마자 반가워하며 물었다.

"청풍채의 도적들이냐?"

상대방이 겁을 먹기는커녕 오히려 반가워하자 산적들을 얼떨떨한 표정으로 대답했다.

"그, 그런데?"

"너희 두목 기련아를 만나러 왔다. 안내해라."

산적들이 살펴보니 장소산은 그렇다 쳐도 관혁과 주선약은 명문의 제자들 같았다. 자신들이 상대할 수준이 아님을 곧 깨달았다.

"따라와라."

산적들의 안내를 받아 장소산 일행은 청풍채에 도착했다. 산속의 커다란 공터를 둘러싸고 십여 채의 집이 세워져 있었다. 지금까지 보아온 어떤 산적들보다 규모가 컸다.

산적들은 잡담을 나누거나, 서로 무공을 겨루거나, 아무렇게나 앉아 쉬고 있었다. 그들은 장소산 일행이 나타나자 하나같이 하던 행동을 멈추고 일행을 노려보았다. 눈빛부터가 싸움에 이골이 난 인간들임을 알게 했다.

장소산은 생각했다.

'정말 한꺼번에 덤비면 큰일이겠는걸.'

관혁은 산적들의 눈빛에도 주눅 들지 않고 소리쳤다.

"유성권 연자천, 종남의 관혁과 주선약이 청풍채 채주 기련아에게 도전하러 왔다!"

내공이 담긴 그의 목소리는 주변에 쩌렁쩌렁하게 울려 퍼졌다. 산적들은 조금 놀라는 표정을 지으며 자신도 모르게 무기로 손을 가져갔다. 그와 동시에 관혁의 목소리보다 훨씬 큰 외침 소리가 터져 나왔다.

"목숨 아까운 줄 모르는 애송이가 누구냐!"

짐승 가죽을 입은 털투성이의 사내가 가장 큰 집에서 걸어나왔다. 그가 바로 악수 기련아였다.

"선배님."

관혁이 장소산을 툭툭 치면서 속삭였다.

"어."

장소산은 대답하고는 앞으로 한 발짝 나서며 대답했다.

"나 유성권 연자천이 너의 상대다."

"유성권 연자천?"

기련아는 살짝 고개를 흔들더니 옆의 부하를 불러서는 물었다.

"너, 들어본 적 있냐?"

부하는 고개를 저었다.

"처음입니다."

"뭐야, 안 유명한 놈이잖아."

기련아는 기분 잡쳤다는 표정을 짓고는 손을 휘휘 저었다.

"안 유명한 놈 죽여봤자 수집품에 넣지도 못한다. 놔줄 테니 가진 돈 모조리 털어놓고 꺼져라."

장소산이 한마디 하려고 하는데 그전에 관혁이 먼저 소리쳤다.

"하하, 이름만으로 상대를 평가하다니 어리석은 놈이군."

"뭣이?"

"이분, 연 선배님께서는 비록 지금은 알려져 있지 않지만 대동일맥류를 계승하는 고수이시다. 네가 지금까지 죽인 고수들과는 차원을 달리하는 분이시란 말이다."

"대동일맥류?"

"그래, 무식한 네놈이니 뭔지 모르겠지? 가르쳐 줄까?"

기련아는 얼굴이 벌게져서 소리쳤다.

"내가 왜 무식해! 나도 안다!"

"그래? 그럼 설명해 보시지."

"그게, 그러니까, 예전에 엄청 유명했던 무공 유파가 아니냐."

관혁은 김샜다는 표정을 지었다.

"쳇, 알긴 하는군."

기련아는 의기양양해졌다.

"그 정도야 상식이지."

장소산은 대동일맥류가 뭔지 전혀 몰랐다. 졸지에 상식없는 인간이 될 위기에 처한 그는 뒤에 서 있는 주선약에게 슬쩍 물었다.

"대동일맥류가 뭐냐?"

"몰라요. 사형이 대충 지어낸 이름이겠죠."

무식하다는 소리 듣지 않으려 하다가 있지도 않은 유파를 인정해 버린 기련아는 장소산을 살펴보고는 말했다.

"대동일맥류의 계승자라면 확실히 상당한 실력이겠군. 좋아, 상대해 주지."

이런 일이 자주 있는지 산적들은 공터를 중심으로 둘러앉아 결투장을 마련했다. 기련아와 장소산은 모두가 바라보는 가운데 마주 섰다. 장소산은 정신을 가다듬으며 생각했다.

'대결이라……'

생각해 보니 이런 식의 대결은 처음이었다. 대련이야 해본 적 있지만 목숨을 건 승부와는 비교할 수가 없다.

'승부를 내는 것으로 끝내서는 안 된다. 상대를 죽여야 한다.'

잡아서 관에 넘기는 것은 기련아의 부하들이 용납하지 않을 것이다. 어중간하게 승부를 내면 이쪽이 위험해진다. 죽이지 못하면 죽는 승부!

'그런데……'

장소산은 주변을 둘러보며 눈살을 찌푸렸다. 도저히 정신을 집중할 분위기가 아니다. 산적들이 몇 초 만에 자신이 죽을지 내기를 하고 있는 것이다.

"오 초에 다섯 냥!"

"삼 초에 열 냥!"

"그래도 삼십 초는 가지 않겠어? 여덟 냥!"

다들 기련아가 이기는 쪽에 거는 와중에 관혁이 소리쳤다.

"연 선배님이 이기는 쪽에 백 냥!"

장소산과 산적들이 놀란 눈으로 관혁을 쳐다보았다. 그는 빙그레 웃고는 힘차게 소리쳤다.

"전 재산 다 걸었습니다! 꼭 이기십시오!"

"…그래, 고맙다."

대결이 마침내 시작되었다. 기련아는 폭이 넓으면서도 날을 얇은 기형도를 들어 보였다. 장소산 역시 자신의 무기인 두 개의 단봉을 꺼냈다.

"승부!"

심판 역의 산적의 외침과 동시에 기련아는 괴성과 함께 돌진하여 기형도를 내려쳤다.

"흐압!"

장소산은 단봉을 교차하여 기형도를 막았다.

챙!

그 순간이었다. 장소산은 단봉을 놓고 앞으로 한 걸음 나아가며 손을 뻗어 기련아의 턱을 잡아 내려쳤다.

"컥!"

기련아는 턱뼈가 빠지며 비틀거렸다. 그사이 장소산의 손바닥이 그의 가슴을 내리눌렀다.

퉁!

가벼운 소리가 나며 기련아는 뒤로 한 걸음 물러나더니 그대로 주저앉았다. 장소산은 그를 흘금 보고는 몸을 돌려 관혁에게로 돌아갔다.

관혁이 웃으며 돌아온 장소산을 반겼다.

"대단한 솜씨입니다."

장소산은 어깨를 두드리며 대꾸했다.

"빨리 끝내려고 조금 무리했어. 그래야 산적들이 덤빌 엄두를 못 낼 것 아냐."

"과연 그러셨군요."

처음에 산적들은 상황을 이해하지 못했다. 그도 그럴 것이 너무 빨리 끝나 버렸기 때문이다. 산적들은 기련아가 금세 일어날 것이라 생각하다가 그가 움직이지 않고 있자 그제야 이상함을 느끼며 웅성거리기 시작했다.

심판 역의 산적이 주저앉아 있는 기련아에게 다가갔다. 말을 걸어보았으나 대답이 없었다.

"두목님."

어깨를 툭 건드리자 기련아는 그대로 누워버렸다. 깜짝 놀라 맥을 잡아본 심판 역 산적은 경악하여 소리쳤다.

"죽었다!"

장소산은 무공총람 수공편의 수법과 소매치기로 단련된 빠른 손놀림으로 기련아에게 타격을 입히고, 이어 자신이 창안한 수심파로 일격에 심장을 파열시켜 해치운 것이었다.

자신의 두목이 설마 이렇게 간단하게 죽을 줄은 몰랐던 산적들은 경악하여 할 말을 잃었다. 그들의 정신을 깨운 것은 관혁의 말이었다.

"자자, 내가 이겼으니 돈 내놓으시지."

장소산은 넋을 잃은 산적들에게 돈을 받아 챙기는 관혁을 보며 떨떠름한 표정이 되었다.

'저 녀석, 내가 전력을 다하게 만들기 위해 일부러 이런 상황을 만든 것 아냐?'

한순간에 승부가 나긴 했지만 전력을 다했기에 장소산은 피곤함을 느꼈다. 그는 어서 객점에 가서 쉬고 싶다고 생각하며 관혁에게 말하려 했다.

"이봐……."

그런데 그때였다. 갑자기 관혁과 주선약이 검을 뽑더니 산적들을 찔러 죽이기 시작했다.

"뭐, 뭐야?"

산적들은 수가 백 명이 넘고, 그중 고수도 상당수 있었다. 하지만 두목인 기련아가 너무나 어이없이 죽는 광경을 본 후라 완전히 전의를 상실한 상태였다.

누구 하나 공격해 볼 엄두를 못 내고 검을 휘두르는 족족 죽어갔다. 공포에 질린 산적들은 도망쳤고, 관혁과 주선약은 그 뒤를 쫓으며 계속 죽여갔다.

"멈춰!"

장소산이 관혁의 앞을 가로막았다. 관혁은 검을 멈추고 물었다.

"왜 그러십니까?"

"너야말로 왜 그러는 거냐? 이미 다 끝나지 않았냐."

관혁은 웃으며 대답했다.

"끝나지 않았습니다. 산적 잔당 소탕이 남아 있지 않습니까. 선배님 께서는 느긋하게 구경이나 하고 계십시오. 나머지는 저희들이 알아서 할 테니까요."

장소산은 인상을 쓰며 목소리를 높였다.

"아니, 보고 있지 못하겠다. 왜 무의미하게 살인을 하는 것이냐? 사람을 죽이는 것이 재미있냐?"

"제가 살인광도 아닌데 재미있을 리가요. 전 사부님께 인명을 소중히 하라는 가르침을 받고 자랐답니다."

"잘만 죽이면서 그런 소리를 하는구나."

"산적들 아닙니까. 살아봤자 세상에 해만 되는 놈들입니다. 저런 쓰레기들을 일반 양민과 똑같이 볼 수는 없지요."

"그러니까 산적들은 아예 사람 취급을 안 한다?"

"그렇다고 할 수 있죠."

아무렇지도 않은 표정으로 태연히 대답하는 관혁을 보며 장소산은 오싹해지는 느낌을 받았다. 그는 참을 수 없어 목소리를 높였다.

“나와 같이 다닐 때 또다시 이런 식으로 행동하면 가만두지 않겠다!”

관혁은 어깨를 으쓱하고는 말했다.

“이런, 선배님께서는 아직 잘 모르시는 모양이로군요. 생각해 보십시오. 기련아만 죽이고 우리가 돌아가면 어떻게 되겠습니까? 산적들이 다른 두목을 선출하여 산적질을 되풀이할 것이 아닙니까. 여전히 근처의 백성들은 고통받을 테고, 그래서야 우리가 한 일이 무의미해지는 것이 아닙니까.”

장소산은 말문이 막히고, 반박할 말이 생각나지 않았다. 그런 그를 보며 관혁은 말했다.

“선배님께서는 너무 정이 많으신 것 같군요. 그래서는 아무리 무공이 뛰어나도 험난한 강호를 헤쳐 나가지 못합니다.”

“…….”

침묵하는 장소산을 보고 살짝 웃은 관혁은 계속해서 주선약과 함께 산적 잔당 소탕에 나섰다. 총 백십이 명의 청풍채 산적 중 삼십칠 명이 둘의 손에 죽고, 나머지는 뿔뿔이 흩어져 도망쳤다. 관혁은 산적들의 집을 뒤져 돈과 값나가는 물건을 꺼내고는 집들은 모조리 불을 질렀다.

“그럼 산을 내려갈까요?”

돈과 값나가는 물건을 수레에 싣고 일행은 산을 내려갔다. 관혁과 주선약은 청풍채에서 약탈한 재물을 근처 마을 사람들에게 나눠주었고, 사람들은 청풍채가 사라졌다는 말에 장소산 일행에게 감사를 표했다.

장소산은 관혁과 주선약이 재물을 나눠주는 것을 말없이 지켜보았다. 재물을 받은 사람들은 모두 그들의 협의를 칭송했다.

"협객이라……."

장소산은 떨떠름한 표정으로 중얼거렸다. 확실히 관혁의 행동은 세상에 도움을 주는 일이다. 악인을 멸하고 백성들을 돕는다. 사실을 나열해 보면 누구라도 그의 행동을 협이라 할 것이다.

'협행이라는 것이 좋은 것만은 아니었군.'

지금까지 몰랐던 세상의 또 다른 모습을 본 기분이었다.

다음날이었다. 객점에서 일어난 일행은 아침 식사를 하기 위해 모였다. 음식이 나오길 기다릴 시간에 관혁이 말을 꺼냈다.

"다음 목표를 생각했습니다."

장소산은 영 내키지 않는다는 표정을 지었다.

"그래?"

"살인을 별로 좋아하시지 않는 것 같아 이번에는 비무를 생각해 봤습니다."

"비무?"

"예, 상승검 추자기라는 이름 높은 고수입니다. 기련아보다 무공이 한 수 위라고 할 수 있습니다. 하지만 연 선배님이라면 충분히 이기실 수 있을 것입니다."

어제의 일 때문에 일부러 그렇게 목표를 정한 모양이었다. 장소산은 그래도 나쁜 놈은 아닌 모양이라고 생각하며 물었다.

"뭐 하는 사람인데?"

"자기 무공을 시험하겠다며 세상을 돌아다니며 닥치는 대로 시합을 하는 사람입니다. 지금까지 연전연승을 하여 이름이 알려졌지요. 마침이 근처에 와 있다고 하더군요. 어떻습니까? 싸워보시겠습니까?"

그런 사람이라면 싸워도 나쁠 것이 없다 생각한 장소산은 고개를 끄덕였다.

"좋아."

"잘 생각하셨습니다."

관혁은 즉시 추자기를 찾아가 비무 약속을 잡아냈다. 그리고 며칠 후 장소산은 한 작은 산 위에서 추자기와 마주 서게 되었다.

"추자기라 하오."

추자기란 사람은 삼십대에 마른 체격의 남자로, 평생 검만을 정진했는지 한 자루 날카로운 검을 연상케 했다. 장소산 역시 포권을 하고는 자신을 소개했다.

"연자천이라고 합니다."

"그럼 시작할까요?"

"예."

대결이 시작되었다. 추자기는 확실히 기련아보다 한 수 위의 고수였지만, 장소산 쪽의 무공이 위였다. 백여 초의 싸움 끝에 마침내 장소산이 승리했다.

"제가 이겼습니다."

"그렇구려."

승부가 결정되는 것으로 끝난 깔끔한 대결이었다. 장소산은 상대의 검을 비켜내고 단봉을 추자기의 급소에 가져다 대는 것으로 승리를 선언했고, 추자기는 깨끗이 패배를 승복했다. 장소산은 이 정도면 나쁠 것 없이 얼마든지 싸울 수 있겠다고 생각했다.

"추 형, 제가 이겼긴 하지만……."

그때 챙 하는 소리가 울려 퍼져 장소산은 깜짝 놀랐다. 추자기가 갑자기 자신의 검을 부러뜨려 버린 것이 아닌가?

"아니, 왜……?"

추자기는 대답했다.

"이것이 내 한계였던 것이오. 나와 상대해 주어서 감사했소."

그는 부러진 검을 던져 버리고 그대로 몸을 돌려 산을 내려가 버렸다. 그런 그를 바라보며 장소산은 중얼거렸다.

"어째서……."

지켜보던 관혁이 말했다.

"추 선배에게 있어 패배는 죽음을 의미하는 것이겠지요. 육신이 죽지 않아도 무인으로서의 그는 죽은 것입니다. 무인의 표본 같은 분이로군요. 이후 더 이상 강호에서 그를 볼 수 없을 것입니다."

"……."

순간 장소산은 한 가지를 절실히 깨달을 수 있었다. 명성이란 그저 고수들과 싸워 이기면 얻을 수 있는 간단한 것이 아니었다. 한 협객의 명성 밑에는 그가 지금까지 명성을 얻기 위해 짓밟고 올라온 수많은 사람들의 목숨과 인생이 있는 것이다.

'이것이 강호란 것인가?'

기련아와 추자기를 격파한 장소산의 가짜 신분인 유성권 연자천의 명성은 강호에 울려 퍼졌다. 강호의 무인들은 새롭게 등장한 신진고수를 주목했다. 당초의 목적대로 명성을 떨치게 된 것이다.

그러나 명성이 가지는 의미를 깨달은 장소산의 기분은 결코 편안하지 못했다.

第二十六章

배우는 자의 자격

객점 방의 문이 열리며 관혁이 뛰어들어 왔다. 그는 침상에 노곤한 표정으로 누워 있는 장소산을 향해 소리쳤다.

"연 선배님, 기뻐해 주십시오. 선배님의 명성이 강호에 퍼지기 시작 했습니다."

그는 호들갑스럽게 떠들어댔다.

"좀 전에 찻집에 들어갔는데 어떤 일이 있었는지 아닙니까? 그곳에 서 이야기꾼이 우리 이야기를 하는 것입니다!"

장소산은 김빠진 목소리로 대꾸했다.

"어, 그래."

"예, 그렇습니다. 우리가 청풍채를 격파하고 연 선배님이 추자기와 승부를 겨룬 이야기를 하는데, 결과만 맞을 뿐 내용은 모조리 다 지어 낸 거지 뭡니까. 내 정체를 밝히고 진짜 사실이 어땠는지 말하고 싶어서 혼났답니다. 하하하!"

"어, 그래."

신나게 말하던 관혁은 장소산의 반응이 영 신통치 않자 말을 걸어보았다.

"연 선배님."

"응."

"제 말 듣고 계신 겁니까?"

"응."

"유명해져서 기쁘지 않습니까?"

"기뻐."

"그럼 좀 확실히 기뻐해 보십시오."

장소산은 침상에서 몸을 일으켰다. 그리고 관혁을 향해 손을 휘휘 저었다.

"귀찮으니까 좀 나가 있어라."

"…예."

혼자가 된 장소산은 창밖을 내다보며 한숨을 내쉬었다.

"휴우~ 이러면 안 되는데."

가짜 신분인 연자천을 명성을 날리는 협객으로 만들어 천명회를 조사하는 데 이용한다는 계획을 위해서는 이러고 있을 때가 아니다. 더욱 명성을 날려 연자천이라는 이름을 강호의 사람들에게 각인시키지 않으면 안 된다.

그러나 명성을 얻기 위해서는 남을 밟고 올라가야 한다는 것이라는 것을 깨닫자 영 내키지가 않았다. 체질적으로 맞지가 않는 것이다.

물론 강호란 것이 아이들 이야기에나 나오는 것처럼 낭만적인 세상이 아니란 것쯤은 모르는 바가 아니다. 벌써 몇 번이나 남에게 속고 죽을 고비도 넘겨봐서 인간이 상황에 따라 얼마나 치사하고 더러워질 수 있는지 잘 알고 있었다.

하지만 남들이 아무렇지도 않게 명성을 위해 살인을 하고 남을 짓밟는 것을 잘 안다고 해서 자신도 똑같이 할 수 있는 것은 아니다. 그로서는 아무리 악인이라고 해서 아무렇지도 않게 마구 죽이고 잘했다고 자랑스러워할 수는 없었다.

살인을 전혀 안 해본 것은 아니다. 벌써 몇 명이나 죽여본 경험이 있다. 그러나 모두 상황이 어쩔 수 없으니 한 것일 뿐, 사람을 죽인 후엔 언제나 찝찝한 기분을 떨치기 힘들었다. 그렇다고 살인을 하고 무덤덤해질 정도로 살인에 익숙해지고 싶지도 않다.

'난 역시 구걸이나 하여 태평히 사는 거지가 맞는 모양이야……'

배가 고파진 그는 침상에서 내려왔다. 방문을 열고 아래로 내려가며 그는 생각했다.

'그냥 명성을 날리는 것은 이 정도로 해둘까? 목적을 위한 수단에 빠져 목적을 잊는 것도 곤란하니까. 내 목적은 어디까지나 천명회잖아.'

내려가 보니 주선약 혼자 식사를 하고 있었다. 장소산은 앞자리에 앉으며 물어보았다.

"관혁은 어디 갔지?"

"몰라요. 좀 전에 왔다가 도로 나가 버리더군요."

"그래?"

대화는 끊어졌다. 주선약은 장소산과 함께 행동하는 것을 그다지 마음에 들어 하지 않았다. 사형인 관혁 때문에 할 수 없이 하는 것뿐이었다. 그래서 장소산과 필요한 말 외에는 하지 않았고, 장소산 역시 그녀의 태도로 속내를 짐작하고 되도록 말을 걸지 않았다.

음식을 주문해 먹고 장소산은 다시 방으로 돌아갔다. 일행의 목적지를 정하는 사람이 관혁이었기 때문에 그가 돌아오지 않는 한 출발은 없었다. 장소산은 관혁이 돌아오면 그만 헤어지자는 말을 꺼낼 생각이었다.

저녁이 되자 관혁이 돌아왔다. 그런데 장소산이 말을 꺼내기도 전에 관혁이 용건을 꺼냈다.

"함양으로 갑시다."

주선약이 물었다.

"그곳에는 왜?"

"거기 사는 거상인 윤문서가 신진고수들을 초청한다고 하더군요. 거기 가면 잘 대접받고 선물도 받을 겁니다. 다른 고수들과 만나 안면을 익힐 수도 있고요."

"그러니까 놀러 가자는 말이네."

주선약은 표정이 좋지 않았지만, 관혁은 웃으며 말했다.

"가끔 이런 일도 있어야겠지요."

장소산은 관혁이 자신의 기분이 좋지 않은 것을 알고 비위를 맞춰주려고 하는 것임을 눈치챘다. 헤어지자는 말을 할 생각이었던 그는 고민했다.

'싸울 일도 없고 하니 헤어지기 전에 한번 가봐?'

부잣집에 초대받는다니 산해진미에 호화로운 대접을 받을 것이다. 먹을 수 있는 기회를 놓치지 않는 것이 거지인 법, 하물며 그것이 산해진미임에야! 천성이 거지인 장소산은 마음이 크게 흔들렸다.

'가, 말어? 가, 말어?'

마침내 그는 결정을 내렸다.

'고수들을 만나 연자천의 모습을 인식시키면 나중을 위해서도 좋겠지.'

일행은 다음날 바로 출발하여 함양에 도착해 저택에 가서 이름을 밝히니 친히 윤문서가 나와 일행을 맞이했다.

"하하, 어서 오시게."

윤문서는 일행을 안내하여 저택 안으로 들어갔다. 저택에는 이미 도착한 신진 협객들이 모여 있었다. 그들은 윤문서가 나타나자 모두 자리에서 일어났다.

"여기 이분은 유성권 연 대협과 종남의 관 소협, 주 소저일세."

장소산의 가짜 신분인 연자천에 대한 소문은 근래 막 이름이 알려진 경우라 아는 사람도 있고, 모르는 사람도 있었다. 윤문서는 연자천이 최근 이룬 업적을 설명했다. 한 일은 고작 두 가지 뿐이지만 두 경우 다 유명한 일류고수를 격파한 것이라 이야기를 들은 협객들의 장소산을 보는 눈빛이 달라졌다.

"난세에 영웅이 난다더니 영웅의 풍모를 가진 분이시로군요. 전 김진도라고 합니다."

한 협객이 나와 포권을 했다.

"연자천이오."

장소산은 답례하며 모인 협객들의 소개를 들었다. 대부분 젊은 사람들로 들어본 적이 없는 이름이었다.

'특별히 신경 쓸 만한 고수는 없는 모양이군.'

인물들은 눈에 차지 않았지만 윤문서의 대접만은 상당했다. 장소산은 생전 처음 들어보는 진미들을 실컷 먹어볼 수 있었다. 조금 명성이 높아진 것만으로 이런 대접을 받을 수가 있다니! 장소산은 이래서 다들 명성을 날리려고 혈안이 되는 모양이라고 생각했다.

"자, 연 대협, 한잔 드시지요."

김진도라고 소개한 협객이 옆에 앉아 술을 권해왔다. 그다지 술을 좋아하지 않는 장소산은 못마땅한 눈으로 그를 쳐다보았다.

'이 녀석, 왜 이래?

그러고 보니 아까 전부터 자꾸 말을 걸며 친해지려 하는 것 같았다. 장소산은 김진도가 잠시 자리를 비운 틈에 관혁에게 물어보았다.

"김진도라는 사람, 어떤 인물인가?"

"저도 잘은 모르지만 최근 이름이 알려지기 시작한 협객이라고 하더 군요. 문파나 소속 같은 것은 전혀 알려지지 않았습니다. 신경 쓰이십 니까?"

"내가 신경 쓰는 것이 아니라, 그 녀석이 신경 쓰이게 구는 걸세."

관혁은 웃으며 답했다.

"그야 뛰어난 고수이신 연 선배님과 친해지고 싶어서가 아니겠습니 까."

날이 어두워졌다. 장소산 일행은 다른 협객들과 마찬가지로 윤문서의 저택에 묵게 되었다. 하녀의 안내를 받아 자신의 방에 도착한 장소산은 자리에 누웠다.

"오늘 간만에 포식했군."

비단금침에 누우니 그렇게 편안할 수가 없다. 눈이 절로 감겨왔다. 장소산은 잠 속에 빠져들기 시작했다.

그런데 한참 잘 자고 있을 때 갑자기 문이 열리며 누군가 뛰어들어왔다.

"······!"

장소산은 즉시 일어나 방에 들어온 사람을 확인했다. 아까 식사 때 시중들던 하녀 중에 하나였다.

"이 밤중에 무슨 일로?"

하녀는 대답 대신 급히 문을 닫고 침대 밑으로 기어들어 가 버렸다. 영문을 알 수 없는 사태에 장소산은 어리둥절해했다.

"어이, 이봐."

침대 밑을 들여다보며 말을 거는데, 하녀는 손가락으로 입을 막으며 말했다.

"내가 여기 있다는 것을 아무에게도 말하지 마!"

어디서 들었던 목소리 같은데 누군지 생각이 나지 않았다. 장소산이 기억을 더듬고 있는데 발소리가 들려오더니 누군가 문을 두드렸다.

"무슨 일인가?"

장소산이 묻자 방문 밖에서 목소리가 들려왔다.

"잠을 깨워서 죄송합니다. 도둑이 든 모양입니다. 연 대협께서는 괜찮으십니까?"

"그런가."

"혹시 수상한 사람을 보지 않으셨습니까?"

장소산은 침대 아래쪽을 흘금 본 다음 대답했다.

"이 근처에 수상한 인기척 같은 것을 느낀 적은 없네. 아마 다른 쪽으로 갔겠지."

"알겠습니다."

발소리가 멀어져 갔다. 장소산은 침대를 두드리며 말했다.

“그만 나오시지.”

하녀가 기어나왔다. 그녀는 멋쩍은 표정을 지었다.

“고맙습니다.”

장소산은 하녀를 훑어보며 물었다.

“여긴 어쩐 일이지, 수초?”

“어, 나란 것을 어떻게 알았어? 내 변장에 문제가 있었나?”

역시나 수초였다. 장소산은 한숨을 내쉬고는 대답했다.

“그게 아니라 목소리는 아는 사람 목소리인데, 얼굴은 처음 보는 사람이니 변장했다고 생각했지. 변장하니까 생각나는 것이 너밖에 없더군.”

“아, 그랬구나. 아깐 급해서 나도 모르게 목소리를 바꾸는 것을 잊었지 뭐야. 앞으로 주의해야겠네.”

실수를 반성하는 수초를 보며 장소산은 인상을 찌푸리며 물었다.

“여긴 어쩐 일이지? 설마 날 쫓아온 것은 아니겠지?”

수초는 당당히 대답했다.

“그야 당연히 아니지. 싫다는 사람 억지로 쫓아다닐 만큼 난 값싼 여자가 아니라고.”

장소산은 웃고는 물었다.

“그럼 무슨 일인데?”

“내 개인적인 일이야.”

“개인적인 일인데 왜 날 찾아왔지?”

“그야 숨을 곳이 마땅치 않은데 마침 당신이 이곳 손님으로 들어와 있어서 급한 김에 온 거지.”

수초의 대답에 장소산은 좀 전의 일을 떠올렸다. 분명 도둑이 들어왔다고 했다. 뿐만 아니라 그녀는 이곳 하녀로 변장하고 있지 않은가.

"도둑질을 하러 온 것인가? 하긴 부잣집이니 값나가는 물건이 많겠지……."

수초는 발끈해서 말했다.

"도둑질이야 당신 전문 분야겠지!"

"그럼 왜?"

"찾을 물건이 있었을 뿐이야."

장소산은 피식 웃었다.

"보통 그런 것을 도둑이라고 하지, 아마?"

"도둑이 아냐! 원래 내 물건을 되찾으려는 것뿐이니까!"

"그게 뭔데?"

"무공총람 장법편!"

이어지는 수초의 대답에 장소산은 놀라고 말았다.

2

장소산은 놀라 물었다.

"무공총람이라고? 너도 무공총람을 가지고 있었단 말이야?"

수초 역시 조금 놀랐다.

"너도라면 당신도 가지고 있나?"

"그래, 몇 권을 가지고 있지."

"그랬었군."

놀란 것도 잠시, 수초는 별로 관심 없다는 투로 말했다.

"다른 무공총람 따위는 필요없어. 나에게 필요한 것은 장법편, 도둑맞은 스승님의 유품뿐이니까."

장소산은 생각했다.

'무언계가 말했다. 열 권의 무공총람 중 다섯 권은 오절신군에게 팔고, 나머지 다섯 권을 무림맹에 주었다고. 하지만 그전에 책이 완성되었을 때 친구들에게 한 권씩 베껴 가게 했다고.'

그는 수초에게 물었다.

"네 사부이신 남이랑이 천하제일고수 무언계의 친구였나?"

"아니, 사부님의 아버님이 친구였지."

"아, 그런가."

수초는 대답하며 창문을 조금 열고 밖의 동태를 살폈다. 주변이 조용한 것이 적어도 이 근처에는 그녀를 찾는 사람은 없는 것 같았다.

"어쨌든 도와줘서 고마워. 그럼 이만."

그녀는 창문을 통해 나가려고 했다. 장소산이 그녀를 붙잡았다.

"잠깐!"

"왜?"

"무공총람 장법편을 집주인인 윤문서가 가지고 있는 건가?"

수초는 의심스런 눈으로 장소산을 살펴보다가 물었다.

"무공 비급이 욕심나나 보지?"

아니라고 하면 거짓말이다. 장소산은 솔직히 고개를 끄덕였다.

"사실 그래. 이렇게 된 이상 나와 힘을 합치는 것이 어때? 네 말대로 도둑질이라면 내 전문 분야이니까. 난 책 자체를 원하는 것이 아닌 책의 내용을 알고 싶은 것뿐이니까, 책을 되찾으면 내가 읽게 해주기만 하면 돼. 그뿐 아니라 원하면 내가 가진 무공총람을 보여줄 수도 있어."

이 정도면 수초에게 엄청나게 이득이 되는 제안이다. 장소산은 당연히 그녀가 승낙하리라고 예상했다.

그러나 수초는 딱 잘라 거절했다.

"됐어!"

그리고는 그대로 창밖으로 뛰어나가 사라져 버렸다.

"허참!"

장소산으로서는 거절 이유를 도무지 짐작할 수 없었다. 그는 머리를 긁적이다가 자기 나름대로 무공총람을 찾아보기로 했다.

'내가 찾아내서 그녀에게 돌려주면 고마워서라도 책을 볼 수 있게 해주겠지.'

아침이 되자 하녀 하나가 사라졌다는 이야기가 들려왔다. 그녀가 도둑이었을 것이라고 말들 할 뿐 잡혔다는 소식은 없었다.

'아마도 다른 사람으로 변장해서 어딘가에 있겠지.'

장소산으로서도 수초가 변장하여 사람들 속에 섞여 있으면 찾을 방도가 없다. 그녀의 행동을 주시함으로써 무공총람이 있는 곳을 짐작할 수 없으니 다른 방법을 생각해야 했다.

생각 끝에 그는 식사 자리에서 말을 꺼내보았다.

"윤 대인께서는 무공에 관심이 많으신 것 같습니다."

윤문서는 웃으며 대답했다.

"무공보다는 강호 자체에 관심이 있지요. 나와는 연관이 없는 세상이긴 하지만 말입니다. 어렸을 때 호신 삼아 몇 가지 무공을 배워보긴 했지만, 적성에 맞지 않다는 것을 깨닫고 포기했지요."

"그렇습니까. 전 윤 대인이시라면 진귀한 무공 책자 등을 수집하지 않았을까 하는 생각이 들어 기대했는데 틀렸나 보군요."

윤문서는 조금 놀란 표정이 되었다.

"허허, 연 대협께서 날카로운 면이 있으십니다. 말씀대로 무공 책자 등을 수집했었습니다. 하지만 진정한 무공 비급이라 할 만한 것은 단 하나도 구할 수 없었습니다. 역시 저와 강호는 인연이 없었던 것이지요."

"실례가 안 된다면 좀 보여주실 수 있나요?"

"남에게 보일 만한 것이 아닙니다. 하지만 연 대협께서 원하신다면 보시는 것쯤은 어려울 것 없습니다."

"꼭 부탁드립니다."

다른 협객들도 흥미를 보여 모두가 윤문서의 서고를 구경하기로 했다. 안내를 받아 도착한 서고에는 수천 권 분량의 책들이 꽂혀 있었다. 한 협객이 감탄하여 말했다.

"책이 굉장히 많군요!"

"대부분 학문과 지리 등을 소개한 책입니다. 무공 책자는 일부이지요."

윤문서는 서고 한구석의 책장을 가리켰다. 장소산이 살펴보니 백여 권의 책들이 꽂혀 있었다. 몇 권을 빼서 대충 훑어본 장소산은 곧 실망했다.

'평범하군.'

강호에서 흔히 구하고 익힐 수 있는 무공들뿐이었다. 절기라고 할 만한 것도 몇 가지 있었지만 장소산의 수준에서 눈에 차는 것은 없었다. 혹시나 하는 생각에 일일이 책을 뒤져 보았지만 무공총람은 보이지 않았다.

"찾고 계신 것이 있습니까?"

윤문서가 책을 뒤지는 장소산에게 물었다. 장소산은 잠시 망설이다가 단도직입적으로 물어보았다.

"혹시 무공총람이라는 무공 비급을 들어본 적이 있으십니까?"

잠시 생각해 보던 윤문서는 고개를 저었다.

"모르겠는데요."

장소산은 윤문서를 주시했지만 특별히 놀라거나 하는 기미는 전혀 보이지 않았다.

'잘못 집었나?'

그런데 김진도가 물어왔다.

"무공총람이란 어떤 무공 비급입니까?"

장소산은 자세한 사실은 밝히지 않고 대충 넘어갔다.

"저 역시 잘은 모릅니다. 그냥 어디서 들었는데, 그런 무공 비급이 여러 권 있어 세상에 나돌고 있다고 하더군요. 혹시나 윤 대인께서 가지고 계시지 않을까 해서 물어보았는데 역시 없는 것 같군요."

윤문서는 고개를 끄덕이고는 말했다.

"그랬군요. 제가 모은 무공 책자는 여기 있는 것이 전부입니다. 여기 없다면 없는 것이겠지요."

서고를 나온 일행은 제각기 흩어졌다. 방으로 돌아온 장소산은 곰곰이 생각해 보았다.

'윤문서가 책을 가지고 있지 않다면, 이곳에 모인 협객 중에 하나일 가능성이 높다.'

이렇게 생각하니 가장 먼저 떠오르는 것은 바로 김진도였다. 그는 무공총람이라는 것에 흥미를 느끼고 물어보지 않았는가.

'그것만으로는 그가 책을 가지고 있다고 보기에는 한참 모자라지만……'

그는 이곳에 모인 협객들을 하나씩 조사해 보기로 하고 첫 번째 대상을 김진도로 삼았다. 그는 일단 찾아가 보기로 하고 김진도의 방으로 향했다. 그런데 막 방문 앞에 도착했을 때였다. 방 안에서 날카로운 목소리가 들려왔다.

"왜 내 방을 뒤지는 거지?"

"전 뒤지지 않았습니다."

"거짓말하지 마라. 도둑질할 속셈이 아니라면 어째서 내 방에 몰래 들어왔단 말이냐?"

장소산은 문을 열고 들어가며 물었다.

"무슨 일이오?"

김진도는 하인의 팔을 잡고 있다가 장소산을 보고 대답했다.

"잠시 방을 비웠다 들어와 보니, 이 하인이 내 방을 뒤지고 있었습니다."

하인은 다급히 말했다.

"뒤지지 않았습니다. 그저 별 생각 없이 물건을 만졌을 뿐입니다."

"홍, 그따위 변명이……."

그때 장소산이 웃으며 끼어들었다.

"허허, 아무래도 오해가 있었던 모양이오."

그는 즉시 이야기를 지어내어 설명했다.

"내가 김 소협과 이야기를 나눌 것이 있어서 저 하인에게 불러오라고 명령했소. 아무리 기다려도 소식이 없기에 직접 와보니 이런 일이 벌어지고 있었구려."

"아, 그렇습니까."

장소산이 이렇게 말하니 자신 혼자 도둑이라고 우길 수는 없어진 김진도는 하인의 팔을 놓았다.

"미안하게 되었군. 앞으로는 오해 사지 않도록 행동 조심하게."

“예.”

하인은 물러갔다. 장소산은 물러가는 하인에게 전음을 전했다.

“나중에 봅시다.”

김진도는 표정을 바꾸어 웃는 얼굴로 장소산에게 물었다.

“무슨 일로 저를 찾으셨습니까?”

방금 지어낸 구실이니 할 말이 있을 리가 없었다. 장소산은 적당히 장래가 기대되는 김진도와 많은 이야기를 하고 싶었다고 했다.

“그러셨습니까? 저 역시 연 선배님과 좀 더 이야기를 나누고 싶었습니다.”

김진도는 좋아하며 장소산에게 같이 술을 마시자고 했다. 거절하면 지금까지의 거짓말이 들통날 것 같아 장소산은 별수없이 그를 따라 술집으로 갔다. 한창 술과 이야기가 오가는 가운데, 어느 정도 술에 취한 김진도가 장소산의 손을 덥석 잡으며 말했다.

“연 선배님, 형님으로 모시고 싶습니다. 허락해 주십시오.”

장소산은 대답 대신 물었다.

“자네 몇 살인가?”

“헤헤, 이룬 것 없이 나이만 먹었습니다. 스물여덟입니다. 절 동생으로 받아들여 주시겠습니까?”

장소산은 생각했다.

‘네가 나보다 일곱 살이나 많으면서 굳이 동생이 되고 싶다면 나도 말리진 않으마.’

그는 웃으며 물었다.

“내가 많이 모자란 점이 있는데 형이 되어도 괜찮겠는가?”

“모자라다니요. 저야말로 모자랍니다.”

"아니, 분명 자네는 많네(나이가)."

"그렇게 생각해 주시니 몸 둘 바를 모르겠습니다. 그렇다면 제가 형님이라 불러도 되겠지요?"

"허허, 얼마든지 부르게나."

술자리가 끝나자 장소산은 김진도와 헤어져 자신의 방으로 돌아왔다. 침상에 누워 쉬고 있는데 문을 두드리는 소리가 들렸다.

"들어오게."

문이 열리며 아까 전 하인이 들어왔다. 장소산은 자리에서 일어나 하인을 보며 말했다.

"넌 변장은 잘하지만 도둑질 솜씨는 영 서투르구나."

하인, 아니, 수초는 고개를 숙였다.

"도와줘서 고마워."

"아니, 나야말로 고맙군. 김진도가 무공총람 장법편을 가지고 있다는 것을 덕분에 알게 되었으니까."

장소산의 말에 수초는 깜짝 놀라 물었다.

"책을 훔칠 셈이야?"

"어설픈 네가 성공하기를 기다리는 것보다 내가 손쓰는 편이 확실하지 않겠어? 걱정 마, 책을 손에 넣으면 곧 너에게 돌려줄 테니까. 그전에 내가 좀 보겠지만 말이야."

수초는 버럭 소리 질렀다.

"안 돼!"

장소산은 눈살을 찌푸렸다.

"내가 책을 좀 보는 것이 그렇게 싫은 일인가? 너무 쩨쩨하게 구는 것 아냐? 나도 내 무공총람을 보여주면 되잖아."

"무공총람의 무공 때문이 아니야. 아니, 무공 따위야 보든 말든 상관 없어. 이건 내가 해결해야 할 문제야."

"무슨 뜻이지?"

"……."

수초는 대답하지 않았다. 장소산은 어깨를 으쓱하고는 말했다.

"이유를 모른다면, 내가 무공 비급을 눈앞에 두고 참고 있을 필요가 없지."

흠칫 놀란 수초는 망설이다 입을 열었다.

"좋아, 말해주지. 대신 당신은 이 일에서 손을 떼."

장소산은 대꾸했다.

"들어보고 그럴 만하면."

수초는 살짝 인상을 썼다가 한숨을 내쉬고는 이야기를 시작했다.

"내가 김진도를 처음 만난 것은 칠 년 전, 철모르던 열 살짜리 어린 애였던 때야."

그녀는 말했다.

"원래 난 고아였어. 사부님이 날 주워 키워주셨지. 줄곧 산속에서 살아왔기에 사부 이외의 아는 사람이 그리 많지 않았지. 그런 면에 있어서 김진도는 내게 생소한 사람이었어. 그는 사부님을 찾아와 제자로 받아줄 것을 청했지."

3

김진도는 몇 번이나 머리를 땅에 부딪쳐 가며 절을 했다.

"절 제자로 받아주십시오!"

머리에서 피가 배어 나왔다. 옆에서 보던 어린 수초로서는 신선한 충격이었다. 그 하기 싫은 따분하고 힘든 무공 수련을 배우고 싶어 안달이 난 사람이 있었다니!

"전 알고 있습니다. 천면귀 남이랑의 변장술이 유명하지만, 무공 역시 절세적이라는 사실을 말이지요. 꼭 그 무공을 배우고 싶습니다. 절대 실망시켜 드리지 않겠습니다."

남이랑은 싸늘하게 말했다.

"내 무공은 네가 생각하는 것처럼 대단하지 않다. 확실히 내 아버님의 무공은 대단하셨지만, 나는 자질이 부족해 아버님의 무공의 반도 채 이어받질 못했다."

"그 무공을 제가 부활시키겠습니다!"

김진도의 열의는 수초가 보기에 실로 대단했다. 사부에게 있어서도 배우기 싫어하는 자신보다 저 사람을 가르치는 것이 백배 나을 거라는 생각이 들었다.

그러나 남이랑은 딱 잘라 거절했다.

"나 말고 다른 스승을 찾아봐라."

"그, 그런!"

김진도는 집 앞에 꿇어앉아 며칠 밤낮을 새며 계속해서 애원했다. 불쌍하다는 생각이 든 수초는 남이랑에게 말해보았다.

"저 사람을 제자로 받아주면 안 돼요?"

남이랑은 고개를 저었다.

"안 된다."

"왜요? 자질이 부족하나요?"

"자질이라면 나보다 훨씬 나을 것 같구나. 하지만 무공을 배우는 데 있어 중요한 것은 자질만이 아니란다."

"그럼 뭐가 필요한 데요?"

남이랑은 대답하지 않았다. 그저 웃으며 어린 제자의 머리를 쓰다듬을 뿐이었다.

김진도는 꼬박 삼 일 밤낮을 애원하다가 마침내 사라졌다. 수초는 그가 포기하고 돌아간 모양이라고 생각했다. 그런데 다음날 물을 길러 샘으로 간 그녀는 그곳에서 김진도를 다시 만났다.

"이곳에서 뭐 하고 있어요?"

쭈그리고 앉아 있던 김진도는 수초를 보고 힘없이 웃었다.

"아무것도."

산속에서 남이랑과 단둘이서 살아온 수초는 이야기 상대가 사부 외에는 없었다. 하나뿐인 이야기 상대인 남이랑의 경우도 주로 엄하게 가르치는 쪽이었기에 즐겁게 대화를 나눌 상대로서는 부족했다.

사부에게 거절당한 김진도를 불쌍하게 여기던 수초는 그에게 말을 걸었고, 이런저런 이야기를 나누게 되었다. 이야기 중에 김진도는 자신에 대해 털어놓았다.

"무공에 뜻을 두었지만 여기저기 기웃거리며 배운 무공이라고는 모두 삼류의 것들뿐이었어. 제대로 된 스승을 찾아야 된다고 생각해 천하 여기저기를 헤맸지만 아무도 날 받아주지 않더군."

수초는 물었다.

"그렇게 사부 구하기가 힘들어요?"

김진도는 쓴웃음을 짓고는 대답했다.

"좋은 집안을 타고났다면 어려운 일이 아니었겠지. 하지만 난 그렇지 못했으니까. 게다가 이렇게 나이만 먹어가니 더욱 힘들어지더군.

무공이란 어렸을 때부터 기초를 다져야지, 다 자란 후에 배우면 큰 성취를 보기 힘드니까."

그는 말을 이었다.

"이제 내 나이 스물하나, 새로 무공을 익히기에는 너무 늦은 나이지. 너의 사부인 남이랑에게도 제자로 들어가는 것이 실패하면 포기할 생각이었어."

수초는 김진도가 너무나 불쌍하게 보였다. 그래서 자신도 모르게 말하고 말았다.

"내가 무공을 가르쳐 줄게요!"

김진도는 놀란 눈으로 그녀를 쳐다보았다.

"네가 무공을 가르쳐 준다고?"

"그래요. 내가 사부님이 가르쳐 주는 그대로 전해주면 되는 거잖아요."

"그렇긴 하지만……."

머뭇거리던 김진도는 물었다.

"네 사부님이 알면 널 크게 혼낼 거야. 그래도 괜찮겠니?"

"모르게 하면 되는 거 아니겠어요?"

어린 수초는 타인에게 본 파의 무공을 유출한다는 의미를 잘 알지 못했다. 그냥 그까짓 무공, 배우고 싶어 하는 사람에게 가르쳐 주면 어떠냐고 생각했을 뿐이다.

그 후 수초는 틈틈이 샘에서 김진도를 만나 무공을 가르쳐 주었다. 사부인 남이랑에게 들은 것을 그대로 전해주는 수준이었지만, 김진도가 무공을 익히다 의문이 나는 것을 물으면 기억해 두었다가 남이랑에게 무공을 배울 때 물어가며 가르치니 큰 문제는 없었다. 이미 충분한 기초를 다져 놓고 무공에 대한 열의가 강했던 김진도의 성장은 빨랐다.

수초에게 있어서 김진도를 가르치는 시간은 색다른 즐거움이었다. 힘든 무공 수련 시간도 나중에 그에게 가르쳐 줄 생각으로 열심히 배웠다. 그리고 무엇보다 그와 함께하는 시간이 좋았다.

어느덧 시간은 삼 년이 흘렀다. 김진도는 산속 깊은 곳에 움막을 짓고 남이랑 몰래 살았다. 수초는 기회가 될 때마다 그의 움막을 찾아갔다. 그녀의 나이 열세 살, 김진도는 그녀에게 특별한 사람이 되어 있었다. 그를 위해 무엇이라도 할 수 있었고, 그 무엇도 숨기지 않았다.

"무공총람이라고?"

"그래요. 사부님의 아버님께서 천하제일고수인 무언계에게 선물 받은 무공 비급이지요. 사실 저도 아직 본 적은 없어요. 아직 배울 때가 되지 않았대요."

수초는 웃으며 말을 이었다.

"사부님도 이제 나이가 많으시니 곧 내게 가르쳐 줄 거예요. 그럼 함께 수련해요."

김진도는 고개를 끄덕이고는 그녀의 머리를 쓰다듬었다.

"그날이 기대되는걸."

즐거운 시간이 지나고 수초는 집으로 돌아갔다. 문을 열고 안으로 들어가자 사부의 목소리가 들려왔다.

"수초냐?"

"네."

대답을 한 수초는 식사 준비를 했다. 그녀 자신은 이미 김진도와 함께 먹은 후라 대충 음식을 차린 그녀는 상을 들고 사부의 방으로 들어갔다. 남이랑은 침대에 누워 있었다.

“자, 드세요.”

상을 앞에 올려놓자마자 그녀는 그대로 방을 나섰다.

다음날 아침에 일어난 수초는 평소대로 아침 훈련을 끝냈다. 그런데 이상하게도 남이랑이 나오지 않았다.

“늦잠을 주무시나?”

수초는 식사를 차려 남이랑의 방으로 들어가 보니 그는 여전히 침대에 누워 잠들어 있었다. 그녀는 잘됐다고 생각했다.

“이 기회에 오빠 집에 갔다 와야겠다.”

그녀는 홍얼거리며 김진도의 집으로 가 날이 늦도록 놀다 집으로 돌아왔다. 그런데 집 안이 아무도 없는 것처럼 조용한 것이 뭔가 이상했다.

“사부님?”

남이랑의 방으로 들어가 보았다. 아침에 차려놓고 간 식사가 싸늘하게 식은 채 그대로였다. 그제야 뭔가 이상하다는 것을 깨달은 수초는 남이랑의 상태를 살폈다. 몸에서 열이 나고 맥박이 약했다.

“사부님!”

무공은 익힌, 그것도 일류고수 수준에 이른 사람이 이런 상태라는 것은 뭔가 크게 잘못된 것임이 틀림없었다. 수초는 당황했다. 생각해 보니 최근 사부의 상태가 이상했다. 하지만 그녀는 김진도와 만나는 데 바빠 사부에게 전혀 신경 쓰고 있지 않아 이제야 알게 된 것이었다.

“사부님!”

당황한 수초는 남이랑을 흔들며 불렀다. 남이랑은 힘없이 눈을 뜨더니 물었다.

“…수초냐?”

“예, 잠시만 기다리세요. 의원을 불러올 테니까.”

수초는 즉시 달려가려는데 남이랑이 그녀의 손을 잡았다.

"한 가지 약속해 다오. 내 몸이 이렇다는 것을 데려올 의원 외에 그 누구에게도 말하면 안 된다."

수초가 고개를 끄덕이자 남이랑은 그제야 안심하여 손을 놓았다.

그러나 그녀는 제대로 약속한 것이 아니었다. 단지 급한 김에 아무 생각 없이 고개를 끄덕인 것일 뿐, 사부가 왜 그런 말을 한 것인지 의미를 전혀 생각하지 않았다.

밤이 늦고, 의원이 있는 마을까지는 너무나 멀다. 이런 경우를 처음 겪은 수초는 당황하다 의지할 사람을 떠올렸다. 바로 김진도였다.

"오빠!"

즉시 김진도에게 달려가 자초지종을 설명했다. 김진도는 고개를 끄덕이고는 수초와 함께 마을로 달려가 의원을 데려왔다.

"난 밖에서 기다릴 테니까."

김진도의 말에 고개를 끄덕인 수초는 의원과 함께 집 안으로 들어갔다. 의원은 남이랑을 진맥하고는 고개를 저었다.

"마음의 준비를 하시는 것이 좋겠습니다."

이미 오래전부터 진행되어 손을 쓰기에는 너무 늦었다는 것이다. 수초는 엉엉 울었지만 이미 예상하던 결과라 남이랑은 담담했다. 그는 수초를 위로하며 의원에게도 자신의 대해 아무에게도 말하지 말 것을 다짐받았다.

의원이 돌아가자 남이랑과 수초 둘만이 남았다. 남이랑은 우는 수초의 머리를 쓰다듬다가 입을 열었다.

"내 머리맡의 서랍을 열어보아라."

수초는 울면서 시키는 대로 했다. 서랍 속에는 무공총람 장법편이라고 적힌 책이 한 권 있었다.

"이건……."

"내 아버님이 무언계에게 선물 받은 무공 비급이다. 천하제일고수의 무공 비급이라고 대단히 여길 것은 아니다. 이 책 한 권만으로는 큰 성과를 보기 어려우니까. 단지……."

남이랑은 살짝 웃으며 말을 이었다.

"난 지금까지 나름대로 내 모든 것을 전수했다. 하지만 아직 많이 모자란 것 같구나. 그 책에는 아직 너에게 제대로 주지 못한 것이 담겨 있단다."

"사부님……."

수초는 눈물을 글썽거렸다. 그런데 그때였다. 문이 열리며 웃음 섞인 목소리가 들려왔다.

"그렇다면 그 책만 얻으면 이제 더 이상 당신에게 배울 것이 없다는 것이로군."

깜짝 놀라 돌아보니 김진도가 서 있었다. 수초는 떨리는 목소리로 물었다.

"오빠?"

김진도는 웃으며 천천히 다가왔다. 남이랑은 탄식했다.

"수초야, 내가 아무에게도 말하지 말라고 했는데 약속을 어겼구나!"

그는 고개를 돌려 김진도를 보고는 물었다.

"철모르는 내 어린 제자를 속여 원하는 무공을 배웠으면 되었지, 무엇을 또 원하고 찾아온 것이냐?"

김진도는 싱글거리며 대답했다.

"아직 부족하오. 나에게 무공총람을 주시오."

수초는 안색이 새파랗게 변했다. 그녀는 어째서 다정하던 김진도가 무서운 표정으로 눈앞에 서 있는지 이해할 수가 없었다.

그녀는 벌떡 일어나 노한 목소리로 외쳤다.

"이게 무슨 짓이에요! 썩 나가요!"

김진도는 차가운 목소리로 대꾸했다.

"미안하지만 그럴 수는 없어. 아직 내 무공으로 강호를 종횡하기에는 부족해. 내 무공을 더욱 높이기 위해서는 무공총람이 필요해."

수초는 그제야 자신이 지금까지 이용당하고 있었다는 것을 깨달았다. 그녀는 배신감에 몸을 떨며 김진도를 향해 달려들었다.

"이 나쁜 놈!"

그러나 김진도의 무공은 수초를 능가하고 있었다. 몇 초 만에 수초는 방구석으로 나가떨어졌다. 그녀는 다시 일어나 공격하려고 했지만 남이랑의 목소리에 가로막혔다.

"그만두어라."

남이랑은 김진도를 보며 말했다.

"책을 가져가라. 그리고 다신 나타나지 마라. 내 비록 이런 상태지만 동귀어진할 힘 정도는 남아 있다."

그를 두려워하는 마음이 있던 김진도는 순순히 고개를 끄덕였다.

"알겠소."

김진도는 바닥에 떨어진 무공총람을 주워서는 사라져 버렸다. 그가 사라지고 난 후 방 안에는 울음소리가 계속 울려 퍼졌다.

"죄송해요, 죄송해요, 죄송해요……."

수초는 자신의 어리석음과 사부에 대한 미안함으로 눈물을 흘리며 끊임없이 사과했다. 남이랑은 그녀의 머리를 쓰다듬으며 말했다.

"괜찮아. 난 괜찮으니까."

그는 한숨을 내쉬었다.

"어린 널 두고 가려니 마음이 안 놓이는구나. 아이야, 사부의 마지막 부탁을 들어주련?"

수초는 눈물을 멈추고 그를 바라보았다.

"예."

남이랑은 말했다.

"무공 따위는 아무래도 상관없다. 부디 마음에 두지 말거라."

그 말을 끝으로 남이랑은 숨을 거두고 말았다.

4

수초의 이야기는 이렇게 끝이 났다. 그녀는 말했다.

"의원의 말에 따르면, 사부님의 병은 이미 몇 년 전부터 진행된 것이라고 했어. 그런데 같이 살던 나는 전혀 모르고 있었어. 멍청하게도 김진도에게 정신이 팔려 있었던 탓이지."

그녀의 얼굴에서 눈물이 흘러내렸다.

"세상에 나같이 나쁜 제자가 어디 있겠어. 사문의 무공을 유출하고, 사부의 말씀을 어기고, 사부님에게 뭐 하나 제대로 해드리지 못했어."

잠자코 듣고 있던 장소산은 물었다.

"그런데 어떻게 여기까지 김진도를 찾아오게 된 것이지?"

수초는 대답했다.

"난 사부님이 돌아가시고 변장술로 사부님 행세를 하며 살았어. 사부님이 살아 있다고 생각하면 김진도가 감히 어쩌지 못할 것이라고 생각했으니까. 그러다 최근 이름을 날리는 협객 중에 김진도라는 이름이 있다는 것을 들었지. 난 참을 수 없었어, 사부님과 날 속이고 빼앗은 무공으로 그놈이 협객 소리를 듣는다는 것이. 그래서 이렇게 오게 된 거야."

장소산은 물었다.

"복수를 할 셈인가?"

수초는 고개를 저었다.

"사부님이 돌아가신 원인은 병 때문이니 김진도가 원수라고 할 수는 없어. 잘못은 그보다 사부를 속인 어리석은 내가 더 크니까. 하지만 무공총람만은 회수할 거야. 사부님의 유품이니까."

장소산은 한숨을 내쉬고는 잠시 생각하다가 입을 열었다.

"그만두는 것이 좋을 거야. 돌아가신 네 사부도 그걸 원하지 않을 테고."

수초는 소리쳤다.

"네가 사부님 마음을 어떻게 안다고!"

"아니, 알아."

장소산은 설명했다.

"네 이야기를 듣고 생각해 보면 알 수 있지. 네 사부 남이랑은 너에게 자신이 아픈 사실을 남에게 말하지 말라고 했어. 그 대상이 김진도를 말하는 것임을 너도 이제 알겠지?"

수초는 고개를 끄덕이고 물었다.

"그래서?"

"그 말인즉, 네가 김진도와 만나며 무공을 유출하는 것을 남이랑은 이미 전부터 알고 있었다는 뜻이야."

“……!”

“하지만 그럼에도 남이랑은 널 야단치지도, 무공 전수를 중단하지도 않았어. 왜 그랬을까? 그분의 생각을 나로서는 알 수 없지만, 그래도 한 가지만은 확실히 알겠어. 그는 무공보다 널 소중히 여겼던 거야. 무공이 더 중요하다면 당장 무공 전수를 중단하거나, 김진도를 찾아 쫓아내든가, 죽이든가, 그것도 아니면 무공을 폐하였겠지.”

들고 보니 일리가 있는 말이었다. 수초는 생각하다가 물었다.

“왜 그렇게 하시지 않았을까?”

“글쎄, 그거야 나도 모르지.”

장소산은 말했다.

“어쨌든 네 사부는 분명히 네가 무공 책자 때문에 위험에 뛰어드는 것을 바라지 않으실 거야. 그러니까 무공총람 일은 나에게 맡겨. 책은 찾아서 돌려줄 테니까.”

“아니, 그럴 수는 없어.”

수초의 눈은 결의로 타오르고 있었다.

“두 번이나 도와준 일은 고마워. 하지만 이제 다신 그런 실수를 하진 않을 거야. 이 일은 나의 일이니 당신은 상관하지 마.”

말을 끝내기가 무섭게 그녀는 나가 버렸다. 장소산은 쓴웃음을 지으며 머리를 긁적였다.

“이런 이야기까지 듣고 상관하지 않을 수는 없는 노릇이라고.”

장소산은 어떻게 하면 수초의 비위를 건드리지 않고 도와줄 수 있을까 고민했다. 하지만 생각지도 못한 새로운 사건이 그가 수초 일에 전념하도록 놔두지 않았다.

그날 저녁, 놀라운 소식이 전해져 왔다.

“소림사 습격?!”

명성을 높일 건수를 찾아 돌아다니다 가장 먼저 소식을 전해들은 관혁이 모인 협객들에게 설명했다.

“그렇습니다. 보름 전쯤에 마교의 무리 수십 명이 한밤중에 소림사를 급습했다고 합니다.”

협객들은 모두 놀란 표정을 감추지 못했다. 협객 하나가 신음 섞인 목소리로 중얼거렸다.

“마교 녀석들이 소문파들이나 습격하는 것이 이상하다 싶더니, 결국 큰일을 저지르는군.”

장소산의 생각은 달랐다.

'마교의 후예인 무명회가 소림사를 습격할 이유가 없다. 분명 천명회의 짓이겠지. 하지만 대체 무엇 때문에? 천명회에게 있어선 소림사 역시 포섭해야 할 문파 중 하나, 싸울 이유가 없을 텐데?

주선약이 관혁에게 물었다.

“소림사의 피해는 어느 정도인가요?”

“적의 수가 적고, 고수들의 활약으로 큰 피해는 없이 격퇴했다고 합니다. 그러나 문제는 그것으로 끝이 아니었습니다. 혼란 틈에 소림사의 뇌옥에 감금되어 있던 전대의 대마두들이 탈옥했다는 겁니다.”

장소산이 의아해하며 물었다.

“대마두라니 그게 누군데?”

“무한겁귀 팽사옥, 백면나찰 도벽락, 추혼살 공파. 삼십여 년 전 삼대악인이라고 하여 강호를 뒤흔든 대마두들입니다.”

관혁은 이들의 내력을 설명했다.

“이들은 어느 날 홀연히 나타났지요. 마교의 인물이라는 이야기도 있는데, 진실은 알 수 없습니다. 어찌 되었든 그들의 무공은 실로 무서웠습니다. 하나하나가 절정 급의 고수인데다가 셋이 함께 다니며 합격술까지 사용하니 천하에 적수가 없다시피 했지요."

장소산이 말했다.

"그래도 결국 잡혔지 않나."

"예. 다행히 은거하던 천하제일고수 무언계께서 나서서 삼 인의 합격술을 격파하고 사로잡았습니다. 하지만 그분은 더 이상 살인은 하고 싶지 않다고 하시며 죽이는 대신 뒷일은 소림사에 맡기셨습니다. 소림사 역시 불가의 도리로 그들을 죽이지 않고 가두어두었던 것이죠."

설명을 끝낸 관혁은 자신의 생각을 말했다.

"역시 그들 삼대악인은 마교의 인물이었던 것 같습니다. 마교 무리의 이번 소림사 습격도 이들을 탈출시키려는 의도였고요. 마교와의 결전이 다가오고 있는 것일지도……."

장소산으로서는 결전 따위 아무래도 좋았다. 그는 이번 사건의 의미에 대해 생각했다.

'천명회에서 삼대악인을 이용해 뭔가를 꾸밀 속셈이겠지. 아무래도 명성이나 따지고 있을 때가 아닌 것 같군.'

무공총람을 손에 넣느냐 하는 문제보다 당장 천명회 일이 더 중요하다. 장소산은 머리 속으로 계산을 굴리고는 입을 열었다.

"삼대악인이 세상에 풀려났으니 큰일이 아닐 수 없군. 그런 자들을 가만 놔두는 것은 협의를 가진 자가 할 행동이 아닐 것이오. 안 그렇소?"

관혁이 흠칫 놀라 물었다.

"삼대악인을 상대하실 생각입니까?"

그가 보기에 장소산의 무공이 대단하긴 하지만 삼대악인을 상대할 정도는 아니었다. 장소산은 웃으며 대답했다.

"솔직히 나 혼자서는 무리겠지. 하지만 협객들이 힘을 합친다면 못 이길 것도 없지 않겠소?"

그는 모인 협객들을 둘러보고는 말을 이었다.

"아마도 무림맹이나 각 대문파들도 고수를 파견했겠지. 우리가 그들만한 힘을 없지만 그래도 약간이나마 힘을 보탤 수는 있지 않겠소?"

몇몇의 협객들이 고개를 끄덕였다. 여기 모인 사람 중 삼대악인을 상대할 자신이 있는 고수는 아무도 없었다. 하지만 장소산의 말을 듣고 생각해 보니, 모두가 함께 싸우고 무림맹들의 힘까지 있으면 못 이길 것도 없을 것 같았다.

협객들의 머리 속에는 공통된 생각이 번뜩였다.

'운 좋게 내 손으로 삼대악인 중 하나라도 쓰러뜨릴 수 있다면!'

지금까지 해온 도적 무리 잡는 것과는 비교도 안 되는 명성을 얻어 그야말로 강호에 우뚝 서는 대협이 될 것이다!

관혁 역시 생각해 보더니 고개를 끄덕였다.

"위험하긴 하지만 해볼 만할 것 같군요."

장소산이 목소리를 높였다.

"그렇다면 우리가 함께 삼대악인을 잡으러 가는 것이 어떻겠소?"

김진도가 가장 먼저 찬성하고 나섰다.

"연 형님을 따르겠습니다."

장소산은 속으로 웃었다.

'그렇지 않아도 널 데려갈 생각이었다.'

협객 중에 가겠다는 사람도 있고, 무리라 생각하고 물러나는 사람도 있었다. 함께 행동하길 거부하고 따로 가겠다는 사람도 있었다. 어찌 되었든 장소산과 관혁, 주선약 일행에 김진도를 포함한 세 명의 협객이 동행하게 되었다.

장소산은 생각했다.

'나로서는 김진도만 동행하면 그만이다.'

김진도가 동행하면 자연 그를 노리는 수초도 뒤를 따라올 것이다. 장소산은 일단 두 가지 문제를 함께 처리해 볼 계산이었다.

5

윤문서는 장소산 일행에게 넉넉한 여비와 빠른 말을 내주었다. 덕분에 숭산을 향해 달려가는 일행의 이동 속도는 상당히 빨랐다. 장소산은 수초가 쫓아오지 못할까 걱정이 되었지만, 일단 숭산으로 가는 일만을 생각하기로 했다.

'김진도를 옆에 두면 언젠가 나타나겠지.'

숭산에는 소림사뿐만 아니라 숭산파가 자리하고 있었다. 임한정의 가족을 떠올린 장소산은 혹시나 삼대악인이 숭산파로 가 임한정 가족들을 해치지는 않았을까 걱정이 되었다.

'부인과 딸이 숭산파에 있었을까? 아니, 임 장문인이 죽은 이상 숭산파를 떠났을지도.'

임한정과는 여러 가지 은원이 얽히긴 했지만 최후에는 장소산을 지키려다 목숨을 잃었다. 그가 최후에 한 말은 가족을 부탁한다는 것, 만약 그의 부인과 딸이 죽기라도 한다면 장소산으로서는 죽은 임한정에게 면목이 없는 일이 아닐 수 없다.

숭산으로 가는 길에는 무인들이 자주 눈에 띄었다. 장소산 일행과 마찬가지로 소식을 듣고 숭산으로 향하는 사람들이었다.

장소산은 관혁과 사람들에게 숭산에서 벌어진 사건의 자세한 내용을 알아보도록 했다. 처음에는 이미 알고 있는 내용 외에 별다른 소식을 접할 수 없었지만, 숭산에 가까워질수록 새로운 소식 몇 가지를 접할 수 있었다.

"소림사를 습격한 마교 무리는 홀연히 사라졌지만, 삼대악인의 경우는 여기저기서 포착되고 있다고 합니다. 그들은 탈옥하자마자 소림의 무승 몇 명을 죽이고 숭산파 쪽으로 향했다고 합니다."

소식을 알아보고 돌아온 관혁의 설명에 장소산은 깜짝 놀랐다.

"그럼 숭산파가 당했는가?"

"예, 꽤나 호되게 당했다고 하더군요. 제자 십여 명이 살해당했다고 합니다. 장문인인 임한정이 무림맹에서 살해당해 쇠락해진 숭산파로서는 또 한 번의 풍파를 겪게 된 것이지요. 숭산파도 참 불쌍하게 되었습니다."

살해당한 제자들이 누군지는 알 수 없다고 했다. 장소산은 더욱 걱정이 커져 숭산으로 향하는 속도에 더욱 박차를 가했다. 이유를 모르는 동행들은 계속되는 강행군에 죽을 맛이었다.

"너무 서두는 것 같습니다. 좀 쉬었다 가지요."

김진도가 모두를 대표해서 의견을 내었다. 장소산도 자신이 너무 감정적이 되었다고 생각했다.

'아무리 빨리 가도 이미 끝난 일이니 서둘러 봐야 소용없다.'

마음을 정리한 장소산은 마을에서 하루 푹 쉬기로 했다. 고된 여행에 피곤하던 일행은 제각기 흩어져 휴식을 취했다.

장소산 역시 실컷 잠을 자다 배가 고파지자 방에서 나왔다. 식사를 하기 위해 내려와 보니 주선약만이 있었다. 순간 아차 하는 생각이 들었다.

"김진도는?"

"한참 전에 나갔는데요."

숭산파 일을 걱정하느라 그만 수초 일을 잊고 있었던 것이다. 장소산은 급히 김진도를 찾아 나섰다.

6

한편 김진도는 하루의 휴식 시간을 얻자 거리로 나섰다. 한량마냥 어슬렁거리며 여기저기 기웃거리던 그는 기루가 보이자 안으로 들어갔다.

아직 낮이라 기루는 영업 시간 전이었다. 기루 주인이 김진도를 보고 심드렁한 표정으로 말했다.

"해 지거든 다시 오시오."

김진도는 나가는 대신 은자를 꺼내 던졌다. 은자를 받아 든 기루 주인은 묵직한 은자의 무게에 표정이 바뀌었다.

"어서 오십시오!"

기루에 한 방을 차지하고 앉은 김진도는 소리쳤다.

"여자들을 데려와라!"

그는 기녀를 계속 바꿔가며 놀았고, 술상도 몇 번이나 새로 내오게 했다. 기루 주인의 입장에서는 봉 만난 셈이었다.

그렇게 한참을 놀던 김진도는 날이 저물어서야 자리에서 일어났다. 술에 취한 그는 기루에서 나와 비틀거리며 골목길을 걸어갔다.

"휴우!"

김진도는 걷기 힘든지 바닥에 주저앉았다. 그때 저편에서 다가오는 사람이 있었다.

"여기서 뭐 하고 있는가?"

나타난 사람은 장소산이었다.

"한참 찾았네."

"연 형님."

"어서 객점으로 돌아가세."

장소산은 김진도를 부축하여 일어났다. 주변을 둘러본 그는 멀리 있는 원래 묵던 객점이 아닌 가까운 객점으로 들어갔다. 방으로 들어간 그는 김진도를 침대에 눕혔다.

"옷을 벗고 자게."

그는 김진도의 옷을 벗기려고 했다. 그런데 그때 김진도의 손이 장소산의 손목을 덥석 잡았다.

장소산은 흠칫하여 물었다.

"왜 그러는가?"

김진도는 히죽 웃고는 말했다.

"연 형님은 손목이 참 가늘군요. 꼭 여자 손목 같습니다."

장소산은 어색하게 웃었다.

"칭찬인가, 아님 놀리는 건가?"

"얼마 전 윤 대인 집의 도둑 하인 손목도 꼭 이랬지요."

장소산은 깜짝 놀라며 손목을 뿌리치려 했다. 그러나 이미 김진도가 그의 손목의 대혈을 짚은 후였다.

김진도는 빙그레 웃고는 장소산에게 말했다.

"오랜만이구나, 수초."

장소산은 사실 수초가 변장한 가짜 모습이었던 것이다. 수초는 떨리는 목소리로 물었다.

"어떻게 알았지?"

"윤 대인 집에서부터 뭔가 이상하다고 생각했지. 널 떠올리는 것은 그다지 어려운 일이 아니었어. 연자천이 무공총람을 언급한 덕분에 말이야."

김진도는 히죽거리며 설명했다.

"일부러 네가 접근하기 쉽도록 빈틈을 보였지. 술에 취한 척한 것도 다 연극이었어. 난 네가 기녀로 변장하여 오지 않을까 기대했는데 털투성이의 중년 남자라니 실망이군. 자, 오랜만의 재회이니 네 얼굴을 좀 보여주시지."

그는 손을 뻗어 수초의 얼굴을 잡아 뜯었다. 변장이 벗겨지며 그녀의 원래 얼굴이 드러났다. 김진도는 웃으며 감탄했다.

"제법 미녀가 되었는걸."

"닥쳐!"

손목이 잡힌 것도 무시하고 수초는 공격하려 했다. 하지만 무모한 행동이었다. 그녀는 김진도에게 순식간에 제압당했다.

"이거 너무 억세잖아. 예전에는 오빠, 오빠, 하면서 사근사근했는데."

수초는 외쳤다.

"그게 다 누구 때문인데!"

"나 때문이었나? 그건 좀 미안하군."

김진도는 말하며 수초의 혈을 제압했다. 그는 움직이지 못하게 된 그녀를 침대에 눕혔다. 수초는 떨리는 목소리로 물었다.

"무, 무슨 짓을 할 셈이지?"

"안심해. 널 해칠 생각은 없으니까."

김진도는 진지한 표정이 되어 말했다.

"솔직히 그때 일은 너에게 미안하게 생각하고 있어. 결과적으로 너에게 몹쓸 짓을 하고 말았지만, 당시 내가 그만큼 무공이 절실했다는 점을 이해해 주었으면 좋겠어."

수초는 씹듯이 말했다.

"변명 따위는 집어치워!"

"변명이 아닌 내 진심이야. 생각해 봐. 내가 정말 나쁜 마음을 먹었으면 그때 남이랑과 널 죽여 후환을 없앴을걸?"

"사부님이 무서워서 도망간 것이면서!"

"그렇다면 나중에는 어땠지? 난 의원에게 물어 이미 남이랑의 목숨이 얼마 남지 않았다는 것을 알았어. 네가 객점에서 남이랑 흉내를 내고 있었지만 진짜 남이랑이 이미 죽었다는 것을 몰랐을 것 같아?"

듣고 보니 일리가 있는 것 같아 수초는 입을 다물었다. 김진도는 고개를 숙이며 말했다.

"네가 내가 한 짓을 강호에 알리고 다니면 협객 노릇을 더 이상 할 수가 없지. 그럼에도 손을 쓰지 않았던 것은 정말 너에게 미안했기 때문이야. 부득이하게 널 배신하고 말았지만, 너와 지낸 삼 년간 넌 정말 내 친여동생 같았어."

수초는 잠시 망설이다 입을 열었다.

"정말이야?"

김진도는 다정하게 말했다.

"그럼 정말이고말고. 그래, 이렇게 하자. 이제부터라도 함께 강호를 여행하는 것이 어떨까? 함께하며 지금까지 너에게 지은 잘못을 속죄할게. 너도 산속에 홀로 살면서 많이 외로웠지?"

수초는 마음이 흔들리는 것을 느꼈다. 죽은 사부를 생각하면 이래서는 안 된다는 생각이 들다가도, 예전에 쌓인 정과 김진도와 함께할 앞으로를 상상하면 마음이 쏠렸다.

김진도는 그녀가 갈등하는 것을 눈치채고 말했다.

"날 믿지 못하겠다면 할 수 없지. 그럴 만한 짓을 했으니까."

그는 봉했던 혈도를 풀어주었다.

"나와 있기 싫으면 이대로 가도 좋아. 네 마음대로 해."

일어난 수초는 김진도를 바라보았다. 김진도는 모든 것을 그녀의 뜻에 맡긴다는 듯 웃으며 서 있었다.

한참을 고민하던 수초는 말을 꺼냈다.

"그, 그럼 우선 사부님의 무공총람을 돌려줘."

"그야 물론 돌려줘야지."

김진도는 순순히 품에서 책을 꺼내주었다. 이렇게 되자 수초로서도 믿을 수밖에 없었다. 하지만 바로 넘어가기엔 자존심이 상했다.

"가짜일지도 모르니까 확인해 보겠어."

김진도는 웃으며 답했다.

"얼마든지요."

예전 수초와 놀아줄 때의 말투와 표정 그대로였다. 수초는 마음속의 응어리가 봄눈 녹듯 사라지는 것을 느끼며 책을 펼쳤다. 책은 확실히 그때 빼앗긴 무공총람 장법편이었다.

그런데 몇 장 넘기던 수초는 뭔가 이상한 것을 깨달았다. 책장 구석에 기호 같은 것이 하나씩 쓰여 있었다.

'이건?!'

원래 수초의 사부인 남이랑의 선조들은 나라의 명을 받고 일하던 첩

자였다. 그러던 것이 섬기던 나라가 망하자 강호에 뛰어들게 된 것이다. 세월이 지나며 취미처럼 되어버렸지만 변장술의 원래 목적은 첩보 활동을 위해서였다.

이런 남씨 집안에서 전해지는 것은 무공과 변장술 외에 또 한 가지가 있었다. 바로 연락을 위해 사용되던 암호였다.

책에 쓰인 기호는 바로 남씨 집안의 암호로, 남이랑이 죽은 이후 수초 외에는 천하의 누구도 모르는 것이었다. 기호들이 말하는 내용은 이러했다.

표지 속을 보거라.

수초는 표지를 살폈다. 그런데 표지는 이미 누군가 뜯은 흔적이 있고, 속에는 아무것도 남아 있지 않았다. 수초는 즉시 김진도를 돌아보며 물었다.

"표지 속에 있던 것을 어쨌지?"

김진도는 쓴웃음을 지으며 머리를 긁적였다.

"쳇, 들켜 버렸군."

그는 품속에서 한 장의 종이를 꺼냈다. 종이에는 남씨 집안의 암호가 깨알같이 빽빽하게 쓰여 있었다.

그는 빙긋 웃으며 수초에게 말했다.

"나도 얼마 전에야 책 속에 이런 것이 있다는 것을 알았지."

"돌려줘!"

수초는 손을 뻗어 종이를 낚아채려 했지만 김진도의 손이 더 빨랐다.

"그럴 수는 없지."

김진도는 싱글거리며 말했다.

"천하제일고수의 무공 진수를 그렇게 쉽게 넘길 수 있겠나."

수초는 놀라 물었다.

"천하제일고수의 무공 진수?"

"그래, 난 이 무공총람 장법편을 익히며 이런 의문을 느꼈다. 확실히 상당한 절기지만 천하제일고수의 무공 비급치고는 상당히 부족하다고, 또한 후반부에 들어서면 도저히 익힐 수 없는 것들이 있었지. 난 생각했다. 이 무공총람에는 뭔가 더 있는 것이 아닐까 하고."

김진도는 말을 이었다.

"내 생각이 확신이 된 것은 바로 얼마 전 연자천이 무공총람을 찾는 것을 보고 나서다. 연자천의 무공은 확실히 대단해. 그자의 무공이라면 굳이 이 책을 익힐 필요가 없을 거야. 그런데도 그는 책을 가지고 싶어 하고 있었다. 그건 즉, 책 속에 뭔가 더 있다는 것이지. 조사해 보니 아니나 다를까 책의 표지 속에 이런 것이 들어 있더군."

그의 얼굴에 미소가 짙어졌다.

"나도 참 멍청했다. 몇 년이나 가지고 있었으면서 이런 것이 있는 줄 몰랐다니. 자, 해석해 주실까? 여기 뭐라고 쓰여 있는지."

수초는 이를 갈았다.

"또 날 속였구나! 지금까지 하던 말은 모두 새빨간 거짓말이었어. 내가 거기에 쓰인 암호를 해석하게 하려고……."

김진도는 어깨를 으쓱했다.

"확실히 미안한 것은 사실이야. 하지만 그건 그거고, 이건 이거. 정에 끌려 판단을 흐려서야 험난한 강호를 어떻게 살아가겠어."

"이 나쁜 자식!"

　분노를 참지 못한 수초는 몸을 날려 김진도를 공격하려고 했다. 그러나 얼마 못 가 김진도의 장법에 배를 맞고 쓰러졌다.

　고통에 신음하는 그녀를 누르며 김진도는 종이를 눈앞에 들이댔다.

　"자, 어서 해석해라."

　수초는 보지 않으려 했지만 김진도는 머리를 잡고 억지로 보게 만들었다. 글에 적힌 내용이 그녀의 눈에 들어왔다. 순간 그녀의 눈이 커졌다.

　"이, 이건!"

　김진도는 기뻐하며 물었다.

　"그래, 뭐라고 쓰여 있지? 무공 비결? 아니면 진정한 비급이 숨겨진 장소?"

　"아니, 그런 것이 아냐."

　돌연 수초의 눈에서 눈물이 흘러내렸다.

　"이건 사부님이 나에게 남긴 말……."

　김진도의 얼굴이 일그러졌다.

　"거짓말하지 마! 수작 부리지 말고 어서……."

　그때였다. 창문이 열리며 장소산이 뛰어들어 왔다. 그는 들어오는 즉시 김진도를 발로 차 날려 버리며 외쳤다.

　"정의의 사자 등장!"

　장소산의 일격을 피하지 못한 김진도는 구석으로 나가떨어졌다. 장소산은 수초를 살피며 물었다.

　"괜찮아? 그러니까 내가 시키는 대로 할 것이지."

　그때 김진도가 뒤에서 공격해 왔다. 장소산은 슬쩍 몸을 틀어 피하며 주먹을 날렸다. 김진도의 면상에 적중하며 코피가 터져 나왔다.

　"악!"

코를 잡고 비틀거리는 김진도를 장소산은 발로 차버렸다. 다시 한 번 나동그라진 김진도는 완전히 전의를 상실했다. 도저히 무공의 차가 심해 상대가 되지 않았다.

김진도는 다시 공격할 엄두는 못 내고 식식거리며 말했다.

"역시 둘이 한패였구나!"

"그렇다면 어쩔래?"

장소산은 대꾸하며 김진도에게 걸어갔다. 김진도는 기겁을 하며 뒤로 물러났다. 장소산은 어이없어하며 말했다.

"이 녀석, 완전히 쓰레기 같은 놈이로군. 그러면서 지금까지 잘도 협객 행세를 했구나."

그는 혐오스럽다는 표정을 지으며 물었다.

"그래, 그딴 짓을 하면서 협객 행세를 하니 기분이 좋더냐? 어디 한 번 말해봐라."

김진도는 자포자기했는지 버럭 소리쳤다.

"그래, 좋았다! 너무나 좋았다!"

장소산은 어이가 없어져 버렸다.

"뭘 잘했다고 큰소리냐?"

"그렇다면 내가 잘못한 것은 또 뭐란 말이냐?!"

이제는 어이가 없는 것을 넘어 기가 막혔다. 장소산은 화난 목소리로 소리쳤다.

"지금까지 네가 한 짓이 잘한 일이란 말이냐?!"

겁이 났는지 김진도는 움찔하며 기세가 죽었다. 하지만 아직 할 말이 남아 있는지 중얼거리기 시작했다.

"흥, 당신들 같은 축복받은 녀석들은 모르겠지."

장소산은 패버리고 싶은 것을 참고 말했다.

"좋아, 어디 하고 싶은 말이 있으면 실컷 해봐라."

"얼마든지 말해주지!"

김진도는 다시 기세가 살아 떠들기 시작했다.

"흥, 난 그때 일을 조금도 잘못했다고 생각하지 않아. 당신들은 모르겠지. 뛰어난 고수를 스승으로 삼아 절기를 전수받기가 얼마나 어려운 일인지. 대문파들은 출신, 배경, 자질들을 엄밀히 따지고, 삼류문파조차도 하찮은 재주 하나도 돈을 내라 한다고!"

그는 외쳤다.

"대문파에 들어갈 배경도 없고, 스승을 만날 운도 없고, 무공을 살 돈도 없었어. 하지만 난 포기하지 않았어. 내 스스로 노력해서 무공을 배울 기회를 찾아냈다고! 이 얼마나 훌륭한 일이냐고! 벌을 받기는커녕 칭찬받아 마땅한 일이라 생각하지 않아?!"

장소산은 기가 막혔다.

"그래서 지금 어린아이를 속여 무공을 훔친 것이 잘했다는 것이냐?"

"확실히 미안한 감이 없지 않아 있긴 하지. 하지만 세상을 살아가다 보면 성공을 위해 어쩔 수 없는 희생이 있는 법 아니야? 그리고 난 그들을 해치지도 않았어. 원래 속고 속이는 세상, 이 정도쯤이야 새삼스러운 일도 아니잖아. 안 그러냐고!"

김진도의 변명에 장소산은 잠시 할 말을 잃었다. 어떻게 이렇게나 뻔뻔할 수 있는지 경의로울 지경이었다.

"하하, 하하하하!"

장소산은 허탈하여 웃었다. 김진도는 그의 눈치를 보며 지금 상황이 자신에게 유리한 건지 아닌지 고민했다.

한참을 웃던 장소산은 입을 열었다.

"일단 너 몇 대 맞자."

"뭐? 자, 잠……."

김진도가 뭐라 말해보려 했지만 그전에 장소산의 발길질이 그의 복부에 박혀들어 말이 나오지 않았다.

장소산은 김진도를 사정없이 패며 소리쳤다.

"어린아이를 속여 이용하고 고통준 것이 칭찬받아 마땅한 일이라고? 협객은 그런 일도 협의라고 하나 보지? 목적을 위해 어떤 수단을 써도 좋다는 거냐?!"

구타가 멈추었다. 엉망진창으로 얻어맞은 김진도는 눈물 콧물이 범벅이 된 채 웅크려 끙끙거렸다. 장소산이 그를 내려다보며 말했다.

"남이랑이 왜 널 제자로 받아주지 않았는지 이제는 알 것 같군. 어때, 가르쳐 줄까?"

이 의문은 오래전부터 김진도의 마음속에 걸리던 문제였다. 김진도는 자신도 모르게 물어보았다.

"어, 어째……?"

"그건 바로……."

장소산의 주먹이 김진도의 얼굴에 작렬했다.

"네 속이 썩었기 때문이다!"

김진도의 턱이 빠지고 고개가 돌아갔다. 살려달라고 빌고 싶었지만, 이제는 말도 제대로 안 나와 눈물만 뚝뚝 흘렸다.

"어, 어으, 아아."

장소산이 덤으로 한 대 더 갈겨주려고 하는데, 뒤에서 수초가 그를 불러 막았다.

"이제 그만 해."

"아, 맞다. 때려야 할 사람은 내가 아니지. 자, 어서 와서 기분 풀릴 때까지 실컷……."

김진도는 공포에 질려 와들와들 떨며 애원에 찬 눈으로 수초를 바라보았다. 수초는 그런 그를 흘깃 보고는 고개를 저었다.

"아니, 이제 됐어."

그녀는 바닥에 떨어져 있는 무공총람 안에 있던 종이를 집어 들고는 김진도에게 걸어갔다. 그리고는 무릎을 꿇고 앉아 그와 눈높이를 맞추고는 말했다.

"당신은 여기에 무공 비결이나 비급이 숨겨져 있는 장소가 적혀 있을 것이라고 생각했지. 하지만 그렇지가 않아. 당신이 원하는 대로 내용을 읽어줄 테니 얼마든지 들어."

그녀는 종이를 펼쳐 암호를 읽기 시작했다.

7

나의 제자 수초야, 네가 지금 이 글을 읽고 있다는 것은 지금까지 내 가르침을 훌륭하게 모두 익혔다는 것을 의미하겠지. 이 글은 네 성취를 시험할 겸, 혹시나 너 외에 다른 사람이 읽지 못하게 하기 위해 너와 나만이 알 수 있는 암호로 쓰기로 했다.

생각해 보면 정말 긴 세월이었구나. 코흘리개 아이가 십 년이란 세월 동안 이토록 성장했다니. 그동안 너와 함께하던 시간은 속고 속이는 강호의 험난함에 메마른 나의 마음을 적셔주는 봄비 같았다. 그러나 반대로 너에게는 쓸쓸함을 안겨주었던 것 같아 미안할 뿐이구나. 어리석게도 너의 마음을 헤아리지 못하고 나만을 생각했던 것 같다.

난 부모 없이 떠돌던 널 주워 지금까지 키우고 무공을 전수했다. 그것이 널 위해서도 좋은 일이라 생각했고, 너에게 할 만큼 한다고 자부했었다. 하지만 그것은 나만의 오만이었다. 아이가 자라는 데 필요한 것은 의식주와 무공만이 아니란 것을 무공과 변장술 외에는 할 줄 아는 것이 없는 나는 몰랐던 것이다.

네가 김진도라는 자에게 무공을 유출하고 있다는 것을 알았을 때 난 정말 화가 났다. 널 파문시키고 김진도를 평생 무공을 익힐 수 없는 몸으로 만들 생각을 하기도 했다. 그러나 현장을 잡으러 갔을 때 나는 본 것이다. 너무나도 즐거운 표정으로 김진도와 이야기를 나누는 너의 모습을, 그것은 오랜 시간 함께 살아왔던 나로서도 처음 보는 것이었다.

그제야 나는 깨닫게 되었다. 한창 친구들과 만나 즐겁게 지내야 할 너의 어린 시절을 나의 아집으로 외롭게 만들고 있었다는 사실을…….

난 고민했다. 김진도란 자는 내가 보기에 무공에 대한 열망이 비정상적으로 지나친 자였다. 그렇기 때문에 제자로 삼길 거부했다. 그런 자와 가까워지는 것이 너에게 나쁜 영향을 주는 것이 아닐까 하고.

김진도를 없애고 널 혼내야 할까? 아니면 차라리 김진도를 제자로 삼을까? 김진도가 널 단지 무공을 익힐 수단으로 이용하고 있는 것이라면, 넌 결국 상처를 입을 것이다. 하지만 그가 너에게 정을 느끼고 은혜에 보답할 마음이 있는 것이라면 널 그에게 보내는 편이 네 행복을 위한 것이겠지.

난 수없이 생각했지만 늘 그 어느 쪽도 선택하지 못했다. 첫 번째 선택을 하면 네가 슬퍼할 것 같았다. 두 번째 선택은 네가 날 떠날까 두려웠다. 결국 시간을 낭비한 나는 선택할 힘마저 잃게 되었다. 병에 걸려 쇠약해진 나의 몸으로는 김진도를 어떻게 할 수가 없게 되었구나. 정말 너에게 미안할 따름이다.

나의 제자야, 만약 김진도가 널 속이고 버리는 일이 있더라도 슬퍼하거나 마음에 두지 말거라. 세상에는 수많은 사람들이 있고, 선인과 악인들이 뒤섞여 있다. 너에게는 충분하고도 남을 시간이 주어져 있고, 앞으로 수없이 많은 사람들과 만나게 될 것이다. 단 한 번의 만남이 잘못되었다고 앞으로의 만남들을 거부하거나 남을 믿지 않는 사람이 되어서는 안 된다.

내가 너를 만남으로써 인생의 빛을 얻었듯, 너 역시 앞날을 밝혀줄 빛을 만나게 될 것을 기도한다. 이것이 어리석은 사부가 너를 통해 배웠고, 다시 너에게 되돌려 주는 마지막 가르침이란다.

마지막으로 너와 함께 지낸 십 년간은 나의 인생에 가장 소중한 시간이었다. 나에게 이런 축복을 내려준 하늘과 너에게 감사한다. 정말 고맙다, 나의 사랑하는 제자 수초야.

글은 모두 끝이 났다. 수초는 손바닥으로 얼굴을 가렸다. 손가락 사이로 눈물이 쉴없이 흘러내렸다.

"사부님은, 사부님은 나쁜 제자인 날 미워하시기는커녕 끝까지 걱정하셨어. 난 그런 줄도 모르고……."

자신의 죽은 사부를 떠올리며 잠시 울적한 마음에 젖어 있던 장소산은 정신을 차리고 김진도에게 말했다.

"너도 남이랑의 글을 보고 뭔가 느끼는 것이 있겠지? 무공을 얻으려 하다 인간으로서 더 중요한 것을 버린 것이 아닌가 잘 생각해 봐라."

김진도는 말없이 고개만 숙이고 있었다. 싸울 힘도, 따지고들 의욕도 모두 사라진 듯 껍데기만 남은 것 같은 모습이었다. 더 이상 그를 상대할 필요를 느끼지 못한 장소산이 수초에게 말을 걸려 하는데 갑자기 그가 입을 열었다.

"배우는 자가 되기 위한 자격이 뭐지?"

"뭐?"

"난 정말 무공을 배우고 싶었어. 누구든 가르쳐 주기만 하면 성심을 다해 사부로 모시고 뼈가 부서지도록 열심히 수련할 의욕이 있었어. 그런데 너무 열의가 강해서 제자로 삼지 않았다고 하면, 도대체 나보고 어떻게 하라는 말이야?!"

장소산이 그를 바라보다가 말했다.

"글쎄, 사람마다 다 다른 법이니까 제자로 삼는 조건도 가지가지겠지. 다만 말할 수 있는 것은 남이랑에게는 수초 외에 다른 제자가 필요 없었던 거야. 그녀에게 원하는 것을 이미 충분히 받고 있었으니까."

"뭐야, 그게!"

김진도는 자신의 머리를 쥐어뜯었다.

"훌륭한 제자란 것은 사부의 가르침을 성심성의를 다해 열심히 배우는 사람이 아니란 말이야? 제길, 뭐가 이렇게 어렵냐고!"

장소산은 문득 전에 만난 무언계가 했던 말이 떠올랐다.

"천하제일고수 무언계가 이런 말을 했다. 세상에는 무공보다 훨씬 가치있는 것이 있다고, 아무리 무공이 대단해도 결국 인간, 우리 주변에서 늘 보는 사람과 전혀 다를 바 없다고."

그는 쓴웃음을 지었다.

"그 말을 들었을 때는 나도 무슨 소린지 잘 이해가 가지 않았지만, 이제는 좀 알 것도 같다."

그는 수초를 보았다.

"남이랑과 수초, 이 둘의 사제지간에는 무공보다 훨씬 가치있는 것이 오갔다는 것을 말이야."

김진도도 고개를 들어 수초를 보았다. 그녀와 함께 지냈던 삼 년간이 떠올랐다. 과연 협객으로 불리며 무공을 자랑하던 때와 그녀와 함께 즐겁게 이야기를 나누던 때, 둘 중 어느 쪽이 더 행복했을까?

그는 고개를 숙였다.

"빌어먹을."

장소산은 김진도는 내버려 두고 수초의 어깨를 잡고 일으켰다.

"그만 가자."

수초는 순순히 따라 일어났다. 장소산은 그녀를 데리고 객점을 나왔다. 방 안에서 들려오는 시끄러운 소리에 방 앞에 몰려든 사람들이 수군거리고 있었으나 무시하고 밖으로 나왔다. 둘은 잠시 밤거리를 걸었다.

한참을 걷다 수초가 웃어 보이며 말했다.

"이제 괜찮아."

그녀는 밤하늘을 올려다보며 두 팔을 활짝 펼쳤다.

"아, 속 시원하다!"

장소산이 한마디 했다.

"뭐가 속 시원해? 그 녀석을 실컷 패보지도 못했으면서."

"아니, 그런 것은 상관없어."

수초는 미소 지으며 말했다.

"계속 지금까지 그 녀석 일에 붙잡혀 있었던 것 같아. 생각해 보니 사부님이 돌아가실 때 하신 마음에 두지 말라는 말. 난 그 말이 내가 사부님을 속인 일을 두고 하는 줄 알았는데, 이제 보니 내가 그 녀석에게 속은 일로 남을 믿지 못하게 될까 봐 하는 말씀이셨어."

그녀는 힘차게 밤하늘의 별무리를 가리키며 외쳤다.

"사부님의 말씀대로 이 세상의 인간들은 저 별들처럼 무수히 많아! 재수없게 형편없는 놈을 만나 속고 말았지만, 그런 일로 언제까지 끙끙거리고 있을 수만은 없지 않겠어?"

장소산은 빙그레 웃고는 고개를 끄덕였다.

"맞는 말이야. 그리고 넌 절대 재수없지 않아. 남이랑 같은 훌륭한 사부를 만났으니까."

수초는 배시시 웃었다.

"그래, 맞아. 난 세상에서 제일 훌륭한 사부님의 제자니까."

둘은 잠시 미소를 머금고 밤하늘을 바라보았다. 한참을 그렇게 있다가 정신을 차린 장소산이 수초에게 물었다.

"이제부터 어떻게 할 거야?"

"앞으로 나아가야지."

수초는 웃으며 대답했다.

"사부님의 말씀대로 세상을 돌아다니며 많은 사람들을 만날 거야. 그리고 세상을 배울 거야."

장소산은 고개를 끄덕였다.

"좋은 생각이야. 그러기 위해서는 일단 자기 스스로를 지킬 수 있어야겠지."

그는 아까 주워두었던 무공총람 장법편을 내밀었다. 수초는 조금 놀라며 물었다.

"먼저 본 다음에 돌려준다고 하지 않았어?"

장소산은 멋쩍게 웃고는 대답했다.

"우선 주인에게 돌려주는 것이 먼저라는 생각이 들어서."

수초는 고개를 저으며 책을 받지 않았다.

"당신부터 먼저 읽고 나서 돌려줘도 괜찮아. 지금까지 도와주었는데 그 정도는 해줘야지."

"어, 그래? 그럼……."

장소산은 장법편은 넣고 품에서 가지고 있던 무공총람 수비편을 꺼내 내밀었다.

"내가 장법편을 익히는 동안 이걸 익히도록 해. 다른 무공총람들은 다른 곳에 숨겨놓아서 지금 보여줄 수는 없지만, 나중에 찾아서 보여줄 테니까."

"고마워."

수초는 책을 순순히 받았다. 그녀는 장소산을 보며 배시시 웃었다.

"이거 내가 너무 득을 보는 것 같은데?"

장소산도 웃으며 답했다.

"이 정도야 얼마든지."

나중에 책을 돌려주기 위해서는 함께 있지 않으면 안 된다. 수초는 당분간 장소산과 함께 행동하기로 했다. 둘은 관혁 등이 묵고 있는 객점으로 돌아갔다.

"늦으셨군요. 어, 같이 있는 소저는 누구신지?"

관혁이 기다리고 있다가 수초를 보고 물었다. 장소산은 대답 대신 일행을 둘러보고는 물었다.

"김진도는?"

"안 왔는데요."

그런 일이 있었으니 다시 장소산을 볼 면목이 없을 것이다. 장소산은 고개를 끄덕이고는 말했다.

“아마 그 녀석 다신 안 올 거야.”

“무슨 일 있었습니까?”

“뭐, 그냥. 따로 행동할 생각이라고 하더라.”

관혁은 뭔가 더 있는 것 같았지만 장소산이 대답할 생각이 없는 것 같아 묻기를 포기했다.

“그건 그렇고, 같이 계신 소저는 누구십니까?”

“아, 그녀는 말이지…….”

장소산이 소개하려고 하는데 그보다 먼저 수초가 경쾌하게 인사했다.

“안녕하세요. 수초라고 합니다. 당분간 함께할 테니 잘 부탁해요!”

순간 장소산은 한 가지 사실을 깨닫고 깜짝 놀랐다. 늘 변장하고 다니던 수초가 본 모습 그대로 사람들 앞에 나선 것이다.

그는 나중에 슬그머니 그녀에게 물어보았다.

“변장하지 않아도 돼?”

“응, 이제 특별한 이유가 없는 한 변장은 안 해.”

“아니, 왜?”

수초는 웃으며 대답했다.

“진실로 사람들과 만나기 위해서는 내가 먼저 가짜가 아닌 진정한 모습을 보여야 하는 거니까.”

第二十七章

삼대악인 추적

삼대악인 추적 1

숭산의 한 봉우리에서는 지금 한 사람의 외침이 울려 퍼지고 있었
다.

"감히 마교의 무리가 소림을 공격했다! 이것은 무림맹, 아니, 강호
전체에 대한 도전이라 아니할 수 없다! 무림의 동도들이여, 이대로 참
고 있어야 하는가? 물론 아니다! 과거 전대의 무림맹이 마교와의 전쟁
에서 승리한 것처럼, 다시 한 번 마교를 토벌하여 이 세상에 마는 발붙
일 곳이 없다는 것은 알리자!"

무림맹주 남궁현의 연설 내용은 둘째치고 소리만은 숭산 전체에 쩌
렁쩌렁하게 울려 퍼지고 있었다.

"가자, 무림의 용사들이여! 나, 남궁현이 앞장서겠다!"

남궁현이 주먹을 위로 치켜들자, 모여 있던 무인들도 함께 주먹을
하늘로 향했다. 승려의 독경 소리만이 울리며 조용하던 숭산은 외침

소리로 가득 찼다.

"무림맹 만세! 무림맹주 만세!"

"마교를 쳐부수자!"

환호를 받으며 단으로 사용하던 바위에서 내려온 남궁현은 대기하고 있는 심복 부하 위정평에게 물었다.

"내 연설 어땠어?"

"훌륭하셨습니다. 그런데……."

위정평은 말끝을 흐렸다.

"그런데 뭐?"

"지금 우리의 목적은 마교 토벌이 아닌 삼대악인을 잡는 것인데요."

"삼대악인 역시 마교 놈들이잖아."

남궁현의 태연한 대답에 위정평은 한쪽 머리가 아파졌다.

"그건 소문일 뿐 확인된 사실이 아닌데요……."

"상관없으니 마교 놈이라고 쳐."

"…알겠습니다."

"그보다 추격대 편성은 어떻게 돼가나?"

위정평은 수심에 찬 표정이 되어 대답했다.

"적당히 무림맹과 모인 무인들을 섞어서 하고 있습니다. 하지만 대부분의 무인들이 평소 혼자 행동하던 자들이라 집단 편성에 반발하거나 싸움이 자주 벌어지고 있습니다."

"그런가? 할 수 없지."

남궁현의 성의가 느껴지지 않는 말투에 위정평은 속으로 인상을 찌푸리며 물었다.

"뭔가 좋은 방법 없을까요?"

“자네가 알아서 잘해보게.”

위정평은 다시 한 번 머리가 지끈거리는 것을 느끼며 속으로 한숨을 내쉬었다.

‘역시 괜히 물었군.’

소림사의 습격과 삼대악인의 탈출은 강호 전체를 뒤흔들 만한 커다란 사건이었다. 이에 무림맹에서는 무림맹주 남궁현이 직접 삼대악인 추적에 나서게 되었다. 일단 남궁현이 숭산에 오게 된 표면적인 이유는 이러했다.

하지만 좀 더 자세히 파고들면 다른 이유가 있었다. 바로 주변의 불만을 잠재우기 위해서인 것이다.

마교의 준동이 일어나자 무림맹의 존재 가치가 대폭 상승하게 되었다. 지금까지 이름뿐인 무림맹이 강호의 중심이 되기 시작한 것이다. 여기까지는 남궁현이 바라고 의도한 대로였다.

그러나 생각지도 못한 문제까지 새롭게 생겨났다. 높아진 무림맹의 위상과 비례해 바라는 것도 늘어났다는 사실이었다.

가장 먼저 마교 무리의 공격 대상이 되고 있는 소문파들의 불만이 커져 갔다. 자신들이 습격받고 있는데 무림맹에서는 대체 뭘 하고 있느냐는 것이다. 심지어 습격하는 자들이 마교의 무리가 아닌 무림맹이라는 소문까지 돌기 시작했다.

무림맹으로서는 당황스러울 수밖에 없었다. 무림맹은 아직 제대로 된 세력 정비가 이루어지지 않은 상태였다. 현재의 인원과 조직으로는 천하 각지에 수없이 존재하는 소문파들을 지키고 마교 무리를 추적할 능력이 없었다. 그런데 각지에서 요구가 정신없이 쏟아지니 손이 발이 되어도 모자랄 지경이었다.

이때 터진 것이 이번 사건이었다. 남궁현은 이번 일을 처리함으로써 불만을 깨끗이 일소하기 위해 직접 삼대악인 추격에 나서기로 했다. 또한 삼대악인 퇴치를 위해 모여든 협객과 무인들을 무림맹 휘하에 넣어 세력을 증진시킬 계획까지 했다.

일단 계획 자체는 좋은 생각으로 보였다. 그러나 직접 실무를 책임지는 위정평으로서는 답답하기만 했다.

'세상일이 그렇게 생각대로 다 되겠냐고!'

애초에 독불장군처럼 혼자 활동하는 무인들을 조직 휘하에 넣는다는 계획이 말처럼 쉬울 리가 없다. 거절하기 일쑤이고, 편입시키는 데 성공하더라도 곳곳에서 말썽이 일어났다. 삼대악인 추격을 시작하기도 전에 자기들끼리 싸우다 벌써 한 명이 죽고, 다섯 명이 중상을 입었다.

고민으로 지끈거리는 머리를 부여잡고 위정평은 남궁현의 뒤를 따랐다. 그런데 그때 그의 눈에 무림맹 청룡단원 하나가 띄었다.

'뭐야, 저건?'

청룡단원이 입고 있는 옷의 뒤에는 '무림맹주 남궁현' 이라는 글자가 쓰여 있는 것이 아닌가? 주변을 살펴보니 무림맹 소속 무인들은 모두 등에 같은 글자를 달고 있었다.

"저게 뭡니까?"

위정평의 질문에 남궁현이 어깨를 으쓱하고는 대답했다.

"아, 저거 말인가? 내가 어제부터 하도록 명령했지."

"아니, 왜요?"

남궁현의 표정이 돌연 진지해졌다.

"최근 놀라운 사실을 알게 되었네. 무림맹주가 나라는 사실을 모르는 강호인들이 의외로 많다는 것이네. 그래서 나, 남궁현이 무림맹주라는 사실을 조금이나마 알려볼까 해서 생각 끝에 착안을 하게 되었지."

위정평은 기가 막혔다. 아무리 자기 이름을 알리고 싶다 해도 어떻게 저런 짓까지 할 수 있단 말인가!

'내가 미쳐!'

남궁현이라는 인간은 이런 인간이었다. 새롭고 참신한 계획은 굉장히 잘 생각해 낸다. 문제는, 생각하는 것은 좋은데 주변 상황이나 현실적인 부분은 완전히 무시해 버린다는 점이다. 그가 생각해 내는 계획이란 대부분이 아예 불가능하거나 실행 시 여러 가지 복잡한 문제가 발생하는 것들뿐이다. 그러다 보니 그의 황당한 생각을 현실에 실현시켜야 하는 문제를 떠안게 되는 위정평의 입장에서는 정말 미치고 환장할 노릇이었다.

'아무리 세가의 후계자로 곱게 자랐다고 해도 나이 마흔이 넘었으면 이제 그만 현실을 알아야 될 것 아니야!'

위정평의 타는 속도 모르고 남궁현은 곰곰이 생각하며 중얼거렸다.

"도대체 왜 맹주인 내 이름을 모르는 걸까? 역시 무인들은 싸움할 줄 만 알지, 머리를 너무 안 쓴다니까."

위정평은 이렇게 한마디 해주고 싶어 입이 근질거렸다.

'그건 당신 얘기겠지.'

이전까지의 무림맹은 이름뿐인 종이호랑이였다. 맹이 이러니 당연히 맹주 역시 마찬가지 신세일 수밖에 없다. 자신과 아무 상관도 없고, 앞으로도 상관없을 사람의 이름을 일일이 기억하는 사람이 몇 명이나 있겠는가. 누구나 당연히 아는 현실을 장본인만 모르고 있는 것이다.

'조금만 참자. 이 짓도 얼마 안 있으면 끝이다.'

남궁현에게는 비밀이지만 현재 정파의 수장들 사이에는 무림맹주 교체에 대한 논의가 오가고 있었다. 남궁현이 맹주가 된 평화로웠던 때와는 상황이 다르니 상황에 걸맞는 새로운 맹주를 뽑아야 된다는 의견들이었다.

아마 이번 일에서 확실한 성과를 내지 못하고 실패하면 남궁현은 맹주 직에서 쫓겨날 가능성이 높다. 그렇게 되면 위정평은 남궁세가로 돌아가 예전의 총관 직을 하며 남은 여생을 편히 보낼 수 있게 된다.

'그래, 조금만 힘내자!'

남궁가의 장로들에게 문의 명예에 흠집이 나는 일이 발생하지 않는 선에서 남궁현이 맹주 직에서 물러나게 하라는 명령까지 받았기 때문에 실패에 대한 부담은 없었다. 일부 장로들 사이에서는 이렇게 된 이상 확실히 남궁현을 지원하여 가문의 명예를 높이자는 말도 있는 모양이지만, 위정평이 볼 때 뭘 모르는 멍청한 소리일 뿐이다.

'분명 이번 일은 실패한다!'

남궁현과 이십 년 넘게 같이 지내온 위정평은 확신했다. 삼대악인이 어떤 자들인지 남궁현을 포함해 이곳에 모인 대부분의 무인들은 모르고 있다. 자신의 명성을 높일 사냥감으로써 그들을 보고 있는 이상 실패는 불을 보듯 뻔했다. 그들을 놓치거나 잡아도 엄청난 피해를 입은 후일 것이다.

'삼대악인!'

위정평은 옛일을 떠올리며 자신도 모르게 몸을 부르르 떨었다. 그는 젊은 시절 남궁가의 무인일 때 삼대악인 토벌에 참가한 일이 있었다. 그때 당시 남궁가를 포함한 다섯 세가에서 총 백 명의 무인을 동원했는데, 그들을 잡기는커녕 반수 이상이 전멸했었다.

그때 추혼살 공파의 공격에 몸을 피하는 것이 약간만 늦었다면, 개 방에서 지원 부대를 보내지 않았다면, 지원 부대 선두에 선 추월락이 도착 전에 소리부터 지르지 않았다면, 지금 위정평은 지금쯤 땅에 묻혀 흙이 되었을 것이다.

위정평은 슬슬 걱정이 되기 시작했다. 실패야 그가 바라는 일이다. 하지만 만약 일이 최악의 상황이 되어 남궁현이 죽거나 하면, 자신 역시 책임을 면하기 어렵다.

"저, 맹주님……."

그가 뭔가 주의를 줘야겠다는 생각에 입을 여는데, 남궁현이 가로채서 말했다.

"그럼 내일 출발하도록 하지."

"예?"

깜짝 놀란 위정평은 하려던 말을 잃고 물었다.

"아직 편성이 반도 제대로 안 됐습니다."

"이러고 있는 사이에도 삼대악인은 멀리멀리 도망치고 있을 것이네. 편성만 하다 끝낼 순 없지 않은가."

위정평이 진정한 바람은 편성만 하다 끝나는 것이었지만, 역시 세상은 그렇게 편하게 되지 않는 모양이었다.

"하지만 지금으로서는 너무 부족합니다. 삼 일만, 아니, 이틀만이라도……."

"그냥 대충하게."

남궁현은 부하를 격려한답시고 위정평의 어깨를 두드렸다.

"하하, 위 총관은 너무 꼼꼼해서 탈이라니까!"

위정평의 정신을 멀리멀리 날려 버린 남궁현은 자신이 묵고 있는 소림사의 선방으로 향했다. 그런데 선방 앞에 도착하자 수하가 기다리고 있다 보고를 올렸다.

"숭산 장문 대리가 맹주님을 만나 뵙기를 청하며 기다리고 있습니다."

"장문 대리?"

남궁현은 숭산 장문 임한정이 죽은 이후 숭산파에서 새로 장문인을 뽑지 않고 장문 대리를 세우고 있다는 말을 기억해 냈다.

"알겠네."

그는 고개를 끄덕이고는 숭산 장문 대리가 기다리고 있다는 방으로 향했다. 방문을 열자 기다리고 있던 소녀가 일어나 포권했다.

"무림맹주를 뵙습니다."

남궁현은 어리둥절했다. 소식을 듣긴 했지만 이런 어린 소녀가 장문인이라니?

"그대가 숭산 장문인가?"

소녀는 대답했다.

"예, 숭산 장문 대리인 임예정이라고 합니다."

2

남궁현과 임예정은 방 안에서 마주 앉았다. 남궁현은 자기 딸보다도 나이가 어린 소녀를 앞에 두고 어색함을 느끼며 물었다.

"그래, 날 찾은 이유가 무엇 때문인가?"

임예정은 입을 열었다.

"이번 삼대악인 추적에 저희 숭산파를 뺀 이유를 듣고 싶습니다."

"아, 그것 말인가?"

남궁현은 고개를 끄덕이고는 대답했다.

"얼마 전 장문을 잃고, 이번에 또 제자들을 잃었지 않은가. 안을 수습하기도 정신이 없을 텐데 부담을 줄 수는 없었네."

"그렇다면 소림은 어떻습니까? 소림 역시 이번에 피해를 입은 것으로 압니다. 하지만 추적 부대의 중심을 이루고 있지 않습니까?"

"하하, 소림이야 삼대악인을 놓친 책임도 있고, 절에 고수도 많으니 사람 좀 많이 파견한다고 문제될 것은 없지."

남궁현의 웃는 얼굴을 잠시 바라보던 임예정은 그가 웃음을 멈추자 말했다.

"맹주께서 저희를 생각해서 배려해 주신 것이라면 감사합니다. 하지만 저희는 그런 배려가 필요하지 않습니다."

임예정의 딱 부러지는 말투에 남궁현은 조금 어이가 없었다.

"필요없다고?"

"예, 저희 숭산파는 삼대악인 추격에 참가합니다. 맹주께서 거절하신다면 저희들끼리라도 하겠습니다."

남궁현은 눈앞의 소녀를 어떻게 다루어야 할지 막막함을 느꼈다. 잠시 고민하던 그는 간신히 입을 열었다.

"장문 대리께서 어려서 아직 모르는 모양인데, 내 호의를 받아들이는 것이 좋네. 생각해 보게, 만약 일이 잘못되어 이번에 또 숭산 제자들이 많이 죽게 되면 문파 자체가 흔들릴 수도 있단 말일세."

임예정은 목소리를 높였다.

"문파를 지탱하는 것은 사람이 아닙니다!"

남궁현은 깜짝 놀라 자신도 모르게 물었다.

“그럼 뭔가?”

“정신입니다!”

임예정은 말했다.

“문파의 사람이 아무리 많고 강한 무공이 있어도 정신이 죽은 문파는 얼마 가지 못한다. 하지만 정신이 살아 있는 문파는 어떤 고난이 있어도 다시 일어선다, 돌아가신 저희 아버님은 이렇게 말하셨습니다.”

남궁현은 절로 고개를 끄덕였다.

“훌륭한 말씀이군.”

“숭산파가 무림의 태산북두인 소림사를 곁에 두고도 수백 년을 이어 내려온 것은 이 정신에 있다고 봅니다. 그런데 장문인과 제자 몇이 죽었다고 꼬리를 내린 개마냥 웅크린다면 어느 누가 그런 문파를 동경하여 제자가 되려고 찾아오겠습니까!”

임예정은 결의에 찬 목소리로 말을 이었다.

“저희 숭산파는 삼대악인이든 마교이든 본 파를 공격하는 어떤 자라도 용납할 생각이 없습니다. 설사 제자 단 한 명이 남더라도 끝까지 싸울 것입니다.”

그녀는 고개를 숙이고는 말했다.

“무례한 점이 있었다면 사과드립니다. 하지만 이것이 저희 숭산파의 뜻입니다. 맹주께서 알아주시기를 바라며 실례했습니다.”

남궁현은 상대에게 감탄하지 않을 수 없었다. 어린 소녀가 무림맹주인 자신을 앞에 두고도 이리 당당할 수 있다니!

“임 장문께서 훌륭한 따님을 두셨군. 저 세상에서도 기뻐하겠군. 알겠네, 숭산파도 삼대악인 추적에 참가하도록 하지.”

“감사합니다.”

　인사를 올리고 임예정은 물러났다.

　소림사를 나온 임예정은 대기하고 있던 숭산파 제자들과 함께 숭산파로 돌아갔다. 도착하자마자 장문인의 집무실로 향한 그녀는 쌓여 있는 문서들을 훑어보며 제반 업무에 들어갔다.

　한참을 일하고 있는데 문이 열리며 어머니 이매산이 들어왔다. 초췌한 안색의 그녀는 임예정에게 과일을 내놓으며 말했다.

　"날이 늦었는데 좀 쉬었다 하지 그러니."

　"지금 하던 것만 마저 하고요."

　이매산은 복잡한 표정으로 일하고 있는 딸을 바라보았다. 한참을 그렇게 보고 있던 그녀는 한숨과 함께 입을 열었다.

　"너에게 이런 일을 맡기게 될 줄이야."

　숭산 장문 임한정을 잃은 숭산파는 곧바로 어려운 상황에 처하게 되었다. 마땅히 장문인 직을 이어받을 사람이 없었던 것이다. 일반 문파라면 적당히 무공이 뛰어난 사람을 뽑았겠지만, 숭산파의 경우는 상황이 달랐다. 바로 임한정이라는 존재 가치가 무공보다는 다른 곳에 있었기 때문이다.

　임한정은 사업 능력이 대단히 뛰어났다. 그는 숭산파의 재산과 인력을 적절히 이용하여 사업을 늘리고 이익을 올렸다. 그의 이 능력 덕분에 숭산파는 다른 대문파 못지않은 발전을 구가하고 있었다.

　그런데 그가 죽고 나자 지금까지 그가 벌이던 사업을 맡을 사람이 없었다. 숭산파 제자들은 무공 수련만 할 줄 알았지 사업에 대해서는 모두 문외한이었던 것이다. 당장 경영이 휘청거리고 문파의 존립 자체가 흔들렸다.

이때 나선 것이 다름 아닌 임예정이었다. 그녀는 아버지와 거래하던 상인들과 만나 그들을 설득하고, 의욕을 상실한 제자들을 다그쳤다. 이제 갓 열여덟 살의 소녀가 쓰러져 가는 문파를 지탱하고 나선 것이다.

숭산파 제자들은 임예정을 중심으로 하나로 뭉쳤고, 그녀를 장문인으로 삼았다. 대리란 꼬리가 붙긴 했지만 문파 역사상 처음으로 여자가, 그것도 십대 소녀가 장문인이 된 것이다. 이는 숭산파뿐만 아니라 강호 전체를 통 털어도 찾아볼 수 없는 일이었다.

그러나 이매산은 알고 있었다. 남들 앞에서 보이는 당당한 모습은 자신의 약한 모습을 감추기 위해서라는 것을, 남몰래 혼자 있을 때는 눈물 짓곤 한다는 것을…….

'가엾은 내 딸…….'

임예정이 이매산을 보고는 말했다.

"어머니, 그만 가서 쉬세요."

"알았다."

이매산이 나가고 임예정은 다시 일에 몰두했다. 그런데 한참 후, 문을 세 번 두드리는 소리가 들렸다.

"누구신지요?"

임예정의 물음에 밖에서 가는 목소리가 들려왔다.

"암향입니다."

"들어오십시오."

검은 옷을 입은 남자가 문을 열고 들어왔다. 그는 들어오자마자 종이 한 장을 내밀었다.

"정기 보고입니다."

종이를 받아 든 임예정은 훑어보고는 말했다.

"또 아무것도 없군요. 정말 이런 식의 보고는 다시 보고 싶지 않군
요."

"죄송합니다."

"다음번에는 뭐라도 소득이 있기를 바라요. 그렇지 않으면 당신들
대신 다른 정보 조직을 찾아볼 테니까."

검은 옷의 남자는 말했다.

"중원에서 저희 암향 이상의 정보 조직은 없습니다."

임예정은 싸늘하게 말했다.

"당신들이 의뢰를 제대로 완수하지 못하는 이상 나에게는 최하의 정
보 조직일 뿐이에요."

"죄송하게 되었습니다."

검은 옷의 남자가 물러가자 임예정은 받아 든 종이를 불에 태웠다.
타 들어가는 종이에는 '장소산의 행방, 아직까지 알 수 없음' 이라는
글자가 쓰여 있었다. 그녀는 막 불꽃에 사라져 가는 이름을 읊었다.

"장소산……."

무림맹에서는 아버지 임한정의 죽음이 마교도에 의해서라 했고, 혹
어떤 자는 장소산이 그 마교도라고도 했다. 하지만 임예정은 그 말을
믿을 수 없었다. 한 가지 확실한 것은 아버지와 장소산 사이에는 자신
이 모르는 뭔가가 있었다는 것이다.

지금에 와서 생각해 보면 아버지가 장소산을 대하는 태도가 뭔가 이
상했다. 뿐만 아니라 아버지가 죽기 며칠 전에는 어떤 편지가 자신을
통해 장소산에게 전해졌다. 그 후 매일같이 아버지는 밤늦게 어디론가
사라지곤 했고, 살해된 그날 역시 마찬가지였다.

그녀는 확신했다. 아버지는 장소산을 만나 뭔가를 계획하고 있었다.

아버지의 죽음은 그 계획과 뭔가 연관이 있을 것이다. 그렇기 때문에 그녀는 무슨 일이 있어도 장소산을 찾아내 아버지와의 사이에 무슨 일이 있었는지 알아내지 않으면 안 된다.

그리고 진범을 알아내는 즉시 그녀는 복수를 할 것이다. 무슨 수단을 써서라도! 숭산파 장문이 된 것도 모두 이를 위해서였다.

'만약 당신이 정말로 아버지를 살해했다면……'

생각만으로도 마음이 아팠다. 그녀는 자리에서 일어나 문을 열고 밖으로 나왔다. 밤하늘을 올려다보며 그녀는 중얼거렸다.

"장소산, 당신은 지금 어디 있나요?"

그 시각, 장소산은 한창 골치 아픈 문제를 눈앞에 두고 있었다.

"당신이 내 상관이라고?"

"그렇다."

당당하게 말하는 눈앞의 남자는 곤륜파 제자 해경이라는 자로 무림맹 청룡문 소속이었다.

"나, 해경이 자네들을 인솔하여 삼대악인 토벌을 하게 되었다. 이제부터 우리는 해조라 칭하고, 날 조장님이라고 부르도록. 물론 내 명령에 절대 복종해야 한다."

해경을 가슴을 내밀며 말을 이었다.

"자, 시험 삼아 불러보도록. 조장님."

장소산은 억지로 말을 내뱉었다.

"조장."

"어허! 님자가 빠졌잖아!"

"조장… 님."

"확실하게!"

"조장님!"

"그래, 님자를 붙이는 것을 잊지 말도록."

장소산은 얼굴을 감쌌다. 일행에 수초도 있고 해서 되도록 덜 위험한 쪽으로 행동하려고 무림맹의 삼대악인 토벌조에 들어갔는데, 하필 이런 인간의 인솔을 받게 되다니!

3

"우리는 사마멸사의 역사적 사명을 띠고 이 땅에 모였다. 무림영웅들의 빛난 얼을 오늘에 되살려, 강호 정의를 확립하고, 밖으로 천하의 평화에 이바지할 때다. 이에, 우리의 나아갈 바를 밝혀……."

해경은 연설의 끝을 힘차게 마무리했다.

"…새 역사를 창조하자!"

한 귀로 듣고 한 귀로 흘리고 있던 장소산은 손을 들었다.

"질문이 있는데……."

해경은 기다렸다는 듯 말했다.

"얼마든지 하도록!"

"등에 붙인 글자는 언제 뗄 거요?"

해경의 등에는 '무림맹주 남궁현'이라는 글자가 쓰인 천이 붙어 있었다. 해경은 화를 내며 따졌다.

"무슨 소린가? 이건 무림맹주님의 명령으로 붙인 것이다. 그걸 왜 뗀단 말인가?!"

"하지만 다른 사람들은 창피하다고 다 떼던걸. 붙이고 있는 사람은 당신밖에 없어."

그 말에 놀란 해경은 주변을 둘러보았다. 정말로 등에 글자를 붙이고 있는 것은 자신밖에 없었다.

"어, 어쨌든 맹주님의 명령인 이상 우리는 반드시 따라야 한다!"

장소산은 김빠진 목소리로 말을 내뱉었다.

"맘대로 하쇼."

해경은 헛기침을 하고는 말했다.

"이제 내일이면 우리는 삼대악인 추적에 나서게 된다. 이에 전투에 대비한 진법을 익혀두기로 한다."

장소산이 물었다.

"진법?"

"그렇다. 우리 조는 총 다섯 명이니 오행진을 익혀야겠지."

해경의 조에는 장소산, 수초, 관혁, 주선약, 이상 네 명이 속해 있었다. 장소산과 함께 왔던 다른 협객들은 다른 조에 속해 있었다.

'하긴 상대가 절정고수인 이상 혼자 힘만으로는 한계가 있지. 달랑 하루 만으로는 한계가 있겠지만, 최소한 서로 손발이 안 맞는 사태만은 피해야 하니까.'

장소산은 고개를 끄덕이며 보기보단 해경이 쓸모있겠다고 생각했다. 그러나 해경의 진법 설명이 시작되자 곧 자신의 생각을 철회했다.

"지금 이걸 익히라니 말이 되는 소리야?!"

장소산의 외침에 해경은 즉시 반박했다.

"이 진법은 우리 곤륜파에 전해 내려오는 절진이다! 특별히 외인에게 가르쳐 주겠다는데 무슨 잔말이 많아!"

"아무리 뛰어난 진법이면 뭐 해! 하루 만에 이걸 무슨 수로 익히느냐고!"

바닥에 쓰인 설명을 밟아버리며 장소산은 따졌다.

"게다가 이건 전원이 같은 무공을 익혔다는 전제 하의 진법이잖아! 무공이 모두 다른 우리한테는 안 맞는다고!"

해경은 화를 내며 외쳤다.

"감히 조장님의 말에 이래라저래라 하다니! 벌로 한 시간 동안 손 들고 서 있어라!"

그 말은 장소산의 화를 더욱 부채질했다.

"당신이 서당 훈장이고, 내가 학생이냐? 그따위 벌을 받게!"

해경의 이마에 힘줄이 돋았다.

"이, 이 사마외도의 무리 같으니!"

그는 손가락질하며 외쳐 댔다.

"너는 전체의 화합을 해치는 쭉정이 같은 놈이다! 너 같은 놈은 필요 없으니 당장 나가!"

"너야말로 무능한 조장이다! 당장 사라져!"

"조장님이라고 하랬잖아!"

"지금 그게 문제냐?!"

둘은 당장이라도 한판 붙을 기세였다. 주변의 다른 사람들이 그들을 붙잡고 말렸다.

"연 선배님, 참으세요. 조장님도 그렇고요."

관혁이 둘의 화해를 시도했다. 그의 능숙한 조정에 둘은 일단 싸움은 멈추었다. 하지만 마음까지 풀린 것은 아니었다.

둘만이 남은 자리에서 수초가 장소산에게 물었다.

"평소와 다르게 왜 그렇게 화를 내고 따지는 거야? 그냥 대충 넘어

가도 되는 문제잖아."

"뭐가 대충 넘어가면 되는 문제야. 목숨이 달려 있는데."

장소산은 찡그린 표정으로 말했다.

"상대는 무서운 대마두야. 만전에 만전을 기해도 모자랄 지경인데, 저런 녀석에게 목숨을 맡긴다니 어처구니가 없을 지경이라고."

그는 잠시 생각하더니 수초에게 말했다.

"아무래도 안 되겠다. 넌 그만 빠져라."

"뭐?"

"널 혼자 다니도록 놔두느니 데리고 가는 편이 나을 것 같아서 동행하도록 했는데, 아무리 생각해도 이번 일은 너무 위험해. 내가 무공총람 숨긴 장소를 가르쳐 줄 테니까, 그거 찾아서 무공 몇 년 더 익힌 다음에 강호에 나오는 편이 낫겠다."

수초는 물었다.

"그럼 당신은?"

"나야 그만 둘 수 없으니 저런 조장이라도 함께할 수밖에."

"그럼 나도 같이 갈래."

장소산은 한숨을 내쉬었다. 역시나 이렇게 나올 것 같았다.

"이봐, 이번 일은 단순히 고집 피울 일이 아니라고."

"나도 알아. 그러니까 함께 가겠다는 거야."

수초는 말했다.

"무공이야 당신보다 훨씬 떨어지지만 내 변장술은 확실히 도움이 될 걸? 정말로 위험한 일이라면 내가 함께하는 편이 생존 확률이 높다는 생각은 안 해?"

그녀의 말이 맞았다. 하지만 장소산은 자신의 일 때문에 그녀를 위험에 끌어들이고 싶지 않았다.

"이건 내 문제지, 네 문제가 아니잖아."

"아니, 이건 강호 전체의 문제야. 그러니까 내 문제도 되는 거라고. 그리고 난 내 발로 여기 삼대악인 추적에 참가한 거니까 당신이 이래라저래라 할 수 없다고."

답답한 표정의 장소산의 어깨를 두드리며 수초는 밝게 웃었다.

"너무 걱정하지 마. 우리들은 단순히 포위 연락만을 맡고, 정작 싸우는 것은 무림맹과 소림의 정예들이 한다면서? 잘못하면 우린 아예 삼대악인 얼굴도 못 보고 끝날걸?"

"그랬으면 좋겠지만……."

그의 불안 따윈 무시하고 시간은 흘러갔다. 오늘도 새로운 태양이 떠올랐고, 무림맹의 삼대악인 추격대는 출발했다.

4

무림맹은 삼대악인의 포위망을 형성하기 위해 오 인 단위로 구성된 백팔 개의 조를 구성했다. 여기에 연락과 정보 전달을 담당하는 인원이 이백 명이고, 수뇌부와 직접적인 삼대악인 공격을 담당하는 무림맹과 대문파의 정예가 백여 명이었다. 마지막으로 숭산파를 중심으로 하는 보급을 담당하는 인원이 이백 명이니, 총 동원된 사람의 수가 천 명이 넘었다.

절반 이상이 소속이 없는 일반 무인들을 임시로 모아 편성한 것이라고는 하나, 이는 오십여 년 전 소요유와의 전투 이후 정파에서 동원하는 최대의 인원이라고 할 수 있었다.

포위망을 이루는 백팔 개 조 중에 하나인 장소산이 포함된 해경의 조는 숭산을 내려와 남으로 향했다. 천 명이 넘는 대규모의 인원이 한꺼번에 움직인다면 나라에서 모반을 의심하는 등 여러 가지 문제가 발생한다. 때문에 삼대악인 추격대는 조별로 흩어져 각자 지시받은 대로 이동하게 된다.

현재 삼대악인은 남으로 내려가고 있었다. 무림맹은 이대로 추격하다 보면 섬서지방에서 조우하게 될 것으로 판단, 섬서지방 전체를 둘러싸는 포위망을 계획했다. 무림맹의 계획은 섬서지방을 빠져나가지 못하게 막은 다음, 점차 포위망을 좁혀가며 삼대악인을 구석으로 몰아간다는 것이었다.

매일매일 전령이 오가며 삼대악인의 위치 정보를 알려 이쪽의 이동 지시를 해왔다. 장소산 일행은 매일매일 강행군을 하며 말을 타고 달렸다. 그리하여 숭산을 내려온 지 한 달째 되는 날, 목표의 근처까지 접근하게 되었다.

삼대악인이 그리 멀지 않다는 것을 알게 해준 것은 바로 시체였다.

"지독하군."

장소산은 시체가 타는 연기가 하늘 높이 올라가는 광경을 보며 중얼거렸다. 이곳은 삼 일 전 삼대악인이 지나쳐 간 마을이었다. 그들 삼대악인은 마을에 오자마자 닥치는 대로 약탈, 살인, 방화를 일삼았다. 그들이 단 하루 머물다 간 마을은 마을 사람의 절반이 죽어 있었다.

"단순히 원하는 것을 얻기 위해서 한 짓이라면 이렇게 많은 사람들이 죽을 리가 없어. 그들은 살인을 즐긴 거야!"

말하는 장소산의 목소리에는 분노가 서려 있었다. 정파든 사파든 어느 정도 명성을 가진 고수는 무공이 없는 일반 양민을 해치지 않는다.

그런 짓은 무인으로서 할 행동이 아니라는 것이 정사를 막론한 강호의 불문율이다.

그러나 삼대악인은 그런 것은 신경도 쓰지 않는 모양이었다. 어째서 삼대악인이라 불리는지 여실히 보여주는 장면이 아닐 수 없었다.

해경은 살아남은 마을 사람들에게 삼대악인이 언제 왔고, 어디로 갔는지 알아본 다음 전령을 통해 지휘부로 보고를 올렸다. 그사이 장소산은 비통해하는 마을 사람들을 둘러보았다. 사람들은 삼대악인을 잡으러 왔다는 말에 장소산을 붙잡고 소리쳤다.

"그 악마들을 죽여주시오! 그놈들이 내 가족을 내 눈앞에서 죽였단 말이오!"

장소산은 뭐라 위로해야 할지 입이 떨어지지 않았다.

'정말 용서 못할 놈들이다.'

원래 장소산은 무림맹과는 달리 굳이 삼대악인을 없앨 생각이 없었다. 아니, 될 수 있으면 그들과 만나 의견을 나누고 협력하면 좋겠다고 계획하고 있었다.

천명회가 삼대악인을 소림사에서 구한 것은 결코 한편으로 삼기 위해서가 아닐 것이다. 어디까지나 정파의 조직인 이상 악인과 손을 잡는다 해도 일시적으로 이용하려는 것일 뿐, 언젠가 토사구팽할 것이 뻔했다. 그렇다면 그들과 만나 천명회의 음모를 밝힘으로써 협력, 함께 싸우는 것이 최고라고 장소산은 생각했다.

그러나 그들이 해놓은 짓을 보니 협력은커녕 상종조차 못할 놈들이 지 않는가!

'천명회에게 이용당하기 전에 없애야 하는 건가?'

그의 고민을 깨고 해경의 목소리가 들려왔다.

“삼대악인은 탕평산 쪽으로 가고 있다고 한다. 즉시 이동을 시작한다!”

장소산 일행은 다시 이동을 시작했다. 해경의 말에 따르면 이대로라면 삼대악인은 탕평산에서 무림맹의 천라지망에 갇힐 것이라고 했다. 장소산은 잘되었으면 좋겠다고 생각하면서도, 한편으로는 과연 잘될까 하는 걱정이 사라지지 않았다.

이틀 후 장소산 일행은 탕평산에 도착했다. 이곳에는 그들 일행 말고도 다른 포위 조의 사람들이 모여들고 있었다.

탕평산은 이백 리에 걸친 넓은 산이었다. 산 아래 모인 포위조는 삼십 명 단위로 재편성한 다음, 다시 흩어져 산을 올라가기 시작했다. 장소산 일행도 한쪽 길을 맡아 말을 버리고 도보로 산을 올랐다. 여기까지는 모두 무림맹의 계획대로 진행되고 있었다.

그러나 곧 문제가 발생했다. 지금까지 쉽게 위치를 알 수 있었던 삼대악인이 돌연 종적을 감춘 것이다. 당황한 무림맹주 남궁현은 일단 포위조를 현재 위치에서 대기하도록 했다.

“현재 천라지망은 쥐새끼 하나 빠져나갈 틈도 없이 완벽하다! 즉, 삼대악인이 포위 안에 있는 것은 자명한 사실! 모든 조는 현재 위치를 사수하여 절대 움직이지 않도록!”

맹주의 명령에 장소산 일행도 산등성이에 자리를 잡고 대기했다. 그 사이 수색조가 삼대악인의 위치를 찾기 시작했다. 아무 소득도 없이 삼 일이 흘렀다.

‘틀렸군.’

삼 일째 되는 날 장소산은 확신했다. 포위망 안에 삼대악인이 있든 없든 이젠 중요한 것이 아니다. 문제는 상황이 무림맹의 생각대로가 아닌, 삼대악인의 의도대로 되어가고 있다는 것이다.

그날 밤, 산의 북쪽에서 불꽃이 솟아올랐다. 포위조가 쏘아 올린 위급함을 알리는 신호였다. 무림맹은 급히 정예 고수들을 그쪽으로 보냈지만 이미 북쪽 지대의 포위조 이십여 명이 죽고, 삼대악인은 도망친 후였다.

"피해는 컸지만 삼대악인은 끝내 포위망을 돌파하지 못하고 도망쳤습니다."

생존한 포위조의 말에 남궁현은 고개를 끄덕였다.

"좋아, 훌륭하다. 아직 놈들은 포위망 속에 있다."

그러나 다음날도, 그 다음날도 수색은 성과가 없고 매일 밤 삼대악인은 포위조를 습격해 왔다. 이제 사망자는 오십 명이 넘어섰다.

"괜찮다, 아직 포위망은 뚫리지 않았다. 놈들은 여전히 새장에 갇힌 새다."

남궁현은 자신만만하게 부하들에게 말했다. 그 말을 전해 들은 장소산은 어이가 없었다.

'저거 바보 아냐?'

오 일이나 뒤졌는데도 삼대악인을 찾지 못한 것은 놈들에게 평범한 수색으로는 찾을 수 없는 확실한 은신처가 있다는 이야기다. 그것도 필요한 물품까지 완벽히 구비되어 밖으로 나갈 필요가 전혀 없을 정도의. 그렇지 않다면 오 일이나 흔적을 감출 수 있을 리가 없다.

또한 세 번이나 공격했는데도 첫 번째 포위망조차 돌파하지 못한 것은 일부러 그런다고밖에 생각할 수 없다는 것을 왜 모른단 말인가?

포위는 총 세 겹으로 이루어져 있다. 첫 번째를 뚫어봤자 두 번, 세 번째에서 걸릴 수밖에 없다. 포위망을 뚫을 수 없다고 판단한 삼대악인은, 안전한 현재 은신처를 중심으로 상대하기 편한 포위조만을 골라 습격함으로써 포위가 약해지길 기다리고 있는 것이다.

삼대악인의 위치를 대충이나마 알 수만 있었어도 일이 이렇게 되지는 않았을 것이다. 그 근처를 중심으로 계속 포위망을 좁혀가면 되니까. 하지만 현재처럼 적의 위치를 전혀 알 수가 없어 백 리에 걸쳐 인원이 흩어져 있어서는 전력의 분산이 너무나 심해 적의 공격을 당할 수 없었다.

아무래도 현재 이쪽 안에 첩자가 있는 것이 분명했다. 그렇지 않고서야 삼십 년이나 소림사에 갇혀 있던 삼대악인이 탕평산에 은신처를 가지고 있을 리가 없다. 숨기 좋은 위치야 그전에 알고 있을 수 있다 해도, 미리 식량과 식수 등을 준비할 수는 없는 노릇이다.

첩자는 은신처를 마련해 주고 습격하기 좋게 이쪽의 허점까지 가르쳐 주고 있는 것이다.

'이대로 있어서는 피해만 늘 뿐이다.'

생각 끝에 장소산은 자신의 의견을 담은 편지를 썼다.

현재 삼대악인은 밤을 틈타 포위조를 공격, 정예 고수들이 구원하러 달려올 때쯤이면 도망가는 것을 반복하고 있습니다. 그들이 이렇게 마음껏 날뛸 수 있는 이유는, 바로 근처에 있는 포위조를 천라지망을 유지한다며 놔두고 멀리 있는 부대로 구원을 나서기 때문입니다. 이는 멀리 있는 물로 바로 앞에 불을 끄려 드는 어리석은 짓입니다.

삼대악인을 잡으려면 우선 그들이 숨어 있는 은신처를 찾아야 합니다. 은잠과 추적에 능한 고수들을 포위조 곳곳에 배치하고, 그들이 습격 후 돌아가는 것을 미행하는 것이 현재로서 가장 나은 방법이라고 생각합니다.

또한 포위조를 단순히 위치를 지키도록 할 뿐이 아닌 각 조가 유기적으로 연락하여 상호 간에 도움을 줄 수 있도록…….

계획을 소상히 적은 편지를 완성한 장소산은 무림맹주 남궁현에게 전해 달라고 전령에게 맡겼다. 그러나 며칠이 지나도 아무 소식도 없고 편지가 제대로 전해졌는지조차 알 수가 없었다.

'망할! 도대체 무림맹주라는 녀석은 뭘 하고 있는 거야?

그러는 사이에도 계속 피해는 커져 갔다. 그리고 마침내 장소산 일행이 있는 곳에서 오 리도 안 되는 가까운 지점에서 구원을 청하는 불꽃이 솟아올랐다.

장소산은 즉시 현장으로 달려가려 했다.

"당장 도와주러 가자!"

그러나 조장인 해경은 냉담한 반응이었다.

"그럴 수는 없다. 우리는 현재 위치를 지켜야 한다."

장소산은 화가 나서 외쳤다.

"한편이 죽는데 구경만 하고 있겠다는 거야?!"

"구원은 맹주님께서 보낼 것이다. 우리는 맡은 바 임무만 수행하면 된다."

"거기서 보내서는 이미 늦는다고! 지금까지 그렇게 봤으면서 그걸 몰라?!"

"우리가 움직임으로써 천라지망에 구멍이 뚫리고, 그 틈으로 삼대악인이 도망치면 그 책임을 누가 질 텐가!"

"망할, 뭐가 천라지망이야! 차례대로 기다리다 뒈지는 것이 천라지망이냐?!"

장소산은 해경의 멱살을 잡아 흔들었다. 그러나 해경은 막무가내였
다.

"하극상이다, 하극상! 어서 이 손을 놓지 못하겠느냐!"

참지 못한 장소산은 해경을 밀쳐 버렸다.

"좋아, 나 혼자라도 가겠다!"

그는 경공을 펼쳐 습격 지점으로 달려갔다. 뒤에서 해경이 뭐라고
고래고래 소리 질렀지만 무시해 버렸다.

장소산이 습격 지점에 도착했을 때에는 이미 때가 늦어 삼대악인은
그곳의 포위조를 거의 다 쓸어버리고 돌아가려던 참이었다. 장소산은
사방에 널려 있는 시체들을 보고 분함을 느꼈지만 꾹 참았다.

'진정하자, 나 혼자서는 저들을 이기지 못한다. 은신처만 찾아내면
된다. 은신처만 찾아 무림맹에 알리면 저들은 죽은 목숨이나 다름없
다.'

그런 생각을 하며 삼대악인을 쫓아갔다. 삼대악인은 세심하게 흔적
을 지워가며 이동해 삼십 리쯤을 가던 그들은 멈추었다. 그리고는 눈
앞에 거대한 바위산에 손을 대고 밀었다.

'저건!'

장소산은 놀랐다. 바위산 앞에는 사람만한 크기의 작은 바위가 붙어
있었고, 작은 바위를 치우자 그곳에 바위산이 갈라져 생긴 동굴이 드러
난 것이다. 입구를 막은 작은 바위는 보기에는 바위산과 한 덩어리처
럼 보여 직접 밀어보지 않는 한 그곳에 동굴이 있다는 것을 알 수가 없
었다.

'여기가 은신처였구나.'

장소산이 좀 더 숨어서 지켜볼까 아니면 곧장 돌아가 무림맹에 이

사실을 알릴까 생각하는데, 동굴에서 한 사람이 걸어나왔다. 나타난 사람은 장소산이 잘 알고 있는 자였다.

'유자건! 네가 바로 첩자였구나.'

여우 가면을 쓴 유자건은 삼대악인에게 말했다.

"오늘도 훌륭히 성공하셨군요. 축하드립니다."

공파가 신경질적으로 물었다.

"무림맹 놈들을 죽이는 건 좋은데, 언제까지 이 짓을 해야 하는 거지?"

"조금만 기다리십시오. 곧 무림맹의 포위망이 무너질 테니까요."

이번에는 도벽락이 말했다.

"그건 그렇고, 너 말고 교의 책임자를 만나고 싶구나. 앞으로 어떻게 할 계획인지 듣고 싶은데."

유자건이 대답했다.

"저에게 말씀하시지요."

"너하고는 이야기가 안 된다. 우두머리를 불러라."

"알겠습니다. 무림맹의 포위망을 벗어나면 곧 저의 주인을 만나게 되실 겁니다."

"믿어도 되겠지?"

유자건은 웃으며 고개를 끄덕였다.

"물론이지요. 우린 같은 교에 몸을 담은 사람들, 즉 형제자매나 마찬가지가 아닙니까."

이야기를 듣던 장소산은 전에 관혁이 삼대악인이 마교도일 것이라던 소문이 있다고 했던 것을 떠올렸다.

'정말로 삼대악인이 마교도였구나. 하지만 무명회의 사람은 아닌 것

같다. 유자건은 자신을 무명회 사람인 것처럼 꾸며 저들을 속이고 있
구나.'

장소산은 그만 돌아갈 때가 되었다고 생각했다. 그런데 자리를 떠나
려고 움직이는 순간, 그만 미세한 기척을 삼대악인에게 들키고 말았다.

"누구냐?!"

'이런 망했다! 좋아, 이렇게 된 이상!'

속으로 결심한 그는 즉시 변장하고 있던 수염을 뜯고 본래 모습으로
돌아온 다음, 숨은 곳에서 나오며 소리쳤다.

"세 분은 저자의 말에 속지 마십시오!"

5

갑자기 나타난 장소산을 삼대악인과 유자건은 쳐다보았다. 유자건
이 장소산을 알아보고 놀라 눈이 커졌다.

"넌?!"

팽사옥이 물었다.

"네놈은 누구냐? 누가 뭘 속이고 있단 말이냐?"

장소산은 포권을 한 다음 대답했다.

"저기 저자의 정체는 유자건이라고 하여 천명회의 인물입니다. 물론
마교 소속이라는 것은 새빨간 거짓말이지요. 천명회의 목적은 마교의
멸망과 강호의 통일, 여러분은 이용당하고 있는 것입니다."

그는 말을 이었다.

"저는 장소산이라고 하여 천명회에 원한이 있는 자입니다. 저 역시
천명회에 이용당하고 죽을 뻔했지요. 이대로 두면 세 분께서 저와 같

은 처지가 될 것이 뻔하여 이렇게 나서게 된 것입니다."

유자건은 갑자기 장소산이 나타나 자신의 일을 망치려 하자 당황하며 말했다.

"어르신들은 속지 마십시오. 저자는 본 교의 적 중 하나인 개방의 제자입니다."

장소산은 히죽 웃고는 정정했다.

"파문당한 개방 제자이지요. 그리고 저자는 무당파 제자이고요."

삼대악인의 시선이 유자건에게 향했다. 유자건은 당황함을 감추고는 목소리를 높였다.

"성심을 다해 어르신들을 도운 절 버리고 난데없이 튀어나온 자를 믿겠다는 겁니까?"

도벽락이 차가운 목소리로 대꾸했다.

"우린 누구도 안 믿는다, 우리가 믿는 신 외에는."

유자건이 재빨리 말했다.

"제가 본 교의 무공을 시전하는 것을 보셨지 않습니까."

공파가 고개를 끄덕였다.

"그건 그렇군. 무공을 흉내 낼 수는 없지."

장소산이 반박하고 나섰다.

"무공을 흉내 낼 수는 없을지 몰라도 익히는 것은 누구나 할 수 있지요. 마교도만 마공을 익힐 수 있고, 마공을 익힌 자는 무조건 마교도란 법이라도 있습니까?"

도벽락이 장소산의 주장을 긍정했다.

"하긴 백오십 년 전에 본 교가 무너지며 본 교의 무공이 많이 분실되었지. 아마 정파 놈들이 우리 무공을 많이 훔쳐 갔을 거야."

　장소산과 유자건은 서로 상대가 속이고 있다고 주장하며 상대의 주장을 반박했다. 한참을 그렇게 말다툼하고 있는데, 팽사옥이 짜증을 내며 소리쳤다.

　"싸울 거면 제대로 싸워라! 계집애처럼 입으로만 재잘거리지 말고!"

　유자건은 얼씨구나 했다. 그는 얼른 장소산만 죽여 버리면 다시 삼대악인을 속이는 것은 어렵지 않을 것이라고 보았다.

　"알겠습니다!"

　그는 즉시 혈마장을 시전했다. 장소산을 죽임과 동시에 마교의 무공을 보임으로써 삼대악인의 신뢰를 높일 계획이었다.

　그러나 그는 한 가지 큰 오판을 하고 말았다. 장소산의 무공을 전에 만났을 때와 같다고 생각했던 것이다. 장소산은 혈마장을 간단히 피하고는 역습을 가했다. 유자건은 상대를 죽이기는커녕 자신이 얻어맞고 말았다.

　'아니?!'

　비틀거리며 뒤로 물러난 유자건은 놀란 눈으로 장소산을 쳐다보았다. 장소산은 빙그레 웃고는 물었다.

　"어떻게 된 거요? 당신 실력은 이 정도가 아닐 텐데?"

　유자건을 입술을 깨물었다. 그가 배운 혈마장은 삼대악인을 속이기 위해 익힌 것이라 제대로 수련한 무공이 아니었다. 제대로 익히지 않은 무공으로 예상보다 훨씬 강한 장소산을 이길 수는 없었다.

　'할 수 없지!'

　그는 생각을 바꾸어 마공은 포기하고 자신의 본 무공을 펼치기 시작했다. 단, 무당의 무공만은 쓰지 않았다. 그것마저 보인다면 다신 삼대악인을 속이지 못할 것이기 때문이었다.

'내가 진심이 되게 만들다니 생각보다 제법이구나. 하지만 이제 그 것도 끝이다!'

유자건은 무당의 제자이지만 천명회에서 천하 각파의 수많은 무공을 익혔다. 꼭 무당의 무공이 아니라도 그가 아는 절기는 무궁무진했다. 지금 그 절기들이 모조리 그의 몸을 통해 발휘되기 시작했다.

장소산은 마음을 가다듬고 유자건의 공격을 받았다. 그로서는 청류의 수련 이후에 처음으로 대적하는 강적과의 싸움이었다. 그는 청류와의 대련 경험과 무언계의 가르침이 떠올리며 정신을 집중했다.

'육체와 기와 정신이 하나가 되어야 한다!'

둘은 살기를 숨기지 않고 전력으로 맞부딪쳤다. 유자건은 천하 각파의 온갖 절기를 끊임없이 쏟아냈다. 이에 장소산은 무공총람의 수공과 장법을 섞어가며 상대했다. 유자건은 변화무쌍했고, 장소산은 한결같았다. 둘은 용호상박을 이루며 둘은 한 치도 물러서지 않았다.

어느새 백여 초가 지났다. 유자건은 당황했다. 전력을 다하고 있는데도 여전히 상대를 쓰러뜨리기는커녕 우세도 보이지 못하고 있는 것이 아닌가!

'아니, 이게 어떻게 된 거냐?!'

그때 싸늘한 도벽락의 목소리가 들려왔다.

"왜 본 교의 무공을 쓰지 않지?"

"……!"

놀란 유자건은 흠칫했다. 그 틈을 타고 장소산의 수공이 유자건의 수비를 뚫고 들어와 어깨를 잡아 비틀었다.

"크윽!"

다급해진 유자건은 바닥을 박차며 장소산이 비트는 방향으로 몸을 회전시킴과 동시에 회전력을 실어 장력을 날렸다.

펑!

장소산은 장력을 받아치며 뒤로 물러났다. 즉시 쫓아가 공격하려던 유자건은 팽사옥의 말에 굳어버렸다.

"무당의 무공이군."

'아차!'

다급한 상황에서 그만 가장 익숙한 무공을 펼치고만 것이다. 이제 다 틀렸다는 것을 깨달은 유자건은 즉시 경공을 펼쳐 도망쳤다.

"어딜 가느냐!"

공파가 외치며 그를 추격했다. 그는 나무를 박차며 뛰어오르는 유자건의 등에 공격을 가했다. 유자건은 제운종의 수법으로 허공에서 몸을 틀더니 공격을 맞받아쳤다. 그와 동시에 그 힘을 이용해 허공에서 재주를 넘더니 쏘아지는 화살처럼 날아갔다.

"훌륭하구나!"

공파는 감탄하며 계속 뒤를 쫓으려 했지만 도벽락이 그를 불렀다.

"무림맹 놈들을 만나면 큰일이니 그만 돌아와!"

"알았어."

대답한 공파는 동료들에게 돌아와 말했다.

"그놈의 무공이 정말 대단하군. 죽이려면 꽤나 힘 좀 들겠는걸."

도벽락이 말했다.

"놈을 죽이는 것은 나중 문제야. 지금은 무림맹의 포위를 벗어나는 것이 가장 중요해."

장소산이 기다렸다는 듯이 끼어들었다.

"제가 세 분이 포위망을 빠져나가는 것을 도와드리지요."

도벽락이 피식 웃고는 물었다.

"전에 유자건과 똑같은 소리를 하는구나. 그래, 넌 어떻게 도와주겠다는 것이지?"

장소산은 대답했다.

"유자건의 계획처럼 힘이 들지도 않고 시간도 걸리지 않습니다. 내 말대로만 하면 내일이면 포위망 밖에 있을 수 있습니다. 단, 조건이 있습니다."

"조건이라고?"

"예, 앞으로 다시는 무고한 생명을 죽이지 않겠다는 맹세를 받아야겠습니다."

삼대악인은 잠시 어이가 없다는 표정을 지었다. 공파가 헛웃음을 지으며 말했다.

"살다 살다 우리에게 그런 말을 한 사람은 네가 처음이다. 소림사 중놈도 참회하라고 떠들어댔지만 맹세하란 소린 못했지."

"웃을 일이 아닐 텐데요."

장소산의 목소리가 돌연 차가워졌다.

"현재 당신들은 무림맹의 포위망 속에 빠져 있습니다. 이대로는 언젠가 무림맹의 공격 앞에 죽을 것은 자명한 사실, 설사 유자건의 계획대로 하더라도 결과는 마찬가지. 난 당신들에게 살길을 열어주는 겁니다. 설마 죽고 싶은 것은 아니겠지요."

도벽락이 입을 열었다. 그의 목소리에는 노기가 섞여 있었다.

"살고 싶으면 시키는 대로 하라는 말이냐? 어린것이 꽤나 건방진 소리를 하는구나. 우리가 누군지 알고 감히 그따위 소리를 하는 거냐?"

"살인자지."

장소산의 대답은 가차없었다. 팽사옥의 안색이 변했다.

"뭐라고?"

"당신들 뒤를 쫓으며 해온 짓을 보았지. 수많은 사람들을 재미로 죽이고, 또 죽이고… 그따위 짓을 하면서 존경받길 원하나? 당신들은 살인자에 불과해."

죽은 사람들의 모습이 떠올랐다. 가족들의 죽음에 슬퍼하고 울부짖는 자들의 모습도. 장소산의 목소리에는 분노가 담기기 시작했다.

"당신들 뭔가 큰 착각을 하고 있는 것 같군. 내가 살길을 찾아주겠다는 이유가 당신들을 존경해서나 두려워해서라고 생각하나? 천만에! 당신들 같은 인간은 죽어 마땅해. 당신들이 죽어 슬퍼할 사람은 하나도 없고, 모두가 기뻐할 거야. 세상을 위해 죽는 편이, 아니, 죽어야 하는 인간들이야."

"뭣이!"

공파가 화를 내며 달려들려는 것을 팽사옥이 막고는 물었다.

"그럼 무엇 때문에 우릴 도와주겠다는 것이냐?"

"당신들이 살리는 것이 천명회를 이롭게 하지 않는 일이니까. 무엇보다 당신들을 이대로 놔두면 계속해서 무림맹과 싸울 테고, 지금보다 더욱 많은 사람들이 죽을 테니까."

"적을 이롭게 하고 싶지 않다? 또한 우리 때문에 더 이상 사람이 죽는 것을 보고 싶지 않다?"

"그렇소."

팽사옥은 피식 웃고는 물었다.

"그럼 한번 물어보지. 우릴 어떻게 살려주겠다는 거지?"

"내 동료 중에 변장의 명수가 있소. 당신들을 무림맹 사람들로 변장시켜 사람들 속에 들어가면 되는 거지."

"간단하군."

"간단하면서도 확실하지. 무림맹의 추적대는 절반 이상이 외인들, 세 명 정도 더 늘어났다고 해서 신경 쓰는 사람은 없을 것이오. 충분히 성공시킬 자신이 있소."

잠시 생각하던 팽사옥은 잘라 말했다.

"거절한다."

장소산은 한숨을 내쉬었다.

"목숨이 아깝지 않나 보군."

"너만큼은 아니지. 감히 우릴 앞에 두고 죽어 마땅한 놈들이라고 하다니."

장소산은 피식 웃고는 대꾸했다.

"충분히 살 수 있다 생각하고 하는 말이오."

팽사옥은 말했다.

"아무리 살 구멍을 남겨두었다고 해도 상대를 화나게 하여 굳이 위험을 자초할 필요는 없지. 그럼에도 그렇게 했다는 것은 죽어간 사람들을 보고 진심으로 분노했기 때문이겠지. 나로서는 이해할 수 없는 일이지만 말이야."

그는 몸을 돌렸다.

"가자! 오늘 내에 포위망을 빠져나간다."

삼대악인은 장소산을 그대로 남겨두고 자리를 떠났다.

6

공파가 팽사옥의 뒤를 따르며 불만스러운 표정으로 물었다.

"왜 그놈은 죽이지 않은 거지?"

팽사옥은 피식 웃고는 답했다.

"흔치 않은 인간이야, 죽이기 아까울 정도로."

도벽락이 놀라며 말했다.

"놀랍군요. 사형이 죽이기 아깝다는 말을 다 하다니."

팽사옥은 쓴웃음을 짓고는 말했다.

"그보다 문제는 어떻게 포위망을 돌파할 것이냐이다. 그 유자건이라는 놈이 도망간 이상 분명 뭔가 손을 쓸 것이다. 그전에 승부를 결정지어야 한다. 그러니 오늘 밤밖에 시간이 없어."

도벽락이 의견을 내었다.

"무림맹주라는 놈을 잡도록 하지요."

그녀는 설명했다.

"무림맹의 주력은 지금쯤 우리가 아까 습격한 지점에 있을 것이에요. 그렇다면 반대로 본진은 허술할 테니, 이때를 이용해 맹주를 잡는다면 대역전을 노릴 수 있지요."

"괜찮은 생각이군. 좋아, 그렇게 하자."

무림맹주가 있는 곳이 어딘지는 유자건을 통해 이미 알고 있었다. 유자건의 진짜 목적이 무엇이든 간에 그가 전해준 정보만큼은 정확했다.

삼대악인은 조심스럽게 은신하며 무림맹주 남궁현이 있는 본진을 향해 이동했다. 그곳의 위치는 일차 포위망 밖이었지만 그다지 큰 문제는 아니었다. 지금까지 연일 계속된 습격에 포위를 맡은 자들은 습격당할 것에 대한 대비만 했지, 몰래 빠져나가는 경우는 생각하지 못하고 있었던 것이다.

포위조들의 경계는 자기 주변에 대해서만 철저했다. 삼대악인은 그들의 경계 범위를 아슬아슬하게 피하는 것으로 포위망을 아무도 모르게 빠져나갈 수 있었다.

"이런 식으로 하면 나머지 포위망도 문제없는 것 아닌가?"

공파의 질문에 도벽락은 고개를 저었다.

"우리가 지금까지 두들겨 놓은 덕분에 가능한 일이야. 나머지 두 겹의 포위망은 이렇게 간단하지 않을 것이야."

삼대악인은 무림맹의 본진 앞에 이르렀다. 예상대로 맹주가 있는 이곳은 방비가 허술했다. 설마 몰래 포위망을 피해 지나왔을 줄은 예상하지 못하고 있는 모양이었다. 본진의 사람들은 불을 켜놓고 파견한 부대의 소식을 기다리고 있는 중이었다.

팽사옥이 본진의 사람들을 살펴보았다. 대충 삼십 명 정도 되는 인원이었다.

"소림사 중놈들에, 곤륜파 도사들도 꽤 있군. 초장에 박살 내놓지 않으면 만만치 않겠는걸."

도벽락이 사람들을 살피며 물었다.

"맹주란 놈은 누구지?"

공파가 한 사람을 가리켰다.

"저놈 같은데?"

그가 가리키는 사람은 '나 맹주요!' 라고 시위라도 하는 듯 화려한 복장에 금장식이 달린 검을 차고 있었다. 거기에 등에다 '무림맹주' 라고까지 쓰여 있으니, 맹주가 아니면 그게 더 놀라울 지경이었다.

팽사옥이 지시를 내렸다.

“좋아, 내가 맹주 놈을 잡지. 공파는 소림사, 벽락은 곤륜파 놈들을 맡아라. 나머지 놈들은 무시해라. 내가 맹주를 잡으면 곧바로 후퇴하여 전열을 정비하는 것이다.”

공파와 도벽락은 고개를 끄덕였다.

“좋아, 간다!”

삼대악인은 유령처럼 본진으로 다가갔다. 세 사람이 어떻게 된 영문인지도 모르고 목숨을 잃고 나서야 사람들은 삼대악인을 볼 수 있었다.

“삼대악인이다!”

가장 먼저 소리친 곤륜파 제자 역시 도벽락의 강조에 목이 뚫려 즉사했다. 그사이 다른 두 명의 악인도 습격에 당황한 무인들 셋을 해치웠다. 무림맹주 남궁현이 뒤늦게 검을 뽑으며 소리쳤다.

“당황하지 말고 맞서 싸워라!”

이곳에서 남궁현 다음으로 고수인 소림의 공문 선사와 곤륜의 청궁진인이 각기 공파와 도벽락과 맞서 싸웠다. 하지만 둘의 무공은 삼대악인에 비해 몇 수 뒤졌다. 급히 동문들이 그를 지원해 간신히 평수를 유지할 수 있었다.

그사이 팽사옥이 무림맹 무인 다섯을 격살하며 남궁현에게 돌진해왔다. 남궁현은 두려워하지 않고 검을 휘두르며 외쳤다.

“사악한 무리들아, 정의의 검을 받아라!”

“정의 좋아하시네!”

팽사옥의 두 개의 짧은 검과 남궁현의 검이 격돌했다. 세 개의 무기가 뒤섞이며 마구 부딪치니 근처에 있던 다른 무인들이 기겁을 하고 물러섰다. 자칫 검들의 폭풍 속에 들어가는 날이면 그 즉시 난도질당하고 말 것이었다.

남궁현이 비록 남들이 하기 싫어하는 무림맹주 직을 거저 줍다시피 얻었다고는 하지만, 사대세가 중 하나인 남궁가의 최고 고수였다. 그의 무공은 절정! 삼대악인의 첫째인 팽사옥을 상대하면서도 조금의 물러섬도 없었다.

"창궁벽파!"

남궁현의 화려한 검이 허공 중에 무수한 빛의 입자를 만들어내었다. 빛의 입자 하나하나는 모두 팽사옥의 치명적인 혈도를 노리고 있었다.

이에 팽사옥은 두 개의 검을 바둑판의 선을 그리듯 휘둘러 면밀한 방어를 만들었다. 원래 그의 무기는 대마두의 것답지 않게 공격보다는 방어에 적합했다. 그물을 짜는 듯한 촘촘한 수비는 남궁현이 만들어내는 빛의 입자의 침입을 한 치도 허용하지 않았다.

남궁현은 주로 공격했고, 팽사옥은 주로 방어했다. 공격이 많은 남궁현의 입장에서는 자신이 유리하다고 착각할 만한 상황이었다. 그는 자신의 화려한 무공으로 삼대악인의 첫째를 해치움으로써 단숨에 이 전국을 바꿔야겠다고 마음먹었다.

"죽어라, 악당!"

남궁현의 검이 눈부신 빛을 발했다. 검강이 시전된 것이다. 그는 검강을 실어 자신이 가진 무공의 최고 절초를 쏟아 넣었다.

그러나 그것은 팽사옥이 의도한 바였다. 풍부한 경험을 가진 팽사옥은 남궁현과 잠시 겨루어보는 것으로 상대의 무공이 대단하긴 하지만 실전 경험은 거의 없다는 사실을 알아차렸다. 그 점을 이용해 수비에 주력하며 상대가 함정에 빠지기를 기다렸던 것이다.

'걸렸군!'

팽사옥은 몸을 뒤집으며 남궁현의 검강을 피했다. 역시나 예상대로 즉시 남궁현은 쫓아오며 검을 뻗었다. 그러나 그 순간 붓 하나가 그의 얼굴을 때렸다.

난리 통에 바닥에 떨어져 있던 붓을 팽사옥이 몸을 뒤집어 피하면서 발로 찬 것이었다. 생각지도 않게 왼쪽 눈가를 얻어맞은 남궁현은 눈을 감으며 움찔했다.

찰나라 할 만한 시간이었지만 고수들 간의 대결에서는 승부를 결정짓기 충분하고도 남았다. 팽사옥은 들고 있던 검 중에 하나를 던졌다. 강기가 실린 검은 한줄기 유성처럼 빛을 뿌리며 남궁현의 옆구리에 박혔다.

“크윽!”

남궁현은 비틀거리며 뒤로 물러났다. 피하긴 했지만 옆구리가 길게 베여 피가 콸콸 흘러나왔다.

“끝이다!”

팽사옥이 회심의 미소를 지으며 승부를 결정짓기 위해 돌진해 왔다.

“가주님!”

근처에서 보고 있던 위정평이 남궁현을 구하기 위해 달려들었다. 그러나 그의 무공으로는 팽사옥을 막기에 역부족이었다.

“비켜!”

팽사옥의 권을 맞은 위정평은 피를 토하며 나가떨어졌다. 다른 무림 맹의 무인들은 그래도 상당한 일류 고수라 할 수 있는 위정평이 한 수도 버티지 못하는 것을 보고 감히 막을 엄두를 내지 못했다.

“나 무림맹주는 이 정도로 꺾이지 않는다!”

그사이 혈을 막아 임시로 지혈한 남궁현이 검을 치켜들고 외쳤다.

그러나 척 보기에도 검을 든 손이 떨리는 것이 위태로워 보였다. 팽사옥은 웃음을 지으며 다가갔다. 그런데 그때 한줄기 목소리가 귀에 파고들었다.

"맹주께선 잠시 쉬도록 하시지요."

그와 동시에 어느새 한 청년이 남궁현의 앞을 가로막고 서 있었다.

"……!"

팽사옥은 눈이 커졌다. 눈앞의 청년의 움직임을 그로서도 제대로 보지 못한 것이다.

"너는 누구냐?"

청년은 정중히 포권을 하며 답했다.

"전 천뢰라고 합니다. 사부님의 명으로 세 선배님들을 막으러 왔습니다."

"네 사부가 누구냐?"

"무언계라고 합니다."

"무언계?!"

천하제일고수 무언계가 가지는 효과는 엄청난 것이었다. 한창 싸우고 있던 다른 악인과 소림, 곤륜의 고수들도 싸우는 것을 멈추고 천뢰를 향해 시선을 돌렸다.

팽사옥이 물었다.

"네가 정말 무언계의 제자란 말이냐?"

천뢰는 웃으며 대답했다.

"그렇습니다. 그러니 그만 소림사로 돌아가 주시기 바랍니다."

"네 사부가 오지 않고 왜 제자인 네가 왔지?"

"사부님께서는 더 이상 강호 일에 신경 쓰고 싶지 않으니 저에게 맡긴다 하셨습니다."

팽사옥의 입술이 꿈틀거렸다. 그는 웃음을 터뜨리며 외쳤다.

"하하하하, 자신이 올 필요도 없다는 말이냐? 우리 삼대악인이 그렇게도 만만히 보인단 말이냐?"

그는 남궁현에게 던졌다 막사 기둥에 박혀 버린 검을 뽑았다. 그리고는 두 개의 검을 교차시키며 말했다.

"우릴 무시한 무언계에게 제자의 목을 선물로 보내기로 하지."

"할 수 없군요."

천뢰는 허리에 찬 도를 뽑았다. 일반 중원의 도와는 달리 도신이 가늘고 구부러진 멀리 동쪽의 왜도였다.

"그럼 공격하도록 하겠습니다."

말이 끝남과 동시에 천뢰는 섬전과 같이 팽사옥 앞에 나타나 도를 내려쳤다. 팽사옥은 급히 들고 있던 검으로 막았다.

깡!

팽사옥은 충격에 그만 검을 떨어뜨릴 뻔했다. 이어 천뢰의 도가 허공에 유려한 곡선을 그리더니 횡으로 베어왔다. 팽사옥은 간신히 막았으나 몸이 버티지 못하고 몇 걸음 물러서야 했다.

'……!'

팽사옥은 자신이 잘못 판단했다는 것을 깨달았다. 상대의 무공은 자신보다 강했다. 또한 무언계의 제자도 아니었다.

"네, 네놈은!"

천뢰가 도와 함께 몸을 날렸다. 팽사옥이 검으로 막았다. 천뢰가 체중을 실어 누르자 팽사옥과 그의 얼굴은 한 치 앞까지 가까워졌다.

그와 동시에 천뢰가 웃으며 입술을 움직였다.

“우리 호리 자건이가 신세를 많이 졌습니다.”

“넌!”

팽사옥은 장소산의 말을 떠올렸다. 상대가 누군지 알 것 같았다.

‘천명회로구나!’

천뢰는 웃으며 계속해서 전음으로 말을 전했다.

“그동안 정말 수고하셨습니다. 저의 강호출도를 위한 첫 제물이 되기 위해서 말이지요. 여러분들의 이름은 길이길이 기억될 것입니다. 천하제일고수 천뢰의 강호출도는 악명을 떨치던 삼대악인을 없애는 것으로 시작되었다, 라고요.”

팽사옥은 천뢰를 밀쳐 내며 소리치려 했다.

“네놈은 천……!”

그러나 그는 말을 끝낼 수가 없었다. 천뢰가 밀쳐 내는 힘을 받아 몸을 회전시키며 도를 뻗어 팽사옥이 검으로 막았으나…….

깡!

검이 부러짐과 동시에 천뢰의 도가 그의 배로 파고들었다. 팽사옥은 고통에 눈을 부릅떴다. 천뢰는 히죽 웃고는 도에 다시 한 번 힘을 실었다.

파악!

피보라가 허공에 붉은 그림을 수놓았다. 팽사옥의 상체가 허공에 떠올랐다가 바닥에 떨어졌다. 이어 주인을 잃은 하체가 힘없이 뒤로 넘어졌다.

천뢰는 만족스러운 표정으로 도신의 피를 손가락으로 훑으며 중얼거렸다.

“역시 왜도는 베는 맛이 일품이로군.”

“사형!”

도벽락이 부르짖었다. 그녀는 천뢰의 첫 번째 공격을 보고 팽사옥이 이길 수 없음을 깨달았다. 즉시 도와주려고 했지만 소림사 승려들이 막고 있어 보고만 있을 수밖에 없었다.

“으아아아아!”

공파가 괴성을 지르며 천뢰에게 달려들었다. 도벽락은 이대로는 그마저 죽을 것이라는 것을 알고 급히 달려갔다. 천뢰의 무공에 놀랐는지 이번에는 소림사 승려들이 막지 않았다.

“좋아, 둘인가? 얼마든지 오시오!”

천뢰는 외치며 이대악인을 혼자서 맞이했고, 살기가 넘치는 싸움이 시작되었다. 천뢰는 이대악인, 두 명의 절정고수를 상대하면서도 여유를 잃지 않고 상대했다.

도벽락은 싸우면서 모든 것이 틀렸음을 깨달았다. 상대의 무공은 너무나 강했다. 팽사옥이 살아 있어 합격술을 썼다면 어느 정도 승산이 있겠지만, 그가 이미 죽은 지금에 있어서는 패배가 결정된 것이나 다름이 없었다.

“도망쳐야 해!”

도벽락이 전음을 보냈지만 팽사옥의 죽음에 이성을 잃은 공파는 막무가내로 공격하고만 있었다.

“정신 차리고…….”

그때 천뢰의 도가 벼락과 같이 내려쳐 왔다. 동시에 도벽락의 몸이 세로로 갈려져 두 동강이 났다. 천뢰의 외침에 울려 퍼졌다.

“이제 남은 것은 하나!”

공파는 순간 정신이 들었다. 그는 공격을 멈추고 주변을 둘러보았다. 동강이 난 시체가 되어 있는 팽사옥과 도벽락의 모습이 눈에 들어왔다.

"……."

그는 떨리는 눈으로 천뢰를 바라보았다. 천뢰가 빙긋 웃어주었다.

"으아아아아아!"

공파는 공포에 사로잡혔다. 그는 더 이상 세상을 떨게 하는 삼대악인의 하나도, 절정의 고수도 아니었다. 그저 겁에 질린 한 인간에 불과했다.

"으아아아아!"

미친 듯이 비명을 지르며 공파는 도망쳤다. 지금까지 벌어진 사건에 넋을 잃은 이곳의 사람들은 공파를 잡을 생각은 안 하고 그가 도망치는 것을 보고만 있었다.

"여러분, 걱정하지 마십시오. 제가 마저 처리하겠습니다."

천뢰는 말하고는 공파의 뒤를 쫓았다. 고양이가 쥐를 놀리듯 그는 바로 잡지 않고 그의 뒤를 바짝 따라가기만 했다. 그러다 슬슬 질리기 시작하자 도를 치켜들었다.

"자, 그럼……."

공파는 완전히 전의를 상실한 상태였다. 죽이는 것은 식은 죽 먹기, 천뢰는 최후의 일격을 날리려 했다. 그런데 그때!

핑!

작은 소리와 함께 몇 개의 바늘들이 천뢰의 요혈을 노리고 날아왔다.

'어?

천뢰는 최후의 일격을 포기하고 바늘을 피했다. 그사이 바위 뒤쪽에서 한 인영이 달려나오더니 공파를 붙잡았다.

"넌 뭐야?!"

소리치며 쫓아가려던 천뢰는 나타난 인영의 얼굴을 보고 놀랐다. 그 인영은 여우 가면을 쓰고 있는 것이 아닌가?

'유자건?'

유자건이 어째서? 이해할 수 없는 사태에 천뢰는 잠시 멈칫했다. 그 사이 여우 가면은 공파를 끌고 절벽 아래로 뛰어내렸다.

"앗!"

절벽 아래에는 세찬 계곡 물이 흐르고 있었다. 천뢰가 내려다보았을 때는 여우 가면과 공파는 물살 속에 모습을 감춘 후였다. 공파를 구할 때부터 이렇게 도망칠 생각이었던 것이 분명했다.

"당했군!"

잘 생각해 보니 여우 가면은 유자건이 아니었다. 손으로 대충 깎아 만든 것 같이 조잡한 것이, 유자건이 쓰던 여우 가면과 달랐다.

'어떤 놈이지?'

천뢰가 고민하는데 무림맹 사람들이 달려왔다. 천뢰는 생각을 멈추고 다가온 사람들에게 미소를 지으며 말했다.

"죄송합니다. 그만 놓쳐 버리고 말았습니다."

삼대악인 따위는 이제 아무래도 상관없었다. 무림맹의 사람들은 경의가 섞인 눈으로 천뢰를 바라보았다. 한 무인이 떨리는 목소리로 물었다.

"무 대협의 제자가 맞습니까?"

천뢰는 환히 웃으며 고개를 끄덕였다.

"물론이지요."

“오오!”

사람들은 그의 말은 그대로 믿었다. 천하제일고수의 제자가 아니고 서야 그 누가 이런 젊은 나이에 경세적인 무공을 가질 수 있단 말인가!

천뢰는 사람들의 동경 어린 시선을 받으며 남궁현에게로 향했다.

“무림말학 천뢰가 맹주님을 뵙습니다.”

“도와주어서 고마웠네.”

막사 안에서 팽사옥에게 당한 상처를 치료받고 있던 남궁현은 천뢰의 인사를 떨떠름한 표정으로 받았다. 그도 그럴 것이, 자신이 보여주고 싶던 모습을 그가 독차지하고 말았으니 그럴 만도 했다.

“무 대협의 제자라고? 그분이 아직 살아계셨나 보군.”

“아직 돌아가시려면 멀었습니다.”

“그런데 나오려면 좀 빨리 나오면 좋았을 텐데. 안 그런가?”

남궁현이 자신의 공을 깎아내리려 든다는 것을 알고 천뢰는 대답했다.

“죄송합니다. 서두른다고 했는데 좀 늦었나 보군요. 하지만 아주 늦지는 않아서 다행입니다. 안 그랬다면……..”

뒷말은 말하지 않아도 뻔했다.

‘넌 죽었을 것이다!’

일이 어찌 되었든 생명의 은인인 것은 사실이다. 남궁현은 멀뚱한 표정으로 입을 다물었다. 천뢰는 그런 남궁현을 속으로 비웃으며 말했다.

“추혼살 공파가 아직 남았습니다. 무림맹의 분들과 함께 추격하고 싶으니 허락해 주십시오.”

싫다는 말이 목구멍까지 치밀었으나 현재는 대세를 따를 수밖에 없었다. 남궁현은 별수없이 고개를 끄덕였다.

"수고해 주시게."

막사를 나온 천뢰의 곁에 유자건이 다가와 전음을 전했다.

"수고하셨습니다."

천뢰가 고개를 끄덕였다.

"자넨 진짜인 것 같군."

"예?"

"아니, 아무것도 아닐세. 뭐 하다 이제야 오는 건가?"

"삼대악인이 이렇게 빨리 움직일 줄은 몰랐습니다. 급히 쫓아왔지만 늦고 말았습니다."

천뢰는 빙그레 웃었다.

"예정보다 삼 일 일찍 오지 않았으면 놓칠 뻔했군. 지수의 말대로 서둘러 오길 잘했어."

"죄송합니다."

"아니, 저런 마두들이 네 말을 제대로 들었을 리가 없지. 너 나름대로는 최선을 다했겠지."

"감사합니다."

유자건은 장소산에 대해 말하려다 그에 대해 말하면 자신의 실패에 대해서도 설명해야 한다는 것을 깨닫고 입을 다물었다. 그리고 대신 다른 질문을 했다.

"왜 무언계의 제자를 칭하셨습니까? 주목을 받긴 좋겠지만 진짜 무언계가 나타나면 곤란해질 텐데요."

"상관없어. 아니, 오히려 나타나면 고마운 일이지."

천뢰는 싱긋 웃고는 말을 이었다.

"그때가 내가 그를 없애고 진정한 천하제일고수가 되는 날일 테니까."

7

세찬 계곡 물 속에서 손이 하나 불쑥 튀어나왔다. 그 손은 물가의 바위를 잡았고 동시에 머리가 물 밖으로 고개를 내밀었다.

"푸하!"

계곡 물에서 나타난 사람은 물가로 힘겹게 걸어나왔다. 그의 두 손에는 한 사람씩 잡혀 있었는데, 하나는 추혼살 공파였고, 또 하나는 시체였다.

"에구구, 죽겠다!"

사람 하나와 시체 하나를 물 밖으로 끌어낸 사람은 쓰고 있던 여우 가면을 귀찮다는 듯 벗었다. 장소산의 얼굴이 드러났다.

그가 쓰고 있던 여우 가면은 예전에 천명회의 우경을 속일 때 사용한 것이었다. 장소산 본인의 얼굴, 가짜 신분 연자천의 얼굴, 양쪽 다 드러내긴 곤란한 상황이라 사용한 것인데, 생각보다 효과가 좋았다.

잠시 한숨을 돌린 그는 공파를 살펴보았다. 물을 좀 마시고 기절한 것 빼고는 별문제없어 보였다.

"하긴 절정고수가 그렇게 쉽게 죽으면 한심한 노릇이지."

장소산은 끌어올린 시체를 돌아보았다. 이 시체는 삼대악인이 죽인 무림맹 무인 중 하나로, 장소산이 계곡 물에 뛰어들기 전에 미리 던져 놓았다가 중간에 바위에 걸려 있는 것을 챙겨온 것이었다. 원래 하나 더 던졌지만 그 시체는 이미 하류 쪽으로 흘러가고 있을 것이다.

"어디 그럼……."

그는 시체의 옷을 벗기고 자신이 입은 옷을 입힌 후 여우 가면을 씌웠다. 그리고 시체를 다시 계곡 물에 던져 흘려보냈다.

"이걸로 어느 정도나 속일 수 있을지 모르지만 안 하는 것보다는 낫겠지."

작업을 끝낸 장소산은 공파를 업고 이동했다. 적당히 산짐승이 쓰던 것으로 보이는 작은 동굴이 발견하자 그는 안으로 들어갔다. 수풀 등으로 입구를 가리니 대충이나마 은신처가 마련되었다.

일을 끝낸 장소산은 휴식을 취했다. 문득 시선을 돌려 공파를 본 그는 한숨을 내쉬며 중얼거렸다.

"쓸데없는 짓을 한 건 아닌지 모르겠네."

추혼살 공파, 삼대악인의 하나, 지금까지 수없이 많은 사람들을 죽인 살인마, 그런 죽어 마땅한 인간을 목숨을 걸고 구해내다니…….

"내가 미쳤지."

천뢰에게 도망치는 공파를 보자 자신도 모르게 예전 자신이 천뢰에게 쫓기던 기억이 생각나 버렸다. 공파의 모습이 그때 자신의 모습과 겹쳐져 버리니 자신도 모르게 움직이고만 것이었다.

"에이, 모르겠다. 나중 일은 나중에 생각하기로 하자."

장소산은 운기조식을 취해 힘을 회복한 뒤 밖으로 나가 상황을 살폈다. 무림맹의 추격대는 물살이 약해지는 하류 쪽을 찾고 있었다.

"당분간은 괜찮겠군."

장소산은 옷가지를 구해 공파가 있는 은신처로 돌아왔다. 공파는 자리에서 일어나 있었다.

"정신이 들었습니까?"

공파는 대답하지 않고 구석에서 웅크리고 있었다. 장소산은 옷을 던져 주며 말했다.

"좀 쉬었다 움직이기로 합시다. 이 옷으로 갈아입으십시오. 지금 복장은 너무 눈에 띄니까요."

"……."

여전히 공파는 묵묵부답이었다. 장소산은 인상을 찌푸리며 물었다.

"제 말을 듣고 있는 겁니까?"

"……."

"뭐라고 말 좀 하십시오."

장소산은 공파의 어깨를 잡고 흔들려 하다가 멈칫했다.

"지금 떨고 있는 겁니까?"

그는 공파의 머리를 잡고 억지로 들게 했는데, 지금 공파의 얼굴을 본 그는 인상을 찌푸렸다. 공파는 울고 있었다.

"왜 우는 겁니까?"

공파는 대답하지 않고 눈물만 뚝뚝 흘렸다. 장소산은 그 모습을 보고 불쌍하다기보다 화가 치밀었다.

"왜 우는 거냐고!"

그제야 공파는 입을 열었다.

"다, 다 죽었어. 팽 사형도, 도 사매도… 슬퍼, 슬프다고. 그래서 눈물이 나와."

장소산은 분노해 외쳤다.

"평소에는 그렇게 신나게 사람들을 죽여놓고는 자기편 둘 좀 죽었다고 질질 짜는 거요? 자기편은 그렇게 소중히 대하면서, 어째서 타인에게는 그렇게 못하지? 왜 남이 자신과 같다는 것을 모르냔 말이야!"

"몰라, 난 그런 거 몰라. 그냥 팽 사형과 도 사매가 보고 싶어. 보고 싶을 뿐이야.”

장소산은 한숨을 내쉬었다. 인상을 쓰고 화를 낼까 하다가 참고 차분히 말했다.

“그 두 명은 죽었소. 죽은 사람은 다시 살아날 수 없소. 그렇게 많이 죽여놓고 그것도 모르는 것은 아니겠지? 그러니 복수할 생각이나 합시다.”

“복수?”

그 말을 듣는 순간 공파는 천뢰의 모습을 떠올렸다. 두 사형제를 무참하게 죽이던 잔혹함과 가공할 무공!

그의 눈에 다시 공포가 떠올랐다. 그는 세차게 고개를 저었다.

“안 돼, 못 이겨. 그놈은 너무 강해. 나로서는 절대 못 이겨. 죽을 거야.”

절정고수의 모습은 어디론가 사라지고, 그곳에는 겁쟁이가 있을 뿐이었다. 그 모습을 본 장소산은 울화가 치밀었다.

“당신 정말 쓰레기로군. 자기보다 약한 자는 웃으며 해치고, 강자 앞에 서면 벌벌 떠는 건가? 그래서야 동네 건달과 하나도 다를 바 없잖아!”

장소산은 참지 못하고 주먹을 휘둘렀다. 공파는 피할 생각도 없는 듯 그대로 맞아 바닥에 뒹굴었다. 장소산은 계속해서 마구 때리며 외쳤다.

“뭐 하고 있는 거야! 이젠 나도 못 이기겠나?!”

공파의 무공은 장소산보다 강했다. 그러나 현재 공파는 완전히 전의를 상실한 상태였다. 그는 저항할 생각은 전혀 못하고, 초식 하나 모르는 사람마냥 몸을 둥글게 말고 그저 그만 몰매가 멈추기를 기다렸다.

그 모습은 장소산의 화를 더욱 부채질했다.

"일어나! 사람 죽이던 그 잘난 무공은 어디로 간 거야! 어서 일어나 날 죽이려 들라고!"

장소산의 주먹은 뱃속까지 통증을 심었다. 견디다 못한 공파는 소리쳤다.

"멈춰!"

장소산은 때리는 것을 멈추었다. 공파는 눈물이 범벅이 된 얼굴로 말했다.

"나도 복수를 하고 싶어. 하지만… 하지만……."

장소산이 물었다.

"뭐가 문제인데?"

"이제 어떻게 해야 할지를 모르겠어. 팽 사형이 행동을 결정하고, 도 사매가 계획을 세웠어. 난 그저 쫓아가 사람을 죽이는 것밖에 할 줄 몰라. 나머지는 둘이서 알아서 했어."

풍파는 울먹거렸다.

"혼자서는 아무것도 못해. 난 이제 어떡하면 좋지?"

장소산의 주먹이 그의 얼굴에 작렬했다.

퍽!

그리고는 말했다.

"좋아, 그럼 내가 명령해 주겠다."

공파는 맞은 부위를 만지며 장소산을 보았다.

"명령?"

"내가 어떻게 천뢰와 싸울지 결정하고 계획을 세우겠다. 넌 내가 시키는 대로만 해라! 내가 무엇을 해야 할지 가르쳐 주지. 그럼 된 거지?"

공파는 멍하니 장소산을 보았다. 장소산은 그의 대답을 기다리지도 않고 말했다.

"알겠나? 이제부터 넌 내 부하다!"

그리고는 대답도 듣지 않고 몸을 돌려 동굴을 나가 버렸다.

"옷을 갈아입고 따라와. 여기 있으면 곧 추격자들이 올 거야."

머뭇거리던 공파는 엉거주춤 일어나 바닥의 옷가지를 주워 들었다. 옷을 갈아입은 그는 허겁지겁 장소산의 뒤를 따랐다.

동료

동료 1

천뢰는 소식을 전해 듣고 중얼거렸다.

"결국 공파는 놓친 건가?"

최후의 삼대악인 한 명이 의문의 인물과 함께 도망친 것이 보름 전이다. 무림맹에서는 추격대를 재편성하여 그 둘을 쫓았다. 하류에 두구의 시체가 떠내려 온 것을 발견하여 처음에는 그들인가 했지만, 곧아니란 사실이 밝혀졌다. 사람들은 결국 그들이 산을 빠져나가 도망친것으로 결론 내릴 수밖에 없었다.

"이럴 리가 없는데? 천라지망은 완벽한데?"

무림맹주 남궁현이 끝까지 포위망에 대한 미련을 버리지 못했지만, 다른 사람들은 그의 말을 깨끗이 무시했다.

유자건이 천뢰에게 보고를 올렸다.

"남궁현은 끝까지 공파를 쫓을 생각인가 봅니다."

“그래도 한 놈이라도 자기 손으로 잡고 싶다는 건가? 좋을 대로 하
라고 해라.”

유자건은 물었다.

“이제 삼대악인 일에는 손을 뗄 생각이십니까? 확실하게 끝을 내는
것이 좋지 않을까요?”

“넌 보지 못했으니 그런 생각을 할 수 있겠지. 공파란 녀석이 벌벌
떨던 꼬락서니를 말이야.”

천뢰는 말을 이었다.

“그놈은 이제 무인으로서 죽은 것이나 다름이 없어. 살았어도 산 것
이 아니지. 아마 지금쯤 어디 산 구석에 틀어박혀 내가 쫓아올까 벌벌
떨고 있을걸?”

그는 히죽 웃고는 유자건에게 말했다.

“정 없애고 싶으면 네가 해보지 그래? 현재의 놈이라면 너의 무공으
로도 충분히 손쉽게 없앨 수 있을 것이야.”

“다른 일로 바빠 그럴 시간이 없을 것 같군요.”

“아, 그건 그렇군.”

고개를 끄덕인 천뢰는 말했다.

“이 산 구석에 있을 만큼 있어줬으니 이제 그만 무림맹으로 가도록
하지.”

그는 남궁현을 만나 작별을 고하고는 무림맹으로 향했다. 산에 있던
대부분의 사람들이 자연스럽게 그를 따랐다. 남궁현과 직접적인 무림
맹 소속만이 추혼살 공파의 추적을 위해 남았다.

무림맹에 도착한 천뢰는 맹에서 마련한 전각에 묵었다. 천하제일고
수 무언계의 제자, 삼대악인을 척살한 협객, 거기다 음으로 천명회의

지원까지 있으니 그의 주변에는 자연스럽게 사람들이 모였다. 천뢰는 순식간에 무림맹의 중심이 되어 이제 무림맹주 남궁현의 이름을 모르는 사람은 있어도 천뢰의 이름을 모르는 사람은 없을 지경이었다.

뇌전도!

이것이 현재 그에게 붙여진 별호였다. 천뢰라는 이름과 삼대악인을 없애는 도법이 마치 하늘의 명을 받아 악인을 벌하는 뇌신 같다고 하여 하나둘씩 사람들 입에 오르내리더니 별호가 되었다.

"뇌전도라… 나쁘지는 않지만 내가 원하는 별호는 아니야."

소식을 들은 천뢰는 무림맹의 전각 안에서 중얼거렸다. 곁에 있던 유자건이 말했다.

"천하제일 외에는 필요없으시겠지요."

"후후, 그래, 맞아."

천뢰는 웃고는 말했다.

"어디 처박혀 있는지 무언계가 소식 좀 듣고 나와주었으면 하지만, 당분간 이 일은 놔두기로 하고 앞으로의 일을 의논해 보도록 하지."

부복하고 있던 우경이 보고를 올렸다.

"각파의 수장들이 남궁현을 맹주 직에서 물러나게 할 생각인 모양입니다."

"아, 그건 곤란해."

천뢰는 고개를 저었다.

"현재 내 명성과 실적으로는 지금 맹주 직에 오르기 힘들어. 나이가 적은 것도 문제가 되고 말이야. 내가 확실히 무림맹주가 될 수 있을 정도의 명성과 실적을 쌓을 때까지 남궁현은 맹주 직을 맡아주어야 해.

지금 그놈이 물러나고 명망있는 인물이 맹주가 되어버리면 맹주가 되기 힘들어진단 말이야."

유자건이 고개를 끄덕였다.

"회의 장로 분들에게 이야기해 두겠습니다. 그분들이라면 잠시 남궁현의 자리를 붙여놓는 것이 가능하겠지요."

"좋은 생각이야. 이런 일에라도 이용해 주지 않으면 그 노인네들 쓸데가 없지."

천뢰는 피식 웃고는 곧 표정이 진지해졌다.

"그보다 큰 문제는 바로 마교 놈들이야. 도무지 꼬리를 드러내지 않고 있단 말이야."

우경이 송구스럽다며 고개를 숙였다.

"면목없습니다."

"분명 마교 놈들은 오십 년 전 천하 각지에 스며들었다. 오십 년 전에 생겨난 문파들 중에 최소한 한둘, 많으면 수십 개까지 마교의 지부가 있을 것이야."

유자건이 말했다.

"오십 년 전 소요유가 일으킨 정사대전으로 천하에 있던 상당수의 사파가 사라졌습니다. 그 후 그 빈자리에 우후죽순처럼 새로운 문파들이 생겨났지요. 조사에 따르면 그 수는 오백 개 이상입니다. 우리가 손을 써 지금까지 멸문시킨 문파의 수는 오십여 개, 십분의 일밖에 안 됩니다. 사실 일일이 조사하기에는 너무나 많은 수입니다."

천뢰는 인상을 찌푸리며 손가락으로 의자걸이를 두드렸다.

"분명 초반에는 반응이 있었어. 한중평과 채영신이라는 마교 고수가 모습을 드러냈다. 하지만 곧 종적을 감췄고, 그 후 아무 일도 안 일어나고 있다. 아무래도 우리의 의중을 눈치채고 어떤 도발이 있어도 꼬리를 감춘 채 숨어 있을 속셈인 모양이야."

아무리 천뢰의 무공이 뛰어나 각파를 포섭한다고 해도 궁극적인 목적을 달성하기 위해서는 마교라는 강대한 적이 필요하다. 적이 없으면 싸울 수가 없고, 아무것도 할 수가 없는 것이다.

"마교 행세를 하며 사건을 일으키는 것도 이제 거의 한계이고. 참으로 골치 아픈 문제로군."

그때 유자건이 입을 열었다.

"그 문제는 저에게 맡겨주시지 않겠습니까?"

천뢰가 궁금함을 드러내며 물었다.

"어떻게 할 생각인가?"

"유마를 쓰면 어떨까 합니다."

유마라는 말에 천뢰와 우경의 표정이 살짝 변했다.

"그 마인을?"

유마란 인물은 여기 있는 천뢰, 유자건, 우경과 마찬가지로 천명회에서 길러진 영재였다. 그러나 그 성격은 여기 세 사람과 완전히 달랐다. 정파의 무공을 중심으로 익힌 셋과는 달리 마공만을 익힌 인물이었던 것이다.

마공을 이기기 위해서는 마공이 먼저 어떤 것인지 알아야 한다. 이런 이유로 천명회의 장로들은 각지에서 몰래 수집한 마공을 영재 중 하나를 골라 익히게 했고, 그가 바로 유마였다.

그러나 결과는 좋지 않았다. 확실히 마공의 위력은 대단해 유마는 다른 영재들 중에도 특출난 강함을 보였다. 하지만 장로들은 몰랐다. 그들이 수집한 마공들은 원래 제대로 된 것이 아니었다. 위력은 원래 마공과 같았지만, 중요한 요결이 빠져 있었던 것이다.

유마는 결국 마기가 뇌에 침입하여 광기를 보이기 시작했다. 위험하다고 생각한 장로들은 마공 수련을 중단시키고 그를 다른 영재들과 격리시켰다. 그렇게 그는 수년간 뇌옥에 갇혀 있었다.

그가 풀려난 것은 마교의 짓으로 꾸미고 문파 습격을 시작하던 때였다. 확실하게 마교에게 누명을 씌우기 위해서는 진짜 마공을 쓰는 사람이 필요하다는 이유에서였다.

그러나 역시나 우려하던 대로 문제가 발생했다. 유마는 살인을 반복하면서 광기가 걷잡을 수 없이 커져 갔다. 결국 더 이상은 위험하다고 판단되어 무림맹으로 향하던 곤륜파 제자들을 습격한 일을 마지막으로 그는 다시 격리되었다.

유자건은 자신의 생각을 말했다.

"그때 당시 마교의 고수들이 나타난 이유는 역시 유마 때문이라고 생각됩니다. 그렇다면 한 번 더 풀어놓아 보는 것도 괜찮겠지요."

"하지만 위험할 텐데?"

천뢰는 우려를 나타냈다.

"녀석의 무공은 천명회 내에서 사실상 세 번째, 날뛰기 시작하면 제압할 수 있는 사람은 나와 사랑 녀석밖에 없어. 그런데 사랑 녀석은 제멋대로 나가 소식이 없으니, 결국 실질적으로 놈을 막을 수 있는 것은 나뿐인데. 난 현재 주목받는 입장이라 어딜 가든 눈에 띄니 마음대로 움직이기 곤란해."

"제압하지 않으면 되는 것 아니겠습니까."

유자건은 빙그레 웃었다.

"어차피 밑져야 본전이라고 생각하면 되는 것이지요."

그 말인즉 마음대로 날뛰다 죽게 만들자는 이야기였다.

"유마는 우리와 전혀 관계없는 사람입니다. 어디까지나 마공을 쓰는 마교의 인물, 그가 사람을 죽이면 죽일수록 사람들은 마교를 두려워하고 미워할 것입니다."

"하긴 평생 가둬두고 아끼느니 화끈하게 사용해 버리는 것이 나을지도 모르겠군. 하지만 장로들이 허락하지 않을 것 같은데?"

"그 문제는 제가 어떻게든 해보겠습니다."

천뢰는 고개를 끄덕였다.

"좋아. 자건, 네 뜻대로 해라."

"예."

유자건과 우경이 물러나자 천뢰는 전각 안의 한 방으로 향했다. 그는 문 앞에 도착하자 정중하게 입을 열었다.

"지수, 내가 왔소. 들어가도 되겠소?"

"마음대로 해요."

"실례하겠소."

천뢰는 문을 열고 안으로 들어갔다. 방 안에는 녹의를 입은 아름다운 여인이 의자에 앉아 자수를 놓고 있었다.

"안에 있기 갑갑하지 않소? 바깥바람이라도 쐬지 그러시오."

지수는 자수를 놓는 손을 멈추지 않으며 대답했다.

"어디든 재미없기는 마찬가지예요."

천뢰는 무슨 말을 꺼낼까 머뭇거리다가 입을 열었다.

"사람들이 날 뇌전도라고 부르는 것을 들었소?"

"예, 자건이 말해주더군요. 나름대로 어울리는 것 같군요."

천뢰의 표정이 밝아졌다.

"그대도 나와 함께 나가 악인을 멸하고 명성을 떨쳐 보는 것이 어떻겠소? 화산파의 강연수라는 여자가 여중제일이라 불리고 있지만, 그대와는 비교가 되지 않지."

지수의 손이 멈추었다. 잠시 생각하는 표정을 짓던 그녀는 고개를 저었다.

"그다지 내키지 않군요. 명성 따위 별로 관심도 없어요."

천뢰는 실망했다.

"그대는 도무지 원하는 것이 없구려. 예전 개방 방주의 죽봉을 원한 것을 마지막으로 단 한 번도 나에게 부탁한 적이 없소."

"어쩔 수 없는걸요. 가지고 싶은 마음이 생기지 않으니까."

지수의 눈빛이 몽롱해졌다.

"나도 모르겠어요. 내가 진정 원하는 바가 무엇인지."

"알겠소."

천뢰는 고개를 끄덕였다.

"내가 천하를 그대에게 주지. 모든 것을 얻으면 그중에 원하는 것이 있겠지. 안 그렇소? 조금만 기다리시오. 얼마 남지 않았으니까."

그는 말을 끝내자마자 몸을 돌려 나갔다. 지수는 별 표정 없이 다시 자수를 시작했다.

"나에게 천하를 준다고? 천하를 원하는 것은 당신 자신이겠지. 당신이 나에게 준다고 해서 그것이 나의 천하가 될 리도 없는걸."

2

수초는 옆에 있는 노인을 흘금 보았다. 열심히 주문한 음식을 먹고 있는 이 노인은 겉보기에는 평범한 노도사로 보이지만, 사실 삼대악인 중의 하나로, 노린 목표는 지옥 끝까지 쫓아가 죽인다는 추혼살 공파였다.

현재 장소산, 수초, 공파, 이 셋은 유성검 연자천과 사매인 수초, 그리고 사숙인 노도사 파공으로 행세하며 무림맹의 포위망을 무사히 빠져나갔다. 특별한 문제는 없었다. 무림맹의 무인들과 사이좋게 작별 인사까지 했을 정도였다. 그리고 지금은 이렇게 객점 안에서 여유있는 점심 식사를 하고 있었다.

그러나 전혀 문제가 없는 것은 아니었다. 수초는 공파와 함께 행동한 것이 벌써 보름이 넘었지만 아직도 자꾸 신경 쓰이고는 했다.

하긴 유명한 살인마와 함께 있으면서 신경이 안 쓰이면 그것이 더 이상한 일일 것이다. 그런 면에 있어서 장소산은 확실히 이상했다. 공파를 구해 데려오지를 않나, 공파를 향해 말을 마구 하지를 않나…….

“좀 정숙하게 먹으시오. 도사로 변장했으면 도사같이 굴어야지.”

장소산의 핀잔에 공파는 군말없이 고개를 끄덕였다.

“알았어.”

수초는 신기하다는 눈으로 장소산을 바라보았다. 도대체 어떻게 해서 이 무서운 대마두를 길들였을까? 그녀는 전부터 물어보고 싶던 말을 공파가 자리를 비운 틈에 재빨리 꺼내보았다.

“어떻게 한 거야?”

“뭘?”

“어째서 저런 무서운 대마두가 당신 말에는 꼼짝도 못하냐고.”

“무섭기는 뭐가?”

장소산은 퉁명스럽게 대꾸했다.

“무공 강한 것 빼고는 아무것도 할 줄 모르는 노인네던걸.”

“그, 그래?”

그 비결을 알려달라 하고 싶었지만 장소산은 더 이상 말하지 않았다. 수초는 할 수 없이 화제를 바꾸었다.

“이제부터 어떻게 할 거야?”

질문을 받은 즉시 장소산의 표정은 심각해졌다.

“글쎄…….”

천명회를 쓰러뜨리겠다고 나선 지 벌써 몇 개월이 지났다. 하지만 정작 해놓은 것을 보면 아무것도 없다. 반대로 천명회의 천뢰는 화려하게 등장하여 세상의 주목을 받고 있으니, 그 차이는 너무나 확연했다.

장소산은 턱을 괴고 생각에 잠겼다.

‘과연 내가 천명회를 무너뜨릴 수 있을까?’

현재로는 미약한 가능성조차 보이지 않는다. 무명회의 청류가 뭘 믿고 자신에게 기대를 걸었는지 본인이 있다면 물어보고 싶을 지경이다.

“오랜만이군요.”

갑자기 귓가에 들려오는 소리에 장소산은 생각에서 깨어났다. 누군가 전음으로 자신에게 말을 걸고 있었다. 주변을 살펴본 그는 구석의 자리에 혼자 앉아 있는 여인을 발견했다.

‘채영신!’

청류의 제자인 채영신이었다. 그녀는 장소산이 쳐다보자 살짝 고개를 끄덕이고는 자리에서 일어나 객점을 나갔다. 따라오라는 뜻임을 알아차린 장소산은 자리에서 일어나며 수초에게 말했다.

“잠시 나갔다 올 테니까 기다리고 있어.”

“어?”

수초가 뭐라 말하기도 전에 장소산은 이미 나간 후였다. 당황한 수초는 일어나려다가 뒤에서 들려오는 인기척에 움찔했다.

뒷간에 갔다 온 공파가 돌아온 것이었다. 그동안 단둘이 있는 상황을 피하기 위해 그토록 노력했는데! 결국 언젠가 올 것이 오고 말았다.

수초는 일어나려는 자세 그대로 굳어버렸다. 자리에서 일어나고 싶었지만 그랬다가 공파의 비위를 건드릴 것 같았고, 그렇다고 그대로 있으려니 언제 공파가 마성을 드러낼까 두려웠다. 그렇게 전전긍긍하고 있는데 공파가 말을 걸었다.

"장소산은?"

"예? 아예, 보, 볼일 있다고 나갔어요. 곧 돌아온대요!"

"그래?"

공파는 별말없이 다시 식사를 했다. 수초가 속으로 안도하는데 그가 돌연 입을 열었다.

"너무 무서워할 필요 없다."

"예, 예?"

"나란 놈은 생각보다 훨씬 한심한 놈이니까. 나도 최근에야 안 사실이지만."

긍정하기도 뭐하고, 부정하기도 뭐해서 수초는 입을 다물었다. 그러다 슬그머니 고개를 돌려 공파를 바라보았다. 공파는 여전히 꾸역꾸역 먹고만 있었다.

"……"

수초는 문득 그가 불쌍해 보인다는 생각이 들었다.

객점을 나온 장소산은 채영신의 뒤를 따라 걸어갔다. 채영신은 마을을 벗어나 인적 없는 곳에 이르자 발걸음을 멈추고 그를 기다렸다.

장소산이 그녀 앞에 이르자 웃으며 말을 꺼냈다.

"오랜만이군요. 변장을 한다고 했는데 바로 알아보셨군요."

"당신의 소문을 들었어요. 유성권 연자천, 당신이 아닐까 생각했는데 역시 당신이더군요."

설명을 끝낸 채영신은 물었다.

"하시는 일은 잘되가나요?"

장소산은 쓴웃음을 지었다.

"그냥 좀 그렇습니다. 그보다 날 찾아온 이유는 무엇입니까? 무슨 중대한 일이라도 있는 겁니까?"

"다른 볼일이 있어 가는 도중이었어요. 당신이 근처에 있다는 소식을 듣고 한번 만나 정보를 교환할 필요가 있을 것이라는 생각이 들더군요."

고개를 끄덕인 장소산은 자신이 알아낸 사실을 이야기했다.

"소문파를 습격하고 있는 것은 천명회의 우경이라는 자로, 종남파 제자이자 무림맹 주작대의 대주입니다. 그는 강호의 낭인들로 주작대를 결성한 후, 무림맹 모르게 소문파를 공격하며 무명회의 지부를 찾고 있습니다. 또한 그가 황보세가에 드나드는 것으로 보아 천명회와 황보세가가 뭔가 연관이 있을 가능성이 있습니다."

그의 말이 끝나자 채영신이 고개를 끄덕이고는 입을 열었다.

"천명회가 노리는 것은 오십여 년 전 새로 생긴 문파들이에요. 그 시기에 생긴 문파 중에 우리 무명회와 연관있는 문파가 있을 것이라 생각하고 있죠. 실제로 그들의 생각은 맞아 현재까지 두 곳이 당했고, 삼십여 명의 형제들이 죽었어요."

장소산은 놀랐다. 그는 천명회가 이제까지 허탕만 치고 있다 생각하고 있었다.

"그렇다면 무명회의 존재가 들킨 겁니까?"

"그건 아니에요. 천명회는 자신들이 멸문시켜 놓고도 그것이 우리라는 것을 알지 못해요. 형제들은 우리를 위해 끝까지 무공을 드러내지 않고 평범한 소문파의 사람으로 연기하며 죽었어요."

장소산은 소름이 돋는 것을 느꼈다. 싸울 힘이 있는데도 싸우지 않고 순순히 죽는다니!

"그것이 당신들이 말하는 순교란 것입니까?"

"그래요."

채영신은 설명했다.

"현재 청류께서 결정하신 천명회의 대처법은 아무것도 하지 않는 것이에요. 태풍이 지나가길 묵묵히 기다리는 고목처럼 말이에요. 천명회가 아무리 날뛰어도 싸울 상대가 없는 이상 제풀에 지칠 수밖에 없다는 것이지요."

"너무 수동적인 방법 같군요."

"과거 우리는 탄압을 견디지 못하고 결국 무기를 잡았지요. 그러다 결국 수단이 목적으로 변질되어 힘만을 추구하게 되었어요. 남들이 욕하며 부르는 마교가 아닌, 정말로 자신 스스로 마교가 되어버렸죠. 청류께서는 또다시 그런 일이 발생할까 경계하고 계신 것입니다."

장소산은 청류의 뜻에 감탄하지 않을 수 없었다.

"대단하시군요."

그녀는 고개를 저었다.

"사실 저는 사부의 뜻에 찬성하지 않습니다. 그저 묵묵히 참고 견뎌서는 언제까지고 얕보이며 당할 수밖에 없다고 생각하기 때문이지요.

그리고 무엇보다 청류의 생각이 무명회 사람 모두의 생각이 될 수는 없고요."

장소산은 뭔가 문제가 있다는 사실을 알아차렸다.

"뭔가 잘못되었습니까?"

채영신은 고개를 끄덕였다.

"묵묵히 탄압을 견디며 참는다는 것은 결코 쉬운 일이 아니에요. 싸우는 것보다 몇 배는 힘든 일이지요. 강경파들이 청류의 결정에 반목하고 있어요. 뿐만 아니라 몇몇 극단적인 자들은 행동에 나섰어요."

"행동에?"

"그래요. 현재 다섯 명의 형제가 천명회주 천뢰를 없애기 위해 나섰습니다. 제가 지금 이곳에 있는 이유는 그들을 막기 위해서예요."

장소산은 생각해 보았다. 확실히 천뢰만 없앨 수 있다면 천명회는 더 이상 현재 계획을 그대로 진행시키지 못할 것이다. 하지만 과연 천뢰를 없애는 것이 가능할까?

"그들 다섯의 무공은 어느 정도입니까?"

"모두 일류 이상은 되요. 정 말을 듣지 않을 경우 무력으로 그들을 제압해야 하는데, 저 혼자서는 어려워 다른 곳에 있던 중평도 부른 상태이죠."

장소산은 고개를 저었다. 아무리 생각해도 그들 다섯의 무공으로 천뢰를 이길 수는 없다. 잠시 생각하던 그는 말을 꺼냈다.

"제가 도와드리고 싶군요. 한중평이나 당신은 이미 얼굴이 알려져 있습니다. 전과 달리 무림맹 안에 들어가는 것도 어려운 일일 겁니다. 반면 저는 연자천이라는 가짜 신분도 있고, 동료 중에 변장의 명수도 있으니……."

그러나 채영신은 고개를 저었다.

"당신과 우리는 현재는 같은 방향으로 걷고 있지만 길은 같지 않습니다. 또한 그것마저 언젠가는 멀어져야 할 사이, 너무 가까워지는 것은 좋지 않습니다. 이는 청류의 뜻이기도 합니다. 왜 당신 혼자 보냈고, 지금까지 아무 지원도 연락도 없었는지 아실 텐데요."

"하지만……."

"당신이 우리를 돕는 가장 좋은 방법은 천명회를 무너뜨리는 것이에요."

장소산의 표정이 굳어졌다. 천명회를 쓰러뜨리는 일은 현재로서는 막막했다. 지금의 그로서는 도대체 어떻게 해야 할지 감도 잡히지 않았다.

"길을 헤매고 있군요."

채영신의 말에 장소산은 솔직히 고개를 끄덕였다.

"예."

"아무래도 당신은 뭔가 잘못 생각하고 있는 것 같군요."

"예?"

모르겠다는 표정인 장소산을 바라보며 채영신은 물었다.

"청류께서 어째서 당신이 천명회와 싸워 이길 것을 기대하셨을까요. 무공이 천뢰보다 강해서? 아니면 뛰어난 전략가라서?"

고민하던 장소산은 고개를 저었다.

"모르겠습니다."

"그럼 한번 생각해 보세요. 남에게는 없고, 당신에게 있는 것이 무엇인지."

말을 마치자마자 그녀는 떠나갔다. 혼자가 된 장소산은 고민에 빠졌다.

'남에게는 없고, 나에게는 있는 것?'

아무리 생각해도 집히는 것이 없었다. 무공은 천뢰의 발끝에도 못 미친다. 스스로 제법 머리가 돌아가는 편이라 생각하고 있지만, 돌아가신 사부님의 말씀대로 자신보다 똑똑한 사람이야 세상에 찾아보면 얼마든지 있다.

"전혀 모르겠군."

결국 해답을 얻지 못한 채 장소산은 객점으로 돌아왔다. 그는 기다리고 있던 수초와 공파에게 말했다.

"무림맹으로 갑시다."

답이 나오지 않는 문제를 가지고 언제까지 고민만 하고 있을 수는 없다. 어찌 되었든 지금은 뭔가 행동을 해야 할 때다. 장소산은 일단 그렇게 결론 내렸다.

3

장소산 일행은 무림맹으로 향했다. 도착한 무림맹은 장소산이 처음에 왔을 때의 텅 빈 무림맹도, 두 번째로 왔던 경비가 삼엄한 무림맹도 아니었다. 천하 각지의 무인들이 몰려들어 마치 전혀 다른 곳인 것처럼 활기에 차 있었다.

"천뢰 효과라는 것이군."

사람들은 영웅을 보고 싶어 하고, 영웅이 되고 싶어 한다. 영웅의 등장! 강호에서 이처럼 흥미를 끌 만한 요소도 드물 것이다. 사람들은 천뢰를 보고 싶어 했고, 천뢰와 함께 싸움으로써 자신 역시 영웅이 될 것이라 생각했다.

장소산 입장에서는 그다지 좋아할 일이 아니었지만 덕분에 무림맹 안으로는 들어가기는 쉬웠다. 자신은 그렇다 치고 수초나 공파는 검문에 걸리지 않을까 걱정했는데, 유성권 연자천의 동행이라는 것만으로 간단히 안으로 들어가는 것이 허락되었다. 최근 너무 많은 사람들이 무림맹으로 모이면서 하나하나 신분을 확인하자니 너무 시간이 걸렸기 때문이다.

'이 정도라면 천뢰를 암살하려는 무명회 사람들도 들어오긴 어렵지 않겠군.'

무림맹 안의 객점에 자리를 잡은 장소산은 일단 수초와 공파는 객점에 남겨두고 자신은 무림맹의 내성으로 향했다. 출입이 어렵지 않던 무림맹 외성과는 달리 내성의 검문은 상당히 까다로웠다. 연자천의 이름을 대봤지만, 신분을 확인하려면 이삼 일 기다려야 한다며 안으로 들어가는 것을 허락하지 않았다.

'경비가 상당하군.'

장소산은 어떻게 하면 안으로 들어갈 수 있을까 생각해 보았다.

내성의 입구는 동서남, 세 방위에 있었고, 세 곳 모두 하루종일 경비가 선다. 성벽은 경공의 고수도 올라가기 힘들도록 벽을 매끄럽게 깎고 경사를 가파르게 해놓았다. 아마도 벽을 타고 올라가는 데 성공해도 그 위에는 함정이 기다리고 있을 것이다.

'쉽지 않겠는데?'

일반적인 중원의 성과는 달랐다. 일반 병사가 아닌 무림고수를 상대로 설계된 성, 마교와의 결전을 위해 만들어진 요새답다고나 할까?

'내가 들어가기 힘들 정도면 무명회 사람들은 더 힘들겠지.'

외성에 들어오는 것은 쉽고, 내성까지 들어가기는 어렵다. 그렇다면 무명회 사람들은 지금쯤 외성 어딘가에서 내성으로 들어갈 궁리를 하고 있을 가능성이 높다. 이렇게 판단한 장소산은 외성 안에서 무명회 사람들을 찾아보기로 했다.

그런데 막상 그들을 찾으려 하고 보니 한 가지 문제가 있었다. 그들의 외모를 모른다는 것이다. 채영신이 도움을 거절하는 바람에 그들에 대해 더 이상 묻지 못한 탓이었다.

'곤란하군!'

알고 있는 것이라고는 무명회 사람들이라는 것과 오인조라는 것뿐, 다섯이 일행인 사람들을 일일이 찾아 확인해 보려면 얼마나 시간이 걸릴지 알 수가 없다.

"에휴~ 괜히 온 것이 아닌가 모르겠군."

딱히 다른 갈 곳을 정하지 않았기 때문에 이곳으로 올 생각을 하게 되었지만 이렇게 되면 상당히 허탈해진다. 장소산은 실망스런 표정으로 객점으로 돌아왔다.

"어서 와!"

방으로 돌아온 그는 순간 멍해졌다. 방 안에 웬 엄청난 미녀가 있는 것이 아닌가?

"수초?"

"오! 한눈에 알아보네."

밖에서 봤으면 절대 알아보지 못했을 것이다. 장소산은 수초의 변장에 새삼 놀라며 물었다.

"변장은 왜 한 거야?"

"정보 수집을 위해서지."

수초는 자랑스럽게 어깨를 으쓱하며 대답했다.

"사내들이란 미녀가 물으면 모르는 것까지 술술 부는 법이거든."

장소산이 내성을 조사하는 동안 그녀도 나름대로 뭔가를 한 모양이었다. 장소산은 별로 기대하지는 않았지만 웃으며 물었다.

"그래서 뭔가 알아낸 것이 있어?"

"응, 무림맹 안에 마교도가 있는 모양이야."

"뭐?"

장소산은 깜짝 놀랐다. 자신이 헛수고를 하는 동안 수초가 중요한 정보를 얻어온 것이다.

"자세하게 말해봐."

"요 근래 세 사람이 죽었대. 무림맹에서는 아직 사실을 숨기고 있지만, 그들이 죽은 흔적을 보면 마공에 의한 것일 가능성이 높다는 거야."

장소산은 생각해 보았다.

'무명회 사람들이 목적을 위해 죽인 건가?'

그는 수초에게 다시 물었다.

"살해된 장소가 어디지?"

"음, 그러니까 외성의 서쪽 방향이라더라."

"정확한 위치는?"

"그건 아직. 내게 정보를 가르쳐 준 사람은 무림맹 현무대 사람인데, 내일 만나서 안내해 준다고 했어."

"좋아, 그럼 내일 나도 같이 가자."

장소산은 침상에 누워 있는 공파에게도 말했다.

"당신도 함께 갑시다."

"응."

공파는 힘없이 대답했다. 장소산은 조금 걱정이 되는 눈으로 그를 바라보았다. 함께 행동하게 된 이후로 공파는 늘 저 모양이었다. 죽을 날만을 기다리는 노인마냥 먹고 자기만을 반복할 뿐, 그 외 다른 일에서 흥미를 가지거나 하려는 의욕은 전혀 보이지 않았다.

'동료가 죽은 것이 그렇게 충격이었나?'

하긴 오십 년 이상을 함께한 사람들이 눈앞에서 무참히 죽었는데 아무렇지 않다면 그게 더 이상한 노릇일 것이다. 하지만 사실상 이곳은 적진이나 다름이 없다. 언제 천명회 인물과 만나 싸우게 될지 알 수가 없는데, 이쪽 전력의 절반을 차지하는 그가 언제까지 이런 모습이어서는 정말 곤란하다.

'너무 의욕이 넘쳐 다시 살인광으로 돌아가는 것도 곤란하지만.'

장소산은 뭔가 말을 해보려 했지만 통 할 만한 말이 생각나지 않았다. 잠시 머뭇거리던 그는 간신히 한마디 했다.

"괜찮습니까?"

"응."

"응, 말고 다른 할 말은 없습니까?"

"날 그냥 놔둬. 네가 시키는 대로 잘하고 있잖아."

장소산은 결국 더 이상 말하는 것을 포기하고 머리를 긁적이며 방을 나갔다. 수초는 그가 나가는 것을 보다가 공파에게 시선을 돌렸다.

"슬프세요?"

"……."

"저 역시 사부님이 돌아가셨을 때 한동안 그랬죠."

공파의 눈이 수초를 향했다.

"슬펐나?"

“당연하죠.”

“하지만 지금은 잘도 웃는군.”

수초는 웃으며 답했다.

“언제까지 슬퍼하고 있을 수만은 없으니까요.”

“미안하다는 생각은 들지 않나? 그들은 그렇게 죽었는데 난 이렇게 살면서 웃고 있다는 사실이.”

“그런 생각을 하고 있었나요? 그래서 통 웃지 않았던 것이군요.”

수초는 말했다.

“저 역시 처음에는 그런 생각을 하기도 했어요. 사부님이 돌아가신 것은 내 탓이니 편히 지내는 것조차 죄스러운 일이라고요. 하지만 언제까지 슬픔에 잠겨 있을 수는 없었죠. 아직 나에게는 살아갈 날이 있으니까.”

“넌 젊으니까 그런 생각을 하는 거겠지.”

공파는 이어 대꾸했다.

“난 이미 늙었어. 어차피 곧 죽을 거야. 그러니까 그냥 이렇게 살다 죽게 놔둬.”

“하지만 살아 있는걸요.”

수초는 배시시 웃었다.

“누구도 앞으로 자신이 얼마나 살 수 있을지는 아무도 몰라요. 특히 우리 같은 강호에 사는 사람들은 더 그렇죠. 하지만 그래도 다들 웃으며 살아가는걸요.”

공파는 눈을 감고 더 이상 대꾸하지 않았다. 수초는 자신의 방으로 돌아갔다. 그날은 그렇게 끝이 났다.

다음날이 되자 장소산과 공파는 미녀로 변장한 수초를 따라 무림맹

현무대 사람을 만나러 갔다. 현무대는 무림맹의 수비를 책임지는 부대로, 수초가 만난 사람은 공동파의 제자 둘이었다.

"연 소저!"

찻집에서 기다리던 둘은 수초를 보고 좋아하며 일어났다가 동행이 있는 것을 보고 실망스런 표정이 되었다.

"빨리 오셨네요. 너무 기다리시게 한 건 아닌지 모르겠어요."

수초의 말에 둘은 언제 그랬냐는 듯 해죽 웃으며 대답했다.

"아닙니다. 저도 금방 왔습니다."

"전혀 안 기다렸습니다."

수초는 동행을 소개했다.

"이쪽은 저의 삼촌 되시는 유성권 연자천 대협 되시고, 뒤의 분은 외숙되시는 파공 진인이세요."

둘은 연자천의 이름을 듣지 못했지만 수초의 친척이라는 말에 무조건 잘 보여야겠다고 생각하며 고개를 숙였다.

"공동의 연수라고 합니다."

"같은 공동의 후경이라고 합니다."

장소산은 고개를 끄덕이고는 말했다.

"하수에게 이야기를 들었네. 마교도가 있다는 말에 참지 못하고 따라오게 되었네."

연하수는 수초의 가명이었다. 수초는 웃으며 이어 말했다.

"현장을 보여주시기로 했죠? 어서 안내해 주세요."

연수와 후경은 서로의 얼굴을 돌아보았다. 어제는 미녀의 호감을 사고자 극비의 정보를 발설하고 현장을 보여주겠다는 약속까지 하고 말았지만, 곧 터무니없는 짓을 했다고 후회했다. 그런데 오늘은 삼촌과

외숙까지 같이 와서 현장을 보여달라니 참으로 난감한 노릇이었다.

연수가 머뭇거리다가 말을 꺼냈다.

"어, 그게 오늘은 좀 곤란한데……."

"아, 그런가? 바쁜 일이 있나 보군."

장소산의 말에 연수는 즉시 고개를 끄덕였다.

"그렇습니다."

"그럼 자네는 어서 돌아가게. 더 이상 시간을 뺏을 수는 없지. 안내는 후제에게 맡겨야겠군."

수초가 얼른 장단을 맞춰 후경의 손을 덥석 잡았다.

"잘 부탁해요, 후 오라버니."

후경은 날아갈 것 같은 기분에 아무 생각 없이 고개를 끄덕였다.

"맡겨주십시오!"

연수는 당황했다. 이대로 사제에게 미녀를 빼앗길지도 모른다는 위기감에 책임 문제 따윈 생각하고 말 겨를이 없었다.

"제가 안내하겠습니다!"

그 모습을 보며 장소산은 생각했다.

'이 녀석들, 바보로군.'

여자에 빠져 책임이고 뭐고 다 팽개치다니. 한심한 인간들이지만 이용하기에는 딱 좋았다.

"그럼 부탁하네."

일행은 사건 현장으로 향했다. 처음으로 도착한 현장은 객점이었다. 객점은 이미 폐쇄된 상태로 시체는 이미 치워져 없었고, 약간 남아 있는 핏자국 외에 별다른 것은 찾을 수 없었다.

"여기서 살해당한 사람은 어떤 사람인가?"

장소산의 질문에 연수가 대답했다.

"최근 무림맹에 온 무인이었던 모양이더군요. 신분을 알 만한 것이 남아 있지 않아서 이름은 모르겠습니다."

두 번째로 간 곳은 무림맹 소속 무인의 거처였다. 하지만 이곳 역시 별다른 흔적이 없었다. 장소산은 실망을 나타냈다.

"시체도 없고, 싸운 흔적도 없으니 아무것도 모르겠군."

후경이 재빨리 말했다.

"마지막은 다릅니다. 꽤 거물이 죽었습니다."

"그래? 그게 누구지?"

"철수 구패라고 하북에서 명성을 떨치던 고수입니다. 일류고수답게 맥없이 당하지 않고 제법 싸운 모양인지, 곳곳에 흔적이 있습니다."

"어서 가보세."

가보니 정말로 벽이 무너지고 기둥이 긁힌 자국들이 있는 것이 상당히 격렬하게 싸운 모양이었다. 장소산은 흔적들을 살피다 기둥으로 눈이 갔다. 기둥에 네 줄기의 나란히 긁힌 자국이 있었다.

"꼭 손가락으로 긁은 것 같군."

장소산은 자기 손을 대고 긁어보았다. 위치상으로 딱 맞는 것이 손으로 한 것이 분명했다. 연수가 기다렸다는 듯이 말했다.

"조사한 저희 대주님도 같은 의견이시더군요. 돌기둥에 이 정도 흔적을 남기다니 조공이 대단하다고 감탄하셨습니다."

장소산은 공파를 불렀다.

"여기 좀 봐보십시오."

그는 공파가 오자 기둥의 흔적을 가리키며 물었다.

"보기에 어떻습니까?"

공파는 흔적을 흘금 보고는 바로 대답했다.

"구음조로군."

"마공입니까?"

"그래."

연수가 감탄했다.

"대단하시군요. 한 번 보고 바로 알아보시다니 식견이 대단하십니다."

장소산은 그는 무시하고 공파에게 전음으로 물었다.

"확실한 겁니까?"

"구음조는 내 사매 도벽락이 쓰던 무공이야. 잘못 볼 리가 없네."

현장을 나가며 장소산은 생각에 잠겼다. 살해당한 세 명의 사람과 위치에서 어떤 연관 관계도 찾기 힘들었다. 굳이 찾자면 딱 하나, 위치상으로 너무 멀지도 가깝지도 않다는 것뿐이었다.

장소산은 연수에게 물었다.

"그대 상관은 이번 사건을 어떻게 하실 생각이신가?"

"사건은 밤마다 일어나고 있습니다. 대주께서는 밤마다 이 근처의 경계를 강화하고 계십시다. 걱정 마십시오. 곧 범인이 잡힐 것입니다."

그때 공파가 한마디 했다.

"절대 그렇지 않을걸."

장소산은 그를 쳐다보았다. 언제 말했냐는 듯이 공파는 입을 다물고 있었다.

"할 말이 있으면 해보십시오."

그제야 공파가 전음으로 말했다.

"범인은 절정급의 고수야. 그러니 경계를 강화하는 어중간한 방법으로 잡힐 리가 없지."

장소산의 표정이 변했다. 분명 채영신은 천뢰를 암살하려고 나선 다섯 사람의 무공이 일류 이상이라서 그들을 제압하려면 한중평의 힘을 빌려야 한다고 했다. 그 말은 바꿔 말하면 한중평과 채영신, 이 둘이라면 그들을 제압할 수 있다는 뜻이 된다.

'다섯 사람 중에 절정고수가 있다면 둘만으로 제압하기 어려울 텐데? 그렇다면 나오는 결론은…….

'범인은 무명회 사람이 아니다?'

4

유자건은 잔뜩 굳은 얼굴로 눈앞의 남자를 바라보고 있었다. 깡마른 체격에 창백한 피부의 남자는 유자건의 시선 따위는 개의치 않고 음식을 먹고 있었다. 젓가락을 사용하지 않고 손으로 마구 집어 먹는 모습은 미개인을 연상케 했다.

"도대체 무슨 속셈이지?"

유자건이 참지 못하고 물었다. 남자는 음식을 씹으며 반문했다.

"뭐가 말인가?"

"왜 멋대로 무림맹 안에서 살인을 저지르냐는 말이야."

남자는 히죽 웃고는 말했다.

"그러라고 날 꺼낸 거잖아. 그래놓고는 이제 와서 왜 그러냐니 너야말로 이상하군."

유자건은 인상을 쓰며 목소리를 높였다.

"살인은 무림맹 밖에서 해야 할 것 아닌가, 유마!"

남자의 정체는 천명회의 유마였던 것이다. 유마는 유자건이 뭐라 하든 별 반응 없이 대꾸했다.

"그거야 너네 사정이지 내 사정은 아닌걸."

유자건의 얼굴이 더욱 일그러졌다. 쉽게 말을 듣지 않을 줄은 예상하고 있었지만 처음부터 이럴 줄은 정말 몰랐다.

그가 갇혀 있던 유마를 꺼낸 것이 사 일 전이었다. 그는 유마를 풀어주며 그에게 습격할 문파를 지시했다.

그런데 유마는 문파를 습격하러 떠날 생각은 안 하고 무림맹 안의 천명회 은신처들을 떠돌며 밤마다 살인을 저지르고 다니는 것이었다. 유자건의 입장에서는 정말 당황스러운 일이 아닐 수 없었다.

"이곳에는 천뢰가 있어. 그에게 혼나고 싶지 않으면 이제 그만 시키는 대로 하지 그래?"

유자건이 할 수 있는 최고의 협박이었다. 하지만 유마는 코웃음 쳤다.

"하! 천뢰? 그 녀석 이름 대면 내가 무서워 벌벌 떨며 시키는 대로 하겠습니다라고 할 줄 알아?"

"까불지 마라. 네가 천뢰를 이길 수 있을 것 같나?"

"하하, 물론 그놈 무공이야 대단하지. 그거야 천명회 모두가 인정하는 바이니 나도 군소리할 생각은 없어. 하지만 그놈이 무섭냐고 물으면 그건 별개 문제지."

유마는 혀를 날름 내밀며 말을 이었다.

"난 그 녀석이 전~ 혀 안 무섭단 말씀!"

"눈앞에 천뢰가 있어도 그딴 소리가 나올까?"

"도망가면 되지~"

장난스럽게 대답하며 유마는 방 안을 폴짝거리며 뛰어다녔다. 유자건은 끓어오르는 분을 삭이며 말을 내뱉었다.

"너 그러다 죽는다."

"하하, 그게 뭐?"

유마는 대들보에 다리를 걸고 거꾸로 매달려 유자건의 얼굴을 쳐다보았다.

"넌 죽는 게 무섭나 보지? 하지만 난 안 그런걸."

그는 웃으며 계속해서 말했다.

"천명회 영감들이 나에게 마공을 가르칠 때부터 알았어, 난 너희들과는 달리 이미 버린 말이라는 것을. 이미 오래전부터 알고 있었다고. 언젠가 버려져 죽을 것이라는 것을 말이야."

그는 혀를 내밀었다.

"그때가 바로 지금이라는 것도 말이지."

유자건은 흠칫했다. 유마는 킬킬거리며 물었다.

"왜 정곡을 찔리니까 겁나나?"

유자건은 등에 식은땀이 흐르는 것을 느꼈다. 유마의 무공은 그보다 한 수 위다. 싸우게 되면 도저히 이길 자신이 없었다.

"너무 겁내지 마. 그러면 정말 죽이고 싶어지잖아."

유마는 키득거리며 말했다.

"네가 아무 짓도 안 해도 어차피 난 죽을 목숨이었어. 내가 익힌 불완전한 마공이 내 생명을 갉아먹고 있으니까. 길어도 삼 년 안에 죽을 걸? 그러니까 네가 날 이용하다 죽일 작정이라도 별로 유감은 없어."

유자건은 떨리는 목소리로 물었다.

"어쩔 생각이지?"

“아무 생각 없어.”

유마는 대답했다.

“내 인생을 망가뜨리고 내 목숨을 먹고 있는 무공, 죽기 전에 실컷 써보고 죽고 싶을 뿐이야. 그래, 그것뿐이야.”

“그렇다면 내 지시대로 문파를……..”

“싫어, 귀찮아.”

유마는 싱글거리며 말했다.

“여기 고수들이 널렸는데 뭐 하러 귀찮게 돌아다녀야 하지? 너희들 입장을 생각해서? 어차피 죽을 목숨인데 그딴 거 알게 뭐야.”

그는 손가락으로 장난스럽게 유자건의 이마를 두드리며 말을 이었다.

“날 가만 놔둬. 알겠냐?”

유자건은 분을 삭이며 그대로 몸을 돌려 나갔다. 혼자가 된 유마는 그대로 거꾸로 매달린 채로 눈을 감았다. 시간이 흘러 해가 지고 달이 떠오르자 그는 눈을 떴다.

“자, 그럼 가볼까?”

그는 한 마리의 원숭이를 연상시키는 동작으로 창문을 빠져나와 지붕으로 올라갔다. 그는 서쪽 방향을 흘금 보다가 피식 웃고는 동쪽으로 고개를 돌렸다.

“그럼 오늘은 이쪽으로 가볼까?”

지금쯤 무림맹에서는 서쪽 지역의 경계를 강화하고 있을 것이다. 그는 싸우는 것이 목적이지만 굳이 위험을 자초할 생각은 없었다.

유마는 홍얼거리며 경공을 펼쳐 지붕을 넘어갔다. 적당한 지붕 위에서 멈춘 그는 밤거리를 걷는 사람들을 유심히 살폈다. 지금까지는 대충 아무 상대나 골랐지만, 그래서는 제대로 된 고수를 찾기 힘들었다.

'강한 놈이 상대여야 재미가 있지!'

그가 지금까지 싸워본 상대 중 진정 강한 고수는 곤륜파 노도사와 어제 싸운 구패라는 자였다. 그들을 죽일 때는 확실히 다른 녀석들과는 다른 뭔가가 있었다. 그래서 그는 이제부터 고수들만을 골라 죽이기로 했다.

그래서 한참을 둘러보았지만 그다지 확 눈에 띄는 고수는 통 보이지 않았다. 슬슬 참을성에 한계를 느낀 그는 지금까지 본 이들 중에서 그나마 나은 녀석을 목표로 삼았다.

그는 천천히 목표의 뒤를 따랐다. 인적이 드문 곳에 이르자 그는 목표 앞에 모습을 드러냈다.

"이봐."

갑작스런 등장에 목표는 놀라며 검을 빼 들었다.

"누구냐?"

유마는 대답 대신 몸을 날렸다. 목표는 급히 검을 휘두르려 했지만 한발 늦고 말았다.

"컥!"

목표는 가슴에 상처를 입고 뒤로 물러섰다. 한 시진이나 고르고 고른 것이 영 신통치 않자 유마는 혀를 찼다.

"꽝이군."

김이 새어버린 그는 얼른 죽여 버리고 돌아가려 했다. 그런데 그때 뒤에서 뭔가 심상치 않은 기운이 느껴졌다.

'뭐지?'

고개를 돌리니 수염투성이의 한 남자가 서 있었다. 그 남자는 유마를 보며 물었다.

"당신이 최근 살인을 저지르고 다니는 흉수로군?"

유마는 대답 대신 물었다.

"넌 뭐냐? 무림맹 녀석이냐?"

남자는 고개를 젓고는 대답했다.

"연자천이라고 하오."

바로 장소산이었다. 유마는 연자천이라는 이름을 들어본 적이 없었지만 상대로부터 풍기는 기도가 상당하다는 것을 느꼈다.

"날 잡으러 온 건가? 잘도 내가 여기 나타날 것을 알았군."

"무림맹에서 서쪽을 경계하고 있기에 반대쪽으로 와본 것이오. 내가 범인이라면 일부러 경계가 심한 곳으로 가지 않을 것 같았거든."

"과연!"

유마는 히죽 웃었다. 그는 상대가 이제까지 싸워본 어떤 자보다 강적이라고 판단했다.

"좋아, 그럼 싸워볼까?"

호전적인 유마의 모습을 보며 장소산은 속으로 혀를 찼다. 그는 원래 다른 곳을 수색하고 있을 공파를 불러 확실한 승산이 생겼을 때 나설 생각이었다. 그러나 문제는 눈앞에서 사람이 살해당하는 것을 뻔히 보고도 모른 척할 정도로 그가 냉정한 인간이 아니라는 것이다.

그는 유마의 목표가 된 사람에게 이 틈에 도망치라고 손짓을 보냈다. 그 사람은 그 뜻을 눈치채고 허겁지겁 도망쳤다. 유마로서는 이미 목표에게 흥미를 잃었기에 무시하고 장소산을 향해 달려들었다.

장소산과 유마가 한순간 스쳐 지나갔다. 그와 동시에 장소산의 어깨에서 핏방울이 튀어올랐다. 장소산은 놀라움에 눈이 커졌다.

‘강하다!’

유마가 몸을 돌리며 다시 달려들었다. 장소산은 급히 봉을 꺼내 휘둘렀다. 양쪽의 공격이 맞부딪치는 순간 장소산은 손을 뻗어 유마의 눈을 노리고 찔러들었고, 유마는 장소산의 어깨를 노리고 조법을 펼쳤다.

“……!”

유마의 눈가가 찢어졌다. 피하는 것이 조금만 늦었어도 한쪽 눈을 잃었을 것이다. 장소산 역시 옷자락이 찢어지며 왼쪽 가슴에 네 줄기의 가는 핏줄기가 생겨났다.

“좋아!”

유마는 외치며 장력을 날렸다. 용암과 같은 뜨거운 기운이 장소산에게 밀려들었다. 장소산은 피하는 대신 전력으로 권을 내뻗었다. 무언계에게 배운 혼을 실은 권이었다.

“하압!”

둘의 공격이 부딪치는 순간 주변의 공기가 진동했다. 둘은 동시에 충격을 받으며 뒤로 물러났다.

유마는 인상을 찌푸리며 오른팔을 매만졌다. 오른팔이 움직이지 않았다. 장소산의 권에 실린 기운이 그의 장력의 틈을 타고 팔의 기맥으로 파고들어 마비시킨 탓인 것 같았다.

장소산 역시 무사하지는 못했다. 무리하게 유마의 장력에 정면으로 상대한 탓인지 내상을 입고 말았다. 당장이라도 울혈을 토하고 싶었지만, 그랬다가는 이쪽의 상태를 눈치채게 될까 봐 그는 입술을 깨물며 참았다.

“후후, 너 정말 대단한데?”

유마는 무슨 생각이 들었는지 웃으며 말을 걸어왔다.

"내가 이 정도로 고전한 상대는 네가 처음이야. 정말 멋져. 죽이기 아까울 정도야."

장소산은 대꾸하지 않고 허리를 숙이며 자세를 잡았다. 유마는 움직이지 않는 오른팔 대신 왼팔을 앞으로 내밀며 히죽 웃었다.

"자, 과연 누가 죽을까?"

둘은 다시 충돌했다. 장소산은 피를 토하며 뒤로 날아갔다. 유마 역시 장소산의 공격에 갈비뼈가 부러졌다.

"하하하하!"

유마는 고통 따윈 아랑곳하지 않고 광소를 터뜨렸다. 작은 차이였지만 유마 쪽이 한 수 위였다. 그는 환의에 찬 표정으로 장소산에게 달려들었다.

"네가 죽는구나!"

장소산은 이를 악물었다. 공파의 말대로 역시 한 수 위의 상대였다. 하지만 이대로 죽을 수는 없었다. 그는 마지막 남은 힘을 주먹에 모았다.

'한 방 더 먹여주마!'

그런데 유마가 달려들고 장소산이 권을 뻗으려는 그 순간! 한줄기 섬광이 날아들어 유마의 몸에 박혔다.

"……!"

유마는 자신의 배를 내려다보았다. 그곳엔 검이 깊숙이 박혀 있었다. 그는 고개를 돌려 공격한 상대를 보았다.

"천뢰!"

천뢰가 모습을 드러냈다. 그는 유마를 노려보며 말했다.

"살인을 일삼는 마교의 무리를 처단하러 왔다."

유마는 피식 웃었다.

‘자건 녀석이 이른 모양이군.’

그는 장소산을 보더니 웃으며 말했다.

“미안하지만 나중에 다시 싸우기로 하지.”

말이 끝남과 동시에 그는 몸을 날려 도망쳤다. 설마 검이 배에 박히고도 날랜 움직임을 보일 줄은 몰랐던 천뢰는 놀라며 그 뒤를 쫓으려 했다. 그런데 그때 벽과 지붕 등에서 다섯 개의 인영이 나타나 천뢰를 향해 달려들었다.

“죽어라, 천뢰!”

5

암습은 참으로 시기적절했다. 천뢰는 유마에게만 정신이 팔려 암습이 있을 것은 전혀 예상하지 못했다. 다섯 개의 검은 각기 천뢰의 치명적인 급소를 노리고 날아들었다.

그러나 천뢰의 무공은 실로 놀라웠다. 허공 중에서 입고 있던 장포를 벗어 휘두르자 흡입력이 생겨나며 다섯 개의 검이 그 속으로 빨려 들어 가는 것이 아닌가?

무기를 잃은 다섯 사람은 깜짝 놀라면서도 공격을 포기하지 않았다. 그들은 각자 자신있는 무공을 펼치며 천뢰에게 합공을 가했다. 천뢰는 방해꾼들을 얼른 죽여 버리고 유마를 쫓으려 하다가 이들이 펼치는 무공을 보고 흠칫 놀랐다.

‘마공!’

유마가 펼치는 패도적이고 잔혹한 마공은 아니었지만, 분명 마공이 가지는 중원의 무공과 다른 독특한 특징이 담겨 있었다.

'마교 놈들이로구나!'

천뢰는 속으로 환호했다. 그토록 찾아 헤매던 마교도가 드디어 나타난 것이다. 그는 살초를 펼치려는 것을 중단하고 지법으로 전환했다. 찍찍거리는 공기를 가르는 소리와 함께 공격하던 다섯 사람은 하나둘씩 점혈되어 쓰러지기 시작했다.

처음부터 천뢰와 그들 다섯과는 무공 차이가 너무 심했다. 암습이 실패한 이상 그들 다섯에게 승산은 없었다.

장소산은 안타까운 표정으로 그 모습을 지켜볼 수밖에 없었다. 무명회의 사람들을 도와주고 싶었지만, 유마와 격전을 펼친 현재 그의 몸 상태로는 움직이는 것조차 힘들었다.

'하필이면 지금 나타나다니! 아니, 이렇게 될 것을 예상했어야 하는데!'

천뢰를 암살하러 온 무명회의 사람들은 내성으로 들어가는 것이 어렵다는 것을 곧 알아차렸다. 그래서 그들은 내성으로 들어가는 대신 천뢰가 밖으로 나오기를 기다렸던 것이다.

그건 그다지 어려운 일이 아니었다. 때마침 유마가 살인을 저지르고 다닌 것이다. 영웅으로 추앙받고 있는 이상 천뢰는 다른 사람의 시선을 생각해서라도 반드시 범인을 잡으러 나설 것이다. 이렇게 예상한 그들은 유마의 흔적을 쫓으며 천뢰를 기다리고 있었다.

여기까지는 모두 계획대로였다. 문제는 천뢰의 무공이 예상보다 훨씬 강하다는 사실이었다. 무명회의 오 인은 얼마 버텨보지도 못하고 천뢰의 지법에 모두 쓰러졌다.

때마침 유자건과 무림맹의 무인들이 달려왔다. 천뢰는 무명회의 오 인을 호송하라고 명하는 것과 동시에 전음으로 유자건에게 지시를 내렸다.

유자건은 고개를 끄덕이고는 무림맹의 무인들과 함께 무명회의 오인을 데려갔다. 천뢰는 그 모습을 보다가 장소산에게 고개를 돌렸다.

"괜찮으십니까?"

그는 장소산을 알아보지 못하고 있었다. 변장한 탓도 있지만 그의 머리 속에서 장소산의 얼굴 따위는 이미 잊혀진 지 오래였다.

장소산은 동요를 감추고 몸을 일으켰다. 천뢰가 비틀거리는 그를 잡아주었다.

"전 천뢰라고 합니다. 대협의 성명을 어찌 되십니까?"

"연자천이라고 합니다."

"최근 명성을 떨치시는 대협이셨군요."

천뢰는 속으로 생각했다.

'유마와 싸우는 것을 보니 무공이 상당하다. 사귀어두는 것도 나쁘지 않겠군.'

그는 손을 장소산의 등에 대고 진기를 흘러 넣었다. 자신을 죽이려 하는 줄 알고 깜짝 놀랐던 장소산은 정순한 진기가 손상된 기맥을 치료해 주는 것을 느끼고 안심했다. 그는 진기에 몸을 맡기며 속으로 쓴 웃음을 짓지 않을 수 없었다.

'네 도움을 받게 될 줄이야.'

일 다경 정도가 지나자 장소산은 내상이 상당히 치료된 것을 느꼈다.

"이제 괜찮습니다. 도와주서서 감사합니다."

"뭘 이 정도 가지고요."

천뢰는 웃으며 말했다.

"대협의 협의와 무공에 탄복했습니다. 초대하여 가르침을 받고 싶은데 어떠십니까?"

"죄송하지만 일행이 있어서요. 나중에 찾아뵙겠습니다."

"아, 그렇습니까? 그럼 나중에 일행 분도 함께 오시지요. 제가 말해두겠으니 언제든지 찾아오십시오."

천뢰는 말하고는 무림맹 사람들과 함께 돌아갔다. 혼자가 된 장소산은 비틀거리는 몸을 끌며 수초, 공파와 합류하여 객점으로 돌아왔다. 대충 사정을 일행에게 설명한 장소산은 일단 밤이 늦었으니 잠을 자기로 했다.

그는 침대에 누워 천장을 올려다보며 생각했다.

'아무래도 무명회 사람들을 구해내야겠다.'

무명회에게 받은 은혜를 갚는다는 측면도 있지만, 무엇보다 그들을 통해 무명회의 본거지를 알아내면 분명 천뢰는 정파를 이끌고 즉각 쳐들어갈 것이다. 그렇게 되면 어떤 일이 벌어질지 안 봐도 뻔했다.

'다행히 천뢰에게 초대받았고, 그는 내 정체를 모르고 있다. 잘만 하면 충분히 해볼 만하다.'

결심한 그는 다음날 자리에서 일어났다. 수초가 아직 부상이 낫지 않았다며 반대했지만, 장소산은 고개를 저었다.

"한시도 지체할 수 없는 일이야."

"그럼 나도 같이 가."

"아니, 넌 공파와 같이 있어라. 그를 혼자 두었다가는 어떤 일이 벌어질지 모르니 지켜볼 사람이 필요해."

"그럼 다같이 가면 되잖아."

"그건 안 돼."

공파가 천뢰를 보았다가는 문제가 터질 것이 안 봐도 뻔했다. 절대 그를 데려갈 수는 없었다.

"내가 삼 일이 지나도 돌아오지 않으면 곳곳에 내가 가르쳐 주는 표식을 남겨라. 그럼 한중평이나 채영신이라는 사람이 찾아올 것이다. 그 사람에게 사정을 말하고 도움을 청해라."

장소산은 청류가 만일에 대비해 가르쳐 준 무명회의 연락 표식을 수초에게 가르쳐 주었다. 특별히 그녀에게 뭘 기대해서가 아니라, 뭐라도 임무를 맡기지 않으면 끝까지 따라오려고 할 것 같았기 때문이다. 그의 의도대로 수초는 그제야 고개를 끄덕였다.

"알았어."

장소산은 홀로 무림맹의 내성으로 향했다. 입구에서 연자천의 이름을 대자 즉시 천뢰의 전각으로 안내되었다.

"여기서 기다려 주십시오."

안내한 사람은 이 말만을 남기고 떠나자 혼자 남은 장소산은 대청에 앉아 주변을 살펴보았다. 그가 현재 있는 곳은 연하각이라고 하여, 맹주가 묵는 정춘각 다음의 규모를 자랑하는 전각이었다. 현재 무림맹에서 천뢰가 가지는 위치가 어느 정도인지 잘 알려주는 사실이 아닐 수 없었다.

'무명회 사람들은 어디 잡혀 있을까?'

장소산은 생각해 보았다.

'일반적으로 무림맹의 죄인은 무림맹의 일을 총괄하는 정의관의 지하에 갇힌다고 했지.'

예전 개방의 대표로 무림맹을 방문했을 때 정의관에 가서 여태환의 대리로 회의에 참석한 일이 있었다. 하지만 지하는 출입 금지 지역이라 가보지 못했었다.

‘일단 오늘 밤에 가보기로 하자.’

그가 침입 계획을 짜고 있을 때 천뢰가 전각으로 돌아왔다.

“기다리시게 해서 죄송합니다.”

“괜찮습니다. 저야말로 바쁘신 시간을 뺏는 것이 아닐까 걱정스럽군요.”

“그럴 리가요. 대협 같은 분을 만나는 것이야말로 저의 즐거움인걸요.”

천뢰는 장소산을 환영하며 저녁에 연회를 열었다. 그 자리에는 무림맹의 주요인사들이 참석했는데, 유자건과 우경의 모습도 있었다. 장소산은 그들과 일일이 인사하며 이야기를 나누다 연회의 분위기가 무르익자 슬쩍 말을 꺼냈다.

“어제 도망쳤던 살인범은 어떻게 되었습니까?”

현무대주로 있는 소림의 공해 대사가 대답했다.

“아직 흔적을 찾지 못했습니다. 아마 어딘가에 숨어서 상처를 치료하고 있을 것이라 생각합니다.”

그 말을 들으며 천뢰는 생각했다. 보통 사람이라면 즉사할 정도의 상처지만, 유마의 경우는 다르다. 그가 익힌 마공 중에는 치명적인 부상조차 빠른 시간에 치료할 수 있는 괴이한 수법도 있었다.

‘쓸데없는 짓을 벌이기 전에 찾아 없애야 할 텐데. 아니, 지금은 우선 마교도 놈들을 심문하는 것이 먼저다.’

그는 못마땅한 눈으로 유자건을 보았다. 그를 믿고 일을 맡겼더니 골치 아픈 문제만 만들었다. 유자건은 그의 눈빛을 보고 자신을 책하는 것임을 눈치채고 고개를 숙였다.

장소산이 물었다.

"그때 천 공자를 습격한 오 인도 역시 한패이겠지요? 그들을 심문하면 범인이 어디에 숨었는지 알 수 있지 않을까요?"

천뢰가 생각을 멈추고 말했다.

"범인을 잡는 것은 문제가 안 됩니다. 그자들은 모두 마교도였습니다. 범인 하나 잡는 것을 생각하기보다 모든 원흉인 마교를 멸하는 것을 생각해야 할 때지요."

장소산은 고개를 끄덕였다.

"과연 그렇군요. 제가 생각이 짧았습니다. 그렇다면 잡은 자들의 경계를 확실히 해야겠습니다. 한패인 마교도가 구출하러 올지 혹시 모르지 않습니까?"

유자건이 끼어들어 대답했다.

"걱정 마십시오. 그자들은 정의관 지하에 갇혀 있으니까요. 설사 마교도 수백 명이 몰려온다고 해도 그곳에 도착하기는커녕 내성 안으로 들어오지도 못할 것입니다."

"하하, 참으로 믿음직스럽군요."

장소산은 말하며 속으로 생각했다.

'역시 정의관 지하에 갇혀 있구나.'

연회는 늦은 밤까지 계속되었다. 밤이 늦자 사람들은 흩어져 제각기 돌아갔다. 천뢰는 장소산에게 오늘 밤 이곳에서 묵을 것을 청했다. 내성 안에 있기를 원했던 장소산은 쾌히 승낙했다.

그날, 밤이 깊어지자 장소산은 방에서 나왔다. 그는 조심스런 걸음으로 정원을 지나 전각을 빠져나가려고 했다. 그런데 그때 나직한 목소리가 들려왔다.

"밤늦게 어딜 가십니까?"

깜짝 놀라 돌아보니 유자건이 서 있었다. 장소산은 웃으며 즉시 변명했다.

"뒷간으로 가는 중이었습니다. 그런데 유 소협께서는 밤늦게 무슨 일입니까?"

"경계하는 중이었습니다. 밤을 틈타 허튼 짓을 꾸미는 자가 있지 않을까 해서요."

장소산은 등에 식은땀이 흘렀지만 태연을 가장했다.

"고생이 많으십니다. 그럼 계속 수고하십시오."

돌연 유자건이 피식 웃었다. 그는 싸늘한 목소리로 말했다.

"그만 정체를 드러내시지, 장소산."

장소산의 얼굴이 굳어졌다.

"장소산이라니 누굴 말하는 거요?"

"네가 삼대악인 사건 때 나타난 것을 보고 놀랐다. 잘도 목숨을 건졌을 뿐 아니라 무공까지 성장했더구나. 마교의 비전이라도 배웠나 보지? 하지만 여기까지 들어올 생각을 하다니, 간이 부었군."

"통 무슨 소린지……."

"수작 부리지 마라!"

유자건은 장소산에게 달려들었다. 장소산은 급히 뒤로 물러나 피하며 말했다.

"뭔가 오해가 있는 것 같소."

"오해는 무슨 오해란 말이냐!"

둘은 순식간에 삼십여 초를 겨루었다. 장소산은 어제 유마와 싸우다 다친 부위의 통증이 심해지는 것을 느꼈다. 그는 당황했고, 그 틈을 타고 유자건의 손이 그의 얼굴을 향해 뻗어왔다.

찌익!

유자건의 손이 장소산의 수염을 잡아뜯었다.

"……!"

"역시 네놈이었군."

회심의 미소를 지은 유자건은 본격적으로 살초를 펼치기 시작했다. 장소산은 공격을 막으며 주변을 살폈다.

현재 장소산의 몸 상태로 유자건을 이기기는 힘들었다. 그는 도망칠 곳을 찾으며 유자건에게 물었다.

"왜 천뢰는 오지 않지?"

"너 따위는 나 혼자서라도 충분하다."

"그게 아닌 것 같은데?"

유자건은 흠칫했다. 장소산의 말대로 그는 이번에 유마 일로 천뢰의 신뢰를 크게 잃었다. 거기다 삼대악인 사건의 실패까지 알려지면 자신의 위치가 흔들릴 것 같아 천뢰에게 숨기고 자기 선에서 처리할 속셈이었다.

상대의 빈틈을 눈치챈 장소산은 전력으로 반격에 들어갔다. 수세를 공세로 전환해 맹렬히 공격을 퍼붓자 유자건은 뒤로 계속해서 밀려났다.

그때를 틈타 장소산은 몸을 날려 전각의 담을 넘으려 했다. 그런데 막 담으로 뛰어오르려는데 우경이 튀어나오는 것이 아닌가? 우경과 그가 이끄는 주작대가 전각을 포위하고 있었던 것이다.

할 수 없이 장소산은 방향을 바꾸어 전각 안으로 뛰어들었다. 유자건과 우경, 그리고 주작대는 즉시 그를 추격했다.

이곳 연하각은 굉장히 규모가 컸다. 방도 백 개가 넘었고, 정원과 연못, 정자, 연무관까지 있었다. 장소산은 전각의 이곳저곳을 빙빙 돌며 추격을 회피했다. 쫓고 쫓기는 양쪽은 넓은 전각 안을 계속해서 돌며 숨바꼭질을 벌였다.

장소산은 도망치면서 생각했다. 이렇게 난리를 치는데도 천뢰가 나오지 않는 것으로 보아 역시 천뢰는 이곳에 없었다. 그렇다면 이곳의 많은 방들 중 한곳에 숨어 기회를 엿보다 도망치는 것이 가장 나은 방법일 것 같았다.

'좋아, 그럼 어디에 숨을까?'

전각을 돌면서 주변을 살핀 장소산은 잘 눈에 띄지 않는 구석진 방을 찾아냈다.

'저기가 좋겠군!'

즉시 장소산은 방문을 열고 뛰어들었다. 달빛조차 들어오지 않는 깜깜한 방 안은 사물을 구별하기 힘들었다. 장소산은 소리가 날까 조심하며 숨을 곳을 찾았다. 그런데 그때 나직한 여성의 목소리가 들려왔다.

"누구신지요?"

장소산은 깜짝 놀랐다. 아무 인기척도 나지 않아서 빈방이라고 생각했는데 사람이 있었던 것이다. 급히 달려들어 제압하려는데 그보다 먼저 방 안의 여인이 불을 켰다.

'틀렸군!'

불빛을 보고 유자건 일행이 달려올 것이 뻔했다. 장소산은 포기하고 방을 나가려 했다. 그런데 그때 여인이 그를 향해 말했다.

"숨을 곳을 찾는다면 장롱 속에 숨도록 해요."

장소산은 어리둥절했다. 왜 자신을 숨겨주겠다는 것일까? 그러나 그가 물어볼 틈도 없이 유자건의 외침 소리가 들려왔다.

"저기다!"

소리는 바로 지척이었다. 지금 밖으로 나갔다가는 바로 붙들릴 것이 뻔했다. 다급해진 장소산이 어쩔 줄 몰라 하는데 여인이 다시 말했다.

"어차피 밑져야 본전인데 내 말대로 하지 그래요?"

장소산은 머뭇거렸다. 이 여인을 믿어야 할까? 장롱 속에 들어가 있다가 밖에서 검으로 찌른다면 저항 한번 못해 보고 그대로 죽은 목숨일 텐데? 그냥 나가서 한판 붙는 것이 차라리 낫지 않을까? 아니면 이 여인을 인질로 삼는 것은 어떨까?

그가 수많은 생각으로 머리 속이 복잡해져 있을 때 발자국 소리가 문 앞에서 들려왔다. 유자건 일행이 들이닥친 것이다.

'다 틀렸군!'

장소산은 문을 박차고 뛰어나가 싸우려 했다. 하지만 그전에 여인이 입을 열어 말했다.

"무슨 일이죠?"

방문 앞에서 유자건의 목소리가 들렸다.

"아, 지수의 방이었군. 혹시 수상한 자가 이쪽으로 오지 않았소?"

"밖에서 시끄러운 소리가 들리긴 했지만 그 외는 잘 모르겠군요. 무슨 일이 있나요?"

"마교도로 보이는 위험한 인물이 이곳으로 침입해 왔소."

"그런가요? 당신, 천뢰에게 혼 좀 나겠군요. 난 잘 테니 열심히 찾아 보세요. 너무 시끄럽게는 하지 말고요."

유자건은 다른 곳으로 가려고 하다가 좀처럼 의심을 떨치지 못하겠는지 다시 말했다.

"실례지만 방을 좀 살펴보면 안 되겠소? 혹시 방 안에 숨어 있을지도 모르는 일이니."

지수라 불린 여인은 대답했다.

"당신이 한밤중에 내 방으로 들어온 사실을 천뢰가 알면 어떻게 될지 모르겠군요."

유자건은 흠칫하며 말했다.

"그야 당신이 말하지 않으면 되는 문제 아니겠소."

지수는 물었다.

"어째서 제가 말하지 않을 거라 생각하는 거죠?"

유자건의 얼굴이 일그러졌다.

"동문인 내가 죽기를 바라는 거요?"

"당신이 죽든 살든 내가 알 바 아니에요. 그저 내가 바라는 것은 조용히 자고 싶으니 당신들이 당장 가주었으면 하는 것이죠."

"…알겠소."

유자건 일행이 떠나자 장소산은 안도의 한숨을 내쉼과 동시에 지수를 바라보았다. 왜 이 여자는 자신을 구해준 것일까?

지수는 장소산을 흘금 보고는 말했다.

"여기 숨어 있다가 기회가 되면 도망치도록 하세요."

그리고는 곧바로 불을 끄고 잠자리에 누워버렸다. 불 꺼진 어두운 방 안에서 우두커니 서 있는 신세가 된 장소산은 황당한 표정으로 자고 있는 지수를 보았다.

'이 여자 대체 뭐야?'

어떻게 처음 보는 적일지도 모르는 남자를 숨겨주고, 거기다 곁에 두고 태평히 잠을 잘 수가 있단 말인가!

6

장소산은 방구석에 웅크려 앉았다. 적진 속에 있는 이상 잠을 잘 수는 없는 노릇이다.

'어떻게든 도망쳐야 한다.'

그는 일정 시간마다 밖의 동정을 살폈다. 그러나 밖의 경계는 허술해지기는커녕 시간이 갈수록 탄탄해졌다. 유자건이 주작대뿐만 아니라 다른 무인들까지 불러들여 전각을 둘러싼 것이다.

'망했군!'

장소산은 한숨을 내쉬며 밖을 살피는 것을 포기하고 방 안을 살폈다. 날이 밝기 시작하자 방 안의 전경이 눈에 들어오기 시작했다.

방은 여인의 방이라고는 생각할 수 없을 정도로 썰렁했다. 기본적인 가구들만이 배치되어 있을 뿐 장식 같은 것은 찾아볼 수 없었다. 단 하나, 한쪽에 세워져 있는 진열대가 유일한 장식이라면 장식이었다.

'이상한 방이군. 혹시 이 여자는 여기 갇혀 있는 것일까?'

진열대의 물건들도 별로 보기 좋은 물건은 없었다. 검과 창 따위의 무기들이었다. 그런데 그중에 눈에 띄는 물건이 하나 있었다. 영롱한 녹색의 대나무 봉, 그것은 다름 아닌…….

'타구봉!'

직접 본 적은 없지만 개방도가 방주의 신물인 타구봉을 잘못 볼 리는 없다. 분명 전 개방 방주 사공방이 빼앗겼다는 타구봉이 분명했다.

'그러고 보니 예전에 채영신이 타구봉을 가진 사람의 이름이 지수라고 했다. 아까 유자건이 이 여자를 지수라고 불렀지.'

장소산은 타구봉을 집어 들어 살피며 오래전에 사부 채평안이 해준 이야기를 떠올렸다. 사부의 이야기에 따르면 방주인 사공방은 의문의 소년, 소녀에게 타구봉을 빼앗겼다고 했다.

'그 이야기 속의 남자아이가 천뢰, 여자아이가 여기 있는 지수란 여자라면 맞아떨어진다. 천뢰는 방주에게 타구봉을 빼앗아 지수에게 선물로 준 것이다.'

그러나 이렇게 되자 또 다른 의문이 생겨났다. 천뢰와 함께 다니며 선물까지 줄 정도로 절친한 사이인 지수가 왜 천명회의 적인 자신을 숨겨준 것일까?

그가 풀리지 않는 의문에 고민하고 있는데 뒤에서 목소리가 들려왔다.

"가지고 싶으면 가져요."

지수가 일어나 장소산을 바라보고 있었다. 장소산은 어이가 없음을 느끼며 물었다.

"이게 어떤 물건인지 알고 하는 말이오?"

지수는 아무렇지도 않게 대답했다.

"개방 방주를 상징하는 죽봉이죠."

"그걸 알면서도 처음 보는 나에게 주겠다는 것이오?"

"나에게는 필요없으니까요."

장소산은 다시 물었다.

"당신은 사공 방주가 가지고 있는 이 타구봉을 가지고 싶다 했고, 그 말을 듣고 천뢰가 사공 방주에게 빼앗아 당신에게 주었소. 그 말이 맞소?"

지수는 고개를 끄덕였다.

"맞아요."

"그런데 그렇게 가지고 싶어 하던 물건을 이제는 처음 보는 사람에게 그냥 주겠다고 하는군."

지수는 대답했다.

"그걸 가지고 싶었던 것은 오래전의 일이에요. 이제는 흥미없어요. 그걸 가지고 있다고 해서 개방 방주가 될 수 있는 것도 아니고, 나에게는 쓸모없는 물건일 뿐이죠."

장소산은 고개를 끄덕였다. 어차피 그는 지수가 주지 않겠다고 해도 가져갈 생각이었다.

"좋소, 내가 가져가지. 하지만 확실히 해두겠는데, 이건 당신이 나에게 주는 것이 아닌 원주인인 개방이 되찾아가는 것이오."

지수는 물었다.

"개방도인 모양이군요."

장소산은 고개를 끄덕였다.

"현재는 파문당한 상태지만 모함을 받았기 때문이니, 언젠가 오해가 풀릴 거요."

그는 타구봉을 챙겨 품속에 넣었다. 지수가 그 모습을 보고 있다가 물었다.

"개방으로 돌아가고 싶은가 보죠?"

장소산은 흠칫했다. 사실 그는 개방에 대해 그다지 큰 미련은 없었다. 개방 장로인 채평안의 제자가 되면서 자연스럽게 개방도가 된 것일 뿐, 채평안이 죽은 이상 개방과 그를 연결하는 것은 그다지 없었다. 단지 억울하게 쓴 누명을 벗고 결백을 증명하고 싶을 뿐이었다.

생각해 보면 임한정과 최진방에게 당한 일을 개방에 고하지 않은 것도 그 때문이었다. 어디까지나 그들과 자신의 문제였지, 개방과는 관계가 없다고 여겼다. 자신은 자신, 개방은 개방, 이렇게 선을 긋고 있었다. 지금 무명회와의 관계 역시 마찬가지였다.

생각에 잠겨 있는 장소산에게 지수가 다시 물었다.

"개방으로 돌아갈 마음이 없는 모양이군요."

장소산은 대답 대신 물었다.

"나야말로 묻고 싶군. 당신은 천명회 사람이 아니오? 왜 천명회의 적인 날 숨겨주는 것이지?"

지수는 태연히 대답했다.

"내가 천명회인 것은 맞아요. 하지만 그렇다고 당신의 적은 아니죠."

"그건 또 무슨 소리요?"

"당신은 천명회의 강호 일통을 막고 싶은 것이 아닌가요? 난 천명회가 강호 일통을 하든 말든 알 바 아니니까요."

"천뢰, 자건, 우경 등이 당신 동료가 아니란 말이오?"

"그들이 동문인 것은 맞지만 동료는 아니죠."

"알 수 없는 소리를 하는군."

"동료란 것은 목적을 위해 함께하고, 서로 신뢰하며 힘을 합치는 관계를 말한다고 생각하는데요. 난 그들과 같은 목적을 가지고 있지도 않고, 신뢰하지도 않고, 힘을 합칠 생각도 없어요. 그러니까 동료가 아니죠."

장소산은 고개를 끄덕였다. 하지만 그렇다고 지수의 행동에 의문이 풀린 것은 아니었다.

"그들과 동료가 아니라고 칩시다. 하지만 동문인 것은 사실이 아니오. 그런데 날 이렇게 숨겨주는 것은 동문을 배신하는 행위라고 할 수 있을 텐데?"

"그딴 건 아무래도 상관없어요."

"하아?"

장소산은 또 한 번 지수에게 어이없음을 느껴야 했다. 그의 시선을 받고도 지수는 담담히 말했다.

"난 차라리 당신이 천뢰를 쓰러뜨려 주었으면 하는걸요."

"천명회를 배신하겠다는 거요?"

"좀 전에도 말했 듯이 그딴 건 아무래도 좋아요."

장소산은 확실히 인정해야 했다. 눈앞의 이 지수란 여자는 그의 관점으로는 도무지 이해가 가지 않는 사람이었다.

"당신이 진정 원하는 것이 무엇인지 모르겠군."

"내가 원하는 것은 당신이 천뢰를 깨우쳐 주길 바라는 것, 단지 그것뿐이에요."

지수는 말했다.

"애초에 천뢰, 자건, 우경 등은 동등한 관계였어요. 그러다 무공 수준이 차이가 나기 시작하자 서열이 생기고 계급이 만들어졌죠. 가장 강한 천뢰는 우두머리가 되었고, 유자건은 중간, 우경은 하위로 떨어졌어요. 장로들의 방식이었죠. 무공의 강함만이 모든 것에 우선하는 교육 방식, 그 속에서 무공이 가장 강한 천뢰는 자만심이 하늘을 찌르게 되었어요."

그녀는 쓴웃음을 지었다.

"지금 천명회가 하고 있는 강호 일통 계획은 허울만 좋지, 천뢰의 자만심이 만들어낸 욕망에 불과할 뿐이죠. 자신의 무공이라면 무엇이든지 할 수 있다는 착각에 빠져 세상을 어지럽히는 어리석은 인간, 그것이 바로 천뢰예요."

장소산은 잠시 생각하다 고개를 저었다.

"당신의 말뜻은 잘 알겠소. 하지만 왜 나에게 이런 말을 하는지 모르겠군. 난 천뢰에 비하면 보잘것없는데. 차라리 천하제일고수 무언계를 찾아 부탁해 보는 것이 어떻소.”

“무언계는 할 수 없어요. 그야말로 내가 유일하게 부탁할 수 없는 사람이에요.”

지수의 말에 장소산은 의아해졌다. 무언계와 무슨 일이라도 있었던 것일까?

“아니, 그건 어째서요?”

“무언계는 천뢰보다 강하기 때문이지요.”

“강하기 때문에 안 된다?”

“그래요. 무언계가 나서서 천뢰를 쓰러뜨린다면 천뢰는 자신이 패한 이유가 무언계보다 무공이 약해서라고 생각해서 더욱 무공에 집착하겠죠. 그래서는 그를 깨우쳐 줄 수 없어요.”

장소산은 지수가 하고자 하는 뜻을 이해할 수 있었다. 하지만 그녀의 뜻을 이루어줄 수 있냐고 묻는다면 고개를 저을 수밖에 없었다.

“미안하지만 당신이 원하는 것을 이루어줄 수 있는 힘이 나에게는 없는 것 같군요.”

지수는 고개를 저었다.

“아니, 난 당신이야말로 적임자라고 생각해요.”

장소산은 피식 웃었다.

“천뢰보다 약하니까? 밖에 나가보시지요. 눈에 보이는 모든 사람들이 천뢰보다 약한 사람이니까.”

“그들은 천뢰를 이길 수 없죠.”

“그럼 난 이길 수 있다는 소리요?”

“그래요. 당신의 이름은 장소산이죠? 개방의 파문 제자 장소산, 당

신에 대해서는 소문을 들었어요. 아마도 당신에게는 천뢰를 이길 수
있는 힘이 있다고 생각해요.”

장소산은 흠칫했다. 얼마 전 채영신도 비슷한 말을 했었다.

“나에게 있는 것? 그게 대체 뭐지?”

“그건…….”

그때였다. 밖에서 누군가 이쪽으로 오는 인기척이 들렸다. 장소산과
지수는 말을 멈추고 밖의 동정을 살폈다. 곧 문을 두드리는 소리가 들
렸다.

“지수, 안으로 들어가겠소.”

장소산은 당황했다. 유자건이 다시 찾아온 것이다. 지수는 인상을
찌푸리며 물었다.

“또 뭐죠?”

“집 안을 샅샅이 뒤졌지만 침입자를 찾을 수 없었소. 남은 곳은 여
기뿐, 확실히 하기 위해서는 당신의 방도 수색해 보아야겠소.”

지수는 강경하게 말했다.

“이 일을 천뢰에게 말하겠어요. 각오가 되어 있다면 얼마든지 들어
와 보시죠.”

“허허, 그건 걱정할 필요 없네.”

난데없이 끼어든 목소리는 노인의 것이었다.

“난 이제 죽을 날만 기다리는 노인이니, 젊은 소저의 방으로 들어간
다고 해서 누가 이상하게 오해하는 일을 절대 없을 것이네.”

장소산은 노인의 정체를 바로 알아차릴 수 있었다. 절대 착각할 수
없는 목소리, 다름 아닌 최진방이 아닌가!

‘저자는 그야말로 내 인생의 상극이로구나!

그는 숨을 곳을 찾아 방 안을 두리번거렸다. 그러나 그전에 문이 억지로 열리며 최진방이 들어왔다. 장소산과 최진방은 그대로 얼굴이 딱 마주쳤다.

"네놈이로구나!"

최진방은 즉시 장소산에게 달려들었다.

"내 무공총람을 내놓아라!"

장소산은 최진방의 공격을 피하며 장법을 펼쳤다. 몇 초 만에 최진방은 얻어맞고 비명을 지르며 나뒹굴었다. 현재 장소산의 무공은 최진방을 뛰어넘은 상태였다.

그러자 이번에는 유자건이 달려들었다. 그의 무공은 결코 장소산의 아래가 아니었다. 도망치려던 장소산은 그에게 붙들려 기회를 잃었다. 십여 초를 주고받는데 쓰러졌던 최진방이 벌떡 일어나 다시 덤벼들었다.

한 명씩이라면 모를까 두 고수를 동시에 상대하기는 무리였다. 힘겹게 버티던 장소산은 결국 힘이 다해 쓰러졌다. 즉시 그를 제압한 유자건은 지켜보고 있는 지수를 돌아보며 싸늘하게 말했다.

"적을 숨겨주다니! 이번 일은 천뢰라도 널 감싸주지는 못할걸?"

지수는 여전히 표정 변화없이 대꾸했다.

"당신 마음대로 해요."

"흥!"

코웃음을 치며 유자건은 최진방과 함께 장소산을 끌고 방을 나갔다. 혼자가 된 지수는 구석에 놓아두었던 지수를 꺼내 수놓기 시작했다.

7

장소산은 질질 끌려 밖으로 나왔다. 유자건은 즉시 검을 뽑아 그를 죽이려 했지만, 최진방이 말렸다.

"잠시 기다리게."

최진방은 장소산의 품을 뒤졌다. 그는 허리춤에 꽂혀 있는 타구봉은 신경 쓰지 않고 무공총람만을 찾았다. 그는 작은 상자를 발견하고 열었다. 책이 있는 줄 알았더니 나오는 것은 임한정이 장소산에게 준 총이었다.

'이건!'

예전 임한정에게 위협받은 기억을 떠올린 그는 일단 품에 챙겨놓고 다시 뒤졌다.

"여기 있다!"

한 권의 책이 만져지자 그는 좋아하며 꺼냈다. 그가 꺼낸 책은 수초와 바꿔 보고 있던 무공총람 장법편이었다.

"어?"

자신이 빼앗긴 수비편이나 신법편이 나올 줄 알았는데 장법편이 나오자 최진방은 잠시 어리둥절했다. 어찌 되었든 기왕 찾은 거니 품에 챙긴 그는 장소산에게 다그쳐 물었다.

"네가 훔쳐 간 내 무공총람은 어디 있느냐?"

장소산은 능청스럽게 반문했다.

"글쎄요, 어디 있을까요?"

"이놈이!"

화가 난 최진방이 장소산의 따귀를 후려치려고 하는데, 유자건이 검을 치켜들며 말했다.

"이놈은 살려둬 봤자 득 될 것이 없으니 얼른 죽여 버립시다."

"잠깐!"

최진방은 급히 유자건을 막았다. 유자건이야 장소산에게 볼일이 없었지만, 최진방 입장에서는 어떻게든 장소산이 가지고 있는 무공총람의 행방을 알아내야 했다.

"이 녀석과 나는 풀어야 할 일이 있네. 어차피 죽일 생각이라면 나에게 넘겨주는 것이 어떻겠나?"

유자건은 눈살을 찌푸렸다.

"살려두면 화근을 부를 놈이오. 기회가 있을 때 죽여 버려야 하오."

"물론 죽이긴 죽여야지. 하지만 알아낼 것은 알아낸 후 죽여야 할 것 아닌가."

"그깟 책 때문에 우리 일을 망치겠다는 거요?"

"내가 언제 망친다고 했나? 좀 늦게 죽이자는 것뿐이잖아."

유자건은 짜증을 내며 목소리를 높였다.

"이건 우리 천명회의 일이니 당신은 끼어들 자격이 없소. 잠자코 옆에서 구경이나 하고 있으시오!"

"누가 뭐래도 이 녀석은 지금 못 죽여! 정 죽이고 싶으면 무공총람열 권 전부를 내게 가져와!"

최진방은 강경을 넘어 여차하면 한판 붙을 기세였다. 유자건은 골치가 아파짐을 느끼며 화가 치밀었다.

'이놈의 영감탱이가 보자보자 하니까!'

아예 둘 다 죽여 버리고 싶었지만, 일단 한편인 최진방을 죽이기 위해서는 그에 합당한 이유가 필요했다. 그렇지 않고 한순간의 감정으로 일을 처리했다가는 나중에 천뢰의 문책을 받을 것이다.

'이렇게 된 이상 살려둘까? 나중에 지수의 배신의 증거로 쓸 수도

있고……'

한참을 머리 속으로 계산을 굴린 유자건은 마침내 고개를 끄덕였다.

"좋소, 당신에게 맡기지. 책을 찾아도 일단 죽이진 말고 있으시오. 내가 나중에 찾으러 갈 테니까."

"하하, 잘 생각했네!"

최진방은 좋아하며 장소산의 혼혈을 짚은 다음, 자루를 가져와서는 안에다 집어넣었다.

한참 후에야 정신을 차린 장소산이 깨어나 보니 자신이 있는 곳은 좁은 방 안으로 눈앞에는 최진방이 서 있었다.

최진방이 아혈을 풀어주며 물었다.

"여기가 어딘 줄 아느냐?"

장소산은 퉁명스럽게 대꾸했다.

"내가 어찌 알겠나."

"여긴 멸겁탑이라고 한다. 과거 무언계가 소요유와 결전을 벌인 탑을 다시 재건한 것이지."

장소산은 과거 임예정과 함께 무림맹 이곳저곳을 돌아다닐 때 이곳에 왔던 것을 떠올렸다. 그때 이 탑은 출입 금지 지역이라 밖에서 구경할 수밖에 없었다.

'그렇다면 여긴 여전히 무림맹의 내성 안이로군.'

최진방은 말했다.

"원래 이 탑은 적의 침입을 막기 위해 갖가지 함정과 복잡한 통로, 수많은 비밀 방을 가지고 있다. 다시 재건하면서 함정 같은 것은 없어졌지만 구조 자체는 똑같이 만들었지. 이 방은 탑에 있는 비밀 방 중의 하나이다."

장소산은 웃으며 말했다.

"당신이 무림맹 사람들에게 안 들킨 이유는 여기 숨어 있었기 때문이로군."

최진방은 솔직히 고개를 끄덕였다.

"그래, 맞다. 천명회와 그에 관계된 사람이라면 모를까, 다른 정파 인물과 만나면 곤란한 일이기에 최근 몇 달간 여기 숨어 있었지. 그게 무슨 뜻인지 알겠나? 네가 여기 있는 한 아무도 널 구하러 오지 못할 것이라는 거다."

누가 구하러 온다는 것은 애초부터 그다지 기대하지 않았다. 장소산은 어떻게든 최진방을 꼬여내서 자기 힘으로 탈출할 셈이었다. 잠시 궁리를 한 그는 물었다.

"그렇게 무공총람이 가지고 싶으시오?"

최진방은 순순히 고개를 끄덕였다.

"그럼 물론이지. 네가 순순히 책을 내놓는다면 풀어줄 수도 있다. 그러니 우리 좋게 해결하는 것이 어떠냐?"

장소산은 웃으며 물었다.

"무공총람에 왜 그리 집착하시는지 정말 모르겠군요. 차라리 천뢰에게 잘 보여 천명회의 무공을 배우는 편이 낫지 않소? 그 편이 오히려 무공 증진이 더 잘될 것 같은데."

"그 녀석들이 자기 무공을 순순히 가르쳐 주겠냐? 그리고 누가 무공총람의 무공이 천명회 무공보다 못하다고 그러냐?"

"당신이나 나나 열심히 무공총람을 익혔지만 천뢰에게는 상대도 되지 않지 않소."

"네가 약한 거야 네 무능력 때문이고, 내 경우는 네놈이 자꾸 책을 훔쳐 가서 제대로 익히지 못했기 때문인 거다!"

책을 도둑맞은 일이 떠오른 최진방은 화가 나 장소산을 몇 번 더 걸어찼다. 장소산은 엄살을 부리며 소리쳤다.

"날 때리면 죽어도 책을 숨긴 장소를 가르쳐 주지 않겠소!"

최진방은 때리는 걸 멈추고 말했다.

"지금 날 협박하는 거냐? 내 고문 실력 한번 보여줄까? 삼 일도 못 가 제발 책을 내놓을 테니 편히 죽여 달라고 애원하게 될걸?"

장소산은 물었다.

"아니, 왜 책을 내놓고 목숨까지 내놓는다는 거요. 내가 바보인 줄 아나?"

"그만큼 내 고문이 무섭다는 거다. 차라리 죽고 싶을 만큼."

사실 최진방에게 고문 기술 따위는 없었다. 단지 엄포일 뿐이었다. 장소산은 짐작을 하면서도 겁에 질린 표정으로 말했다.

"난 고문도 싫고, 죽고 싶지도 않소. 그냥 솔직히 말할 테니 날 풀어 주시오."

최진방은 시작도 안 했는데 상대가 순순히 나오자 기분 좋게 웃으며 물었다.

"그래, 책은 어디 있지?"

"개방 장사 분타주에게 맡겨두었소. 그 사람에게 가서 장소산이 맡겨둔 물건을 찾으러 왔다고 하면 내줄 거요."

"그래?"

상대가 순순히 불었음에도 최진방의 표정은 못마땅해 보였다. 왜냐하면 장사는 여기서 천 리가 넘는 거리라 가는 데만 밤낮으로 달려도 보름 이상이 걸린다. 왕복하면 최소 한 달 이상, 장소산의 말이 거짓일 경우 꼬박 한 달을 헛고생하게 되는 것이다.

"정말 책이 거기 있는 거겠지?"

"아, 혹시 그곳 분타주가 책을 안 내놓을지도 모르지. 원래는 내가 찾아간다고 했으니까."

최진방의 얼굴이 더욱 구겨졌다. 장사에 찾아갔더니 그곳 분타주가 장소산이 책을 맡긴 적이 없다 하고, 돌아와서 장소산에게 따져 물으니 분타주가 거짓말을 한다고 주장하면, 시간은 시간대로 낭비하고 상황만 난감해지는 것이 아닌가?

장소산이 최진방의 고민을 눈치채고 말을 덧붙였다.

"정 못 믿겠으면 날 데리고 가면 될 것 아니오."

최진방은 예전 임한정 부부와 함께 낙양으로 가던 일을 떠올리고는 고개를 흔들었다. 그 먼 길을 가는 동안 그때처럼 중간에 무슨 일을 당할지 어찌 알겠는가. 게다가 지수의 방에서 잠시 겨루어본 결과, 장소산의 무공은 자신보다 위였다. 중간에 자칫 제압이 풀리기라도 하면 자신이 꼼짝없이 당할 판이다.

생각해 보니 장소산을 여기 두고 책을 찾으러 가는 것도 문제였다. 굶어죽게 하지 않으려면 누군가 장소산을 보살펴 주어야 하는데 특별히 맡길 만한 사람이 없었다. 또한 이곳은 유자건도 잘 알고 있으니 자신이 없는 사이에 와서 장소산을 죽일 가능성도 무시할 수 없다.

책만 찾으면 장소산이 죽든 말든 신경 쓸 일이 아니지만 책을 둔 장소가 거짓일지 모르는 이상 그전에 죽으면 곤란한 것이다.

이럴 수도 없고, 저럴 수도 없으니 참으로 난감한 일이 아닐 수 없었다. 최진방이 잔뜩 찌푸린 얼굴로 고민에 빠져 있자 장소산이 어깨를 으쓱하며 말했다.

“거참, 순순히 말해줬는데도 이러니 참으로 난감하군.”

“내가 더 난감하다!”

최진방이 화를 내려 하자 장소산이 재빨리 말했다.

“나에게 좋은 방법이 있으니 들어보시겠소?”

“좋은 방법? 그게 뭐냐?”

“책을 찾으러 갈 것 없이 내가 무공총람 내용을 써주면 되는 것 아니겠소.”

물론 그렇게 하면 굳이 먼 곳까지 찾으러 갈 필요도 없고, 바로 확인하고 익혀볼 수도 있다. 하지만 그렇다고 아무 문제가 없는 것은 아니었다.

“네놈이 엉터리로 써줄지 어찌 아느냐?”

예전에 임한정에게 무공총람 수공편을 써달라고 한 적이 있었지만, 그건 낙양으로 가서 원본을 찾기 전까지의 임시였을 뿐이다. 무엇보다 최진방으로서는 장소산이라는 인간을 절대 믿을 수 없었다. 당연히 그가 써주는 무공총람 역시 마찬가지였다.

장소산은 피식 웃고는 말했다.

“당신이 날 신뢰할 수 없다면 할 수 없지. 하긴 나 역시 당신이 책을 얻으면 풀어준다는 말을 못 믿겠소.”

최진방은 속으로 조금 뜨끔했다. 그는 책만 얻으면 장소산을 죽일 작정이었다. 그런데 그때 퍼뜩 떠오르는 생각이 있었다.

“역시 장사에 책이 있다는 말은 거짓말이었구나!”

장소산은 태연히 대꾸했다.

“당신이 날 풀어준다는 말이 진실이면 내 말 역시 진실이고, 당신 말이 거짓말이면 나 역시 거짓말이겠지.”

“되지도 않는 말 좀 작작 지껄여라. 역시 네놈에게는 고문이 필요하겠구나!"

그러자 장소산은 물었다.

"그래서 내가 고문 끝에 책이 있는 장소를 불었다 칩시다. 당신은 그걸 믿으시겠소? 책이 무림맹 안에 있는 것이 아닌 이상 확인하려면 먼 길을 왕복해야 될 텐데."

최진방은 움찔했다. 생각해 보니 맞는 말이었다. 천명회의 힘을 빌리면 좀 더 빨리 확인할 수 있겠지만, 그들이 책은 없었다고 거짓말하고 꿀꺽해 버릴지 어찌 알겠는가.

그에게 장소산이나 천명회나 믿을 수 없기는 마찬가지였다. 아니, 근본적으로 세상의 그 누구도 안 믿었다.

성실한 사람일수록 남을 잘 믿고, 거짓말쟁이일수록 남을 못 믿는 법이다. 남을 자신과 빗대어 생각하기 때문이다.

그 점에 있어 최진방이라는 인간은 주인이었던 오절신군, 동료였던 오지경, 초연산, 김진파들을 속여 죽이고, 장소산을 함정에 빠뜨리고, 손을 잡았던 임한정을 협박한 최고의 거짓말쟁이라 할 수 있다. 그런 인간이 남을 믿는다는 것은 악인이 회개하여 부처가 되는 것만큼이나 어려운 일이었다.

그때 장소산이 말을 꺼냈다.

"우리 손을 잡는 것이 어떻겠소?"

최진방은 생각을 멈추고 물었다.

"손을 잡아?"

"당신이 천명회와 손을 잡은 것은 서로의 이익이 있기 때문이겠지. 그렇다면 그와 마찬가지로 당신과 내가 손을 못 잡을 것도 없지 않겠소? 당신이나 나나 서로 못 믿기는 마찬가지니 신뢰 관계는 기대할 수

없지. 하지만 서로의 이익이 부합한다면 잠시나마 서로 협력할 수는
있겠지.”

“어떻게 말이냐?”

“내가 무공총람을 주고, 당신이 날 도와주는 것이지.”

8

장소산은 최진방이 무공총람을 노리는 이유가 단순히 무공이 강해
지기 위해서가 아니라고 생각했다. 그렇지 않다면 천명회의 무공을 배
우는 쉬운 길이 있는데도 굳이 무공총람에 집착할 이유가 없다.

그가 볼 때 최진방은 예전에 만났던 오절신군의 하인, 아복처럼 오
절신군에게 동경 같은 것을 가지고 있는 것 같았다. 그리고 무공총람
을 익히면 자신도 오절신군같이 될 수 있다고 생각하는 것이다. 그렇
지 않고서야 무공총람에 대한 집착을 설명할 길이 없다.

예상대로 최진방은 상당히 솔깃해하는 것 같았다. 그가 생각하고 있
는 것을 보고 장소산은 좀 더 미끼를 흔들었다.

“내가 가지고 있는 무공총람은 예전에 당신과 임한정에게 훔친 신법
편, 수비편, 수공편과 이미 당신이 빼앗아 간 장법편뿐만이 아니오. 그
외에도 온전한 내공편, 심공편이 있지.”

“그게 정말이냐?”

최진방은 표정이 환해졌다. 신법편과 수공편은 이미 익혔으니 그렇
다 치더라도, 내공편은 반만 익혔고, 수비편은 제대로 읽어보지도 못하
고 도둑맞았으며, 심공편은 전혀 구경도 못해본 것이었다.

‘내가 이 녀석에게 무공총람을 모두 받으면 내가 이미 익히고 있는

신법편, 수공편, 권법편에다가 내공편을 보완하고 심공편, 장법편, 수비편까지 더하게 된다. 그럼 모두 일곱 권이나 모으게 되는 것이 아닌가!

그는 침을 꿀꺽 삼켰다. 원래 그가 천명회에 협력한 것은 무공총람 때문이었다. 자신이 일을 도와주고, 천명회가 무공총람을 찾게 도와준다는 조건이었다. 그러나 몇 년이 지나도록 영 소득이 없었다.

'이 녀석이 무공총람을 다섯 권이나 준다면 천명회를 배신 못할 것도 없지.'

하지만 최진방은 아무리 눈앞에 군침 도는 먹이가 있더라도 덥석 달려들 만한 순진한 인간이 아니었다. 그는 먼저 경계심을 돋우며 물었다.

"정말 나와 협력할 생각이냐? 우린 원수지간이나 마찬가지인데 어떻게 그런 생각을 했지?"

장소산은 웃으며 대답했다.

"나는 임한정과도 손을 잡은 적이 있소. 임한정이나 당신이나 나에게 한 짓은 마찬가지인데, 임한정과는 되고 당신과는 안 된다는 법은 없지 않소."

생각해 보니 그렇기도 하다. 최진방은 고개를 끄덕이고는 장소산에게 다시 물었다.

"그래, 네가 나에게 원하는 것은 뭐지?"

"나와 함께 천명회와 싸우는 것이오."

"천명회와 싸운다고?"

최진방은 살짝 인상을 찌푸렸다. 아무리 무공총람이 욕심난다고 해도 천명회와 싸우는 것은 목숨을 걸어야 하는 일이다. 거기다 그다지 승산도 없어 보였다.

장소산은 설명했다.

"당신은 그저 지금처럼 천명회 안에서 일하며 중요한 정보만 빼와서 알려주면 되는 것이오. 싸우는 것은 나와 마교의 힘만으로 충분하지."

"마교라고?"

"그렇소. 나의 뒤에는 마교가 버티고 있지. 천명회라는 것이 대단해 보여도, 사실 정파의 장로 몇 명과 그들이 기른 소수의 고수들이 전부 아니오. 지금은 정파 뒤에 숨어 있어서 상대하기 곤란한 것일 뿐, 제대로 붙으면 결코 마교의 상대가 안 되지."

최진방은 그럴듯하다고 생각하며 고개를 끄덕였다. 그는 장소산의 뒤에 마교가 있다는 말을 의심하지 않았다. 예전에 마교의 한중평과 채영신이 장소산을 구해간 일도 있고, 유자건까지도 장소산을 마교와 한패라고 말하지 않았던가.

그는 확실히 할 겸 물어보았다.

"마교가 천명회와 싸울 준비를 하고 있는 것이냐?"

"물론 그렇소. 천명회가 마교를 노리고 있는데, 마교라도 그걸 뻔히 보고 있겠소? 단지 함부로 나서기 곤란하고 천명회가 실체를 드러내지 않고 있으니 당장 손을 쓰지 못하는 것뿐이오. 당신이 천명회의 인물들이 전부 몇이고, 누구인지만 알려주면 나는 마교에게 알릴 것이고, 마교의 절대고수들이 그들을 쥐도 새도 모르게 죽여 버리겠지. 그럼 당신은 무공총람을 얻어서 좋고, 난 천명회 놈들을 없애 버리니 좋고, 다음은 볼일 다 끝났으니 과거는 털어버리고 깨끗이 헤어져 서로 상관하지 않으면 되는 것이오."

최진방은 고개를 끄덕이고는 물었다.

"그것 꽤 괜찮은 생각이군. 그럼 무공총람은 언제 받는 것이지?"

"당신이 천명회 명단을 준비하면 그것과 교환하기로 하지. 내가 책을 가져올 테니 그동안 당신은 천명회를 조사해 주시오.”

“하지만 그럼 널 놔줘야 하는 것 아니냐.”

“그럼 당신이 직접 무공총람을 찾아오든가. 내가 가르쳐 주는 장소를 믿을 수 있다면 말이오.”

“알겠다. 바로 네 말을 믿긴 어려우니 생각해 보겠다.”

최진방은 혹시나 장소산이 도망칠까 밧줄로 단단히 묶고 점혈까지 꼼꼼히 한 다음 나가 버렸다. 혼자가 된 장소산은 생각했다.

‘최진방이 약속을 지킨다면 무공총람을 내주지 못할 것도 없다. 하지만 절대 믿을 수 없는 자이니 빈틈을 보여서는 안 된다.’

어찌 되었든 최진방이 약속을 지키든 지키지 않든 일단 풀려날 수만 있다면 일은 성공한 셈이다. 상당히 자신의 말에 넘어간 것 같아 보이니 그 점은 문제없을 것 같았다.

다음날 최진방은 다시 찾아왔다.

“네 말대로 하기로 하지.”

“잘 생각했소. 그럼 일단 날 풀어주시오.”

“하지만 일단 약속의 증표로 무공총람을 한 권 받아야겠다.”

장소산은 눈살을 찌푸리고는 말했다.

“지금 당장은 책이 없소. 그리고 벌써 당신은 내가 가지고 있던 장법편을 가져가지 않았소.”

“그거야 너도 내 무공총람을 훔쳐 갔으니 피장파장 아니냐. 아니, 넌 두 권을 훔쳐 갔고, 난 한 권밖에 못 얻었으니 아직 손해지. 그러니까 우선 한 권 더 받아야겠다.”

“다시 한 번 말하지만 지금 당장은 책이 없소.”

최진방은 웃으며 말했다.

“그럼 다른 사람에게 연락해 가져오게 해라. 근처에 네 동료가 분명히 있을 것이다. 책과 널 교환하도록 하지.”

장소산의 표정이 굳어졌다.

“그런 태도로 나오면 앞으로 서로 간의 약속을 어찌 믿을 수 있겠소?”

최진방은 피식거렸다.

“어차피 너나 나나 서로 못 믿는 것은 마찬가지니 신뢰 관계를 따져서 무엇 하겠느냐. 그저 서로가 원하는 것을 주고받을 뿐이라고 너도 그러지 않았나? 그러니까 일단 첫 번째 교환으로 책과 네 목숨을 바꾸자는 것이다.”

장소산은 일이 잘못되었음을 깨달았다. 분명 어제까지만 해도 최진방은 자신의 말에 많이 기울어져 있었다. 그런데 하룻밤 만에 태도가 완전히 변한 것이다.

‘무슨 일이 있었던 건가?

순간 퍼뜩 떠오르는 생각이 있었다. 장소산은 최진방을 똑바로 보며 물었다.

“정파가 마교를 공격하려는 건가?”

잠시 놀란 최진방은 이미 들켰음을 깨닫고 대답했다.

“그래, 맞다. 잡힌 마교 놈들이 본거지를 불었다. 천뢰는 곧바로 무림맹과 정파의 힘을 모아 마교의 본거지를 치기로 했다. 오늘 바로 출발한다더군. 마교 놈들이 박살나면 강호는 천명회의 세상이 될 테니 아무리 무공총람이 욕심나더라도 천명회를 배신할 수는 없지.”

장소산은 입술을 깨물었다. 우려하던 최악의 사태가 발생한 것이다. 그런 그를 보며 최진방은 살기 띤 미소를 지었다.

“일이 이렇게 되었으니 약속이고 뭐고 때려치울 수밖에. 자, 무공총람이 있는 곳을 불어라."

"아직 늦지 않았소. 지금이라도 마교에 알리면……."

"필요없어!"

장소산은 어떻게든 설득하려 했지만 최진방은 넘어가지 않았다. 최진방은 채찍을 꺼내 마구 때리며 물었다.

"자, 말해라. 무공총람은 어디 있지?"

장소산은 신음을 흘리며 답했다.

"장사에 있소."

최진방은 인상을 찌푸렸다. 어제 했던 말과 똑같았다. 분명 거짓말일 것이라 판단한 그는 계속해서 장소산을 고문했다. 그때마다 장소산은 장사에 있다는 말만 되풀이했다.

고문은 일주일간 되풀이되었다. 장소산의 몸은 만신창이가 되었지만 늘 장사에 있다는 대답뿐이었다. 이렇게 되자 최진방도 이걸 믿어야 하나 말아야 하나 고민이 되었다.

'정말 장사에 있는 건가?

확실히 직접 확인하지 않는 이상 진전을 기대하기는 어려울 것 같았다. 최진방은 일단 장사로 가봐야겠다는 생각이 들었다.

'문제는 이 녀석을 어떻게 데려가느냐인데…….'

고민하며 그는 피투성이의 장소산을 쳐다보았다. 그때 문득 생각이 떠올랐다.

'맞아, 왜 그런 간단한 생각을 못했지?

최진방은 단도를 꺼내 들어 장소산을 툭툭 쳤다. 기절해 있던 장소산이 깨어나자 그는 말했다.

"내가 졌다. 장사가 가보도록 하지. 너도 데려가도록 하지."

장소산은 희미하게 웃었다.

"잘 생각했소."

"하지만 널 그냥 데려갈 수는 없겠다. 우선 네 다리를 하나 자르도록 하지. 그럼 도망 못 치겠지? 그리고 네 손버릇 나쁜 오른팔도 잘라야겠다. 미안하지만 그렇게라도 하지 않으면 정 안심이 안 돼서 말이야."

장소산은 새파랗게 질렸다. 채찍으로 맞는 것이야 고통스럽긴 하지만 나중에 천천히 치료하면 회복할 수 있다. 하지만 사지가 잘린다면 그대로 불구가 되어버리는 것이 아닌가!

"그런 짓을 하면 죽어도 무공총람이 있는 장소를 말해주지 않겠소!"

최진방은 히죽 웃었다.

"과연 그럴 수 있을까? 네 말대로 장사에 가서 무공총람을 찾지 못하면 네 남은 다리 하나도 자르겠다. 그리고 다시 묻겠다. 다음에도 거짓말일 경우 마지막 남은 팔도 자르기로 하지. 다음에도 거짓말이면 어떻게 할까… 그래, 눈으로 하기로 하지. 귀도 있고, 코도 있고, 혀도 있으니 자를 것이 넘쳐 나는구나. 어디 우리 둘이서 천하를 돌아보자꾸나."

장소산이 어떻게든 이 상황을 넘기기 위해 떠들어보았지만, 최진방이 아예 무시해 버리고 듣지 않으니 그야말로 속수무책이었다. 최진방은 단도를 치켜들며 외쳤다.

"그럼 우선 다리부터다!"

꼼짝없이 당할 판이었다. 그런데 그때 어디선가 외침 소리가 들려왔다.

"장소산, 어디 있나?!"

상황이 급박하니 누구의 목소리인지 생각할 틈이 없었다. 장소산은 있는 힘껏 소리쳤다.

“난 여기 있다! 살려다오!”

최진방이 깜짝 놀라 장소산의 아혈을 짚으려 했지만 이미 소리를 지른 후였다. 그는 장소산의 아혈을 짚고 밖의 동정을 살폈다.

‘어떤 녀석이지?’

더 이상 소리는 들리지 않았다. 최진방이 안도하는데 바로 탑의 아래쪽이 소란스러워지며 외침 소리가 들렸다.

“지금 구하러 가겠다!”

이곳 방은 탑의 중간 부분에 있었다. 누군지 모르지만 장소산을 구하러 온 자가 바로 아래까지 온 것이었다. 최진방은 당황하여 급히 비밀 방에서 나와 창에 고개를 내밀고 내려다보니 탑 아래에는 치열한 싸움이 벌어지고 있었다.

‘어떻게 된 거지?’

무림맹의 무인 백여 명이 두 명을 포위하여 싸우고 있었다. 놀라운 것은 두 명이 백 명을 상대로 싸우면서도 밀리지 않고 있다는 사실이었다.

‘엄청난 고수들이다! 저자들이 장소산을 구하러 왔다는 말인가?’

최진방은 비밀 방으로 돌아가 장소산을 들쳐 메고 도망치려 했다. 그렇게 막 탑을 내려가는데 계단에서 한 남자와 딱 마주치고 말았다.

“어라, 이게 누구신가?”

남자는 바로 한중평이었다. 그는 최진방을 보자마자 빙긋 웃었다.

“여기서 또 만나는군, 최진방 나으리.”

최진방은 즉시 들고 있는 채찍을 휘둘렀다. 한중평은 채찍 끝을 간단히 잡아 힘껏 당겼다. 최진방은 균형을 잃었고, 그사이 한중평이 달려들었다.

“윽!”

즉시 최진방은 메고 있던 장소산을 던졌다. 한중평이 장소산을 받자 그는 그 틈을 노려 공격했다. 참으로 시기적절한 공격이라 한중평도 미처 대응할 수 없었다.

'잡았다!'

그런데 그때 암기가 날아들었다. 한중평을 죽이기 전에 자기가 암기에 맞아 죽을 판이라 최진방은 절호의 기회를 포기하고 물러날 수밖에 없었다. 위기에서 벗어난 한중평은 계단 아래에서 암기를 날린 사람에게 감사를 표했다.

"고맙소, 수초 소저."

그는 장소산을 아래로 던졌고, 수초가 장소산을 받았다. 한중평은 빙그레 웃으며 최진방을 향해 말했다.

"이제 서로 간에 짐도 없으니 제대로 한번 싸워봅시다."

최진방의 안색이 변했다. 그는 한중평과 싸워 이길 자신이 없었다.

"제길!"

그는 위로 달려가더니 창을 통해 아래로 뛰어내렸다. 오층 높이였지만 그는 아래쪽에 싸우고 있는 무림맹 무인 하나를 발판으로 삼았다.

"악!"

무림맹 무인을 밟아 떨어지는 충격을 줄인 최진방은 그대로 몸을 날려 도망쳐 버렸다.

"훌륭한 경공이군!"

한중평은 감탄하고는 아래로 내려와 장소산에게 말을 걸었다.

"몸은 괜찮나?"

장소산은 고문으로 몸 상태가 말이 아니었지만 힘을 내어 물었다.

"당신이 여긴 어떻게?"

"자네가 여기 수초 소저에게 부탁하지 않았는가. 자네가 삼 일이 지나도 돌아오지 않으면 우리에게 연락하라고."

단지 수초를 떼어놓기 위해 한 말이 이런 결과를 낼 줄은 장소산은 몰랐다. 그는 한중평에게 물었다.

"날 구하려고 무림맹 속으로 뛰어들었단 말이오?"

"여기 수초 소저의 변장술로 안으로 들어오는 것까지는 문제없었어. 도중에 공파 영감이 얼빠진 짓을 하는 바람에 들켜 버렸지. 그래서 별 수없이 될 대로 되라는 식으로 자넬 찾아다녔지."

"잘도 여기로 왔군."

"이걸 받았거든."

한중평은 자수를 내밀었다. 자수에는 여기 탑의 모습이 수놓아져 있었다.

"누가 이걸 장소산에게 전해주라며 객점에 보냈더군. 자넬 찾아다니다가 탑을 보는 순간 자수 그림이 생각나서 이쪽으로 와보았지."

장소산은 자수를 보자 지수가 한 일이라는 사실을 눈치챘다. 그는 고개를 끄덕이고는 말했다.

"구해준 것은 고맙지만 들켰으면 도망쳐야지 안쪽인 이곳까지 오다니, 너무 무모한 짓이었소."

"하하, 별로 무모할 것은 없었어. 무림맹은 현재 소수의 수비 말고는 사람이 없으니까. 그렇게까지 위험하지는 않지."

장소산은 최진방이 한 말이 생각났다.

"큰일났소. 지금 천뢰가 정파를 이끌고……."

"알고 있네."

"알고 있다고?"

장소산은 어리둥절했다. 알고 있다면 바로 본거지로 돌아가야지 여기 있을 틈이 없지 않은가.

"그렇다면 돌아가지 않고 왜……."

"그야 자네부터 우선 구해야 하지 않겠는가."

장소산은 놀랐다.

"나보단 무명회가 중요할 텐데……."

"물론 그 일도 중요하지. 따로 사람을 보내놨으니까 연락이 갈 거야. 그리고 자네를 구하는 일도 다른 일 못지않게 중요하네."

한중평은 씩 웃고는 장소산의 머리를 두드렸다.

"우린 한편이 아닌가."

장소산의 표정이 멍해졌다. 한중평이 그를 재촉했다.

"자, 그럼 우선 여길 탈출하도록 하지."

장소산을 업은 한중평이 앞서 가고 수초가 그 뒤를 따랐다. 탑 밖으로 나가니 공파와 채영신이 무림맹의 무인들이 탑으로 들어가는 것을 막으며 싸우고 있었다.

"짐을 찾았으니 그만 돌아가자!"

한중평의 외침에 일행은 포위를 뚫고 달렸다. 무림맹 무인들의 수는 많았지만 추혼살 공파를 막을 고수는 없었다. 순식간에 포위가 무너지며 일행은 도망쳤다.

장소산은 한중평의 등에 업혀 가며 생각했다.

'동료… 인가.'

第二十九章

장소산에게 필요한 것

　장소산을 구출하여 무림맹을 탈출한 일행은 일단 가까운 객점에 모였다. 한중평이 장소산의 몸 상태를 살피며 물었다.

　"몸은 괜찮은가?"

　장소산이 고개를 끄덕이자 한중평은 말했다.

　"일단 자넨 여기서 쉬게. 나는 다시 무림맹에 들어가 볼 테니까. 또 구해낼 사람이 있어서 말이야."

　그가 말하는 사람은 사로잡힌 무명회의 오 인이었다. 그는 수초와 공파는 장소산의 치료와 보호를 위해 남겨놓고 채영신과 둘만이 무림맹에 잠입했다.

　그러나 며칠 후 둘은 실망한 표정으로 돌아왔다. 이미 그들은 고문 끝에 죽었다는 것이었다. 장소산은 죽은 그들에게 동정을 느낌과 동시에 한중평들이 구해주지 않았다면 자신도 그렇게 되었을 것이란 생각에 모골이 송연해졌다.

장소산은 일행에게 말했다.

"무명회의 본거지로 갑시다. 상황이 위급하니 한 명이라도 더 한편이 있어야 되지 않겠소? 난 가본 적은 있으나 길을 모르니 중평 형이 안내해 주시오."

한중평은 고개를 끄덕였다.

"알았다."

무명회의 본거지로 방향을 잡았다. 일행은 늦지 않기를 바라며 말과 마차를 준비하여 밤낮으로 달려갔다.

"괜찮아. 지금쯤 다들 연락을 받고 도망칠 준비를 하고 있을 테니까. 무림맹 녀석들은 한발 늦을걸?"

한중평은 태평하게 말했지만 사실 그의 속마음은 초조했다. 이십 일 간을 꼬박 강행군을 한 일행은 무명회의 본거지가 있는 야차산에 이르렀다. 그러나 이미 산은 무림맹과 정파의 고수들에 의해 포위당한 상태였다.

한중평은 당황하여 소리쳤다.

"뭐야, 다들 도망 못 친 거야? 연락이 가지 않은 건가?"

장소산이 그를 진정시키며 말했다.

"일단 상황부터 알아봅시다."

일행은 촌민으로 변장하여 정보를 모았다.

정파에서 산을 포위한 것은 벌써 오 일 전이었다고 한다. 천뢰는 본거지의 정보를 알아낸 즉시 무림맹 소속의 무인과 자신을 따르는 무인들을 출동시키고, 각파에 연락하여 야차산으로 집결하도록 했다.

엄청난 강행군이었다고 한다. 장소산 일행이 이십 일 걸렸던 것을 무림맹에서는 이십이 일이 걸렸다. 천 명이 넘는 무인들을 동원했는데도 이틀 차이밖에 나지 않은 것만으로도 얼마나 천뢰가 서둘렀는지 알 수 있었다.

무림맹은 산의 길이란 길은 모두 차단하고 있었다. 가끔 소수의 정예 무인들로 무명회의 본거지로 쳐들어갔지만 매번 격퇴당하자, 일단 공격을 중단하고 정파의 지원을 기다리며 탈출로만을 철저히 막고 있었다.

현재 각 정파의 고수들이 가까운 곳에서부터 도착하는 중이었다. 충분한 전력이 모였다는 판단이 서면 무림맹은 총공격을 가할 것이 분명했다.

"이거 안 좋은데."

계속해서 모여드는 고수들을 보며 한중평은 입술을 깨물었다. 현재 상황은 무명회에게 있어 절망적이었다.

장소산이 한중평에게 물었다.

"만일에 대비한 비상 탈출로 같은 것은 없소?"

"그런 것이 있을지도 모르지만 난 알지 못해."

"어쨌든 일단 마을로 들어갈 방법을 생각해 봅시다."

대책을 세우려 해도 먼저 안의 사정을 알아야 한다. 장소산 일행은 일단 무명회 마을로 들어가기로 했다. 한중평이 길을 설명했다.

"정면 입구는 무림맹에서 막고 있겠지. 그렇다면 서쪽으로 산을 넘어갈 수밖에 없어. 그쪽으로는 길도 없고, 절진까지 펼쳐져 있으니까 우리도 힘들겠지만 무림맹 역시 힘들겠지."

장소산은 고개를 끄덕였다. 한중평이 제시한 길은 예전에 그가 길을 잃고 헤매다가 무언계를 만난 곳이었다.

“그럼 갑시다.”

무림맹 무인으로 변장한 일행은 산을 올랐다. 확실히 서쪽은 다른 방향보다 경계하는 사람이 적었다. 일행은 별다른 문제 없이 한참을 갔다. 그런데 반쯤 이르렀을 무렵 무림맹 무인들이 그들의 앞을 가로막았다.

“너희들은 뭐냐?”

장소산이 재빨리 대답했다.

“우린 무림맹 청룡대 소속이오. 명을 받고 산의 서쪽 경계를 강화하기 위해 가는 길이오.”

그러자 상대방이 물어보는 것이었다.

“암호는?”

“에?”

장소산은 당황했다. 설마 암호 같은 것이 있었을 줄이야!

‘제길, 전에 삼대악인 잡을 때는 그런 것 없었잖아!’

상대방은 장소산이 대답을 못하자 즉시 무기로 손을 가져가며 다시 물었다.

“암호를 대답해라. 그렇지 않으면 공격하겠다.”

장소산은 웃으며 능청스럽게 말했다.

“미안하오. 급히 명을 받고 오느라 미처 암호를 듣지 못하고 왔지 뭐요. 좀 봐주면 안 되겠소? 같은 편인데 너무 빡빡하게 굴 것은 없지 않소.”

“암호를 말하지 않으면 무조건 적으로 판단하고 공격하라는 명이 있었다. 그런데도 그런 중요한 암호를 깜박한다는 것이 말이 되느냐? 안 되겠다. 너희를 결박하여 지휘소로 가서 확인해 봐야겠다.”

틀렸다는 것을 깨달은 채영신이 즉시 몸을 날려 한 명을 쓰러뜨렸다. 즉시 싸움이 시작되었다.

"역시 마교 놈들이로구나!"

무림맹 무인 하나가 품에서 작은 피리 같은 것을 꺼내더니 불었다. 장소산이 급히 막으려 했지만 한발 늦고 말았다.

삐익!

날카로운 소리가 산 전체로 울려 퍼졌다.

"망할!"

전세가 불리해지자 무림맹 무인들은 흩어져 도망쳤다. 장소산 일행은 그들을 쫓지 않고 길을 서둘렀다. 얼마 지나지 않아 한 무리의 무인들이 나타났다.

"저기다!"

나타난 무인들은 즉시 장소산 일행을 공격해 왔다. 장소산 일행의 무공은 뛰어났지만 상대편 역시 정파의 정예 고수들이었다. 쉽게 물리치지 못하고 싸움은 길어졌고, 그사이 다른 무리까지 나타났다.

"마교 놈들이다!"

언제 또 다른 무리가 나타날지 모른다. 일행은 싸움을 포기하고 서쪽으로 달렸다. 추격해 오는 정파 고수들의 수는 계속해서 늘어났다. 한참을 달려가니 앞을 가로막은 높은 절벽이 나타났다.

"올라가자!"

한중평이 소리쳤다. 장소산이 어이없어 하며 물었다.

"여길 올라가잔 말이오?"

"말했잖아, 원래 길이 아니라고."

일행은 절벽을 올랐다. 쫓아온 정파 고수들이 암기를 날려댔다. 다

행스런 것은 명문정파의 고수들이다 보니 암기를 사용하는 사람들이
별로 없었다는 점이었다. 일행은 크게 다치는 사람 없이 절벽을 계속
해서 올라갔고, 어느 정도 올라가니 더 이상 암기가 닿지 않았다.

정파의 고수들이 절벽을 오르며 쫓아오기 시작했지만, 무공 수준이
뛰어난 장소산 일행 쪽의 절벽 오르는 속도가 훨씬 더 빨랐다. 이대로
라면 상당히 거리를 벌릴 수 있다고 장소산은 안심했다. 그런데 가장
앞장서 오르던 한중평이 소리쳤다.

"이봐, 낭패인데!"

"뭐?"

위를 올려다본 장소산은 당황했다. 절벽 위쪽에도 정파 고수들이 있
는 것이 아닌가?

'정말 낭패로군!

손이 미끄러지거나 발을 잘못 디디면 그대로 떨어져 죽을 판인데,
위에서 암기나 돌들을 던지면 당해낼 길이 없었다.

한중평이 위를 향해 소리쳤다.

"이봐, 명색이 정파인데 정정당당히 싸워주겠지?"

위에서 웃음소리와 함께 대답이 들려왔다.

"너희 같은 마교 놈들을 상대할 때 정정당당할 필요가 어디 있겠느
냐."

위에 있는 정파의 고수들은 근처의 바위를 밀기 시작했다.

"자, 돌 굴러간다!"

장소산은 당황하여 아래를 내려다보았다. 바로 아래에서는 공파가
수초를 도우며 올라오고 있었다.

'이렇게 된 이상 이판사판이다!

장소산은 절벽 위까지의 거리를 재본 후, 공파를 향해 외쳤다.

"뛰어내릴 테니 날 위로 힘껏 쳐 올리시오!"

"알았다!"

장소산은 곧바로 아래로 뛰어내렸다. 공파는 양다리를 바위틈에 끼우고 양 손바닥으로 떨어지는 장소산의 다리를 받았다.

"하압!"

공파가 있는 힘껏 쌍장을 올려쳤다. 그 힘을 받으며 장소산은 위로 뛰어올랐다. 장소산의 몸은 화살처럼 위로 솟구쳐 올랐다.

"앗!"

아래에서 보고 있던 정파 고수들이 놀라 소리쳤다. 그러나 단숨에 절벽 위로 올라가기에는 힘이 부족했다.

"내가 간다!"

한중평이 소리치며 절벽을 잡고 있는 팔다리를 놔버렸다. 그의 몸이 허공으로 떨어지는 순간, 장소산이 그를 지나치려 했다. 한중평은 허공에서 반 바퀴 돌며 두 다리로 장소산의 발을 차올렸다.

다시 한 번 힘을 받은 장소산은 절벽 위까지 올라왔다. 그는 즉시 아래로 바위를 떨어뜨리려는 정파의 고수들을 쓰러뜨리고 아래를 내려다보았다.

"괜찮은가?!"

아래로 떨어지는 한중평은 공파가 낚아채 무사했다. 그는 거꾸로 매달려 흔들거리며 웃음을 터뜨렸다.

"우와, 죽는 줄 알았다!"

장소산은 안도했다. 그런데 그때 날카로운 검기가 파고들었다. 깜짝 놀라 피한 그는 검기의 주인을 보고 흠칫 놀랐다.

‘강연수!’

현재 장소산은 변장하고 있는 상태여서 그녀가 알아보지 못하는 모양이었다. 장소산은 잠시 당황했다.

“어쩌지?”

자신이라는 것을 밝히고 공격을 그만두게 하고 싶었지만, 다른 정파의 고수들이 보고 있는 지금 상황에서 그랬다가는 그녀까지 마교도로 취급받을 위험이 있었다.

장소산은 별수없이 싸울 수밖에 없다고 판단했다.

‘제길, 왜 이 여자하고는 이런 식으로만 만나게 되는 거야?!’

2

강연수는 굳은 표정으로 연신 검초를 뿌려댔다. 장소산은 급히 봉을 꺼내 검을 막았다. 둘은 순식간에 수초를 겨루었다.

그런데 한순간 강연수의 검이 놀라운 광채를 발하며 뻗어왔다. 장소산이 봉으로 막은 순간 강철로 된 봉이 싹둑 잘려 버리는 것이 아닌가!

‘검강!’

장소산은 경악했다. 설마 그녀의 무공이 이렇게나 늘었을 줄이야! 장소산이 청류와 무언계의 가르침을 받고 무공이 크게 성장하는 동안, 강연수 역시 그 못지않게 강해져 있었던 것이다.

검강이 봉을 자르고 장소산의 몸마저 자르려 했다. 장소산은 급히 타구봉을 꺼내 강연수의 검을 막았다. 개방 방주의 신물인 타구봉은 검강의 위력을 막아낼 수 있었다. 백광을 발하는 검과 청록으로 빛나는 봉이 수없이 교차하며 둘은 격렬하게 싸웠다. 주변의 다른 정파 고수들은 둘의 기세에 감히 끼어들 틈을 찾지 못했다.

서로 얽혀 싸우던 둘은 한순간 떨어졌다. 강연수가 돌연 입을 열었다.

"장소산."

장소산은 흠칫했다. 변장을 하고 있었지만 결국 알아본 것이다. 그는 쓴웃음을 지으며 대답했다.

"오랜만이오."

"그래."

강연수는 대답과 동시에 검으로 찔러왔다. 검에는 명백히 살기가 실려 있었다. 장소산은 급히 검을 막으며 소리쳤다.

"당신마저 내가 임 장문인을 죽이고 마교에 가담했다 생각하는 거요?!"

강연수는 반문했다.

"그럼 지금 아래에서 올라오고 있는 자들은 뭐지?"

"그건……."

장소산은 말문이 막혔다. 설명하자니 너무 복잡하여 싸우면서 해줄 겨를이 없었다.

"이건 사정이 있소. 결코 당신이 생각하는 그런 것이 아니오!"

"내가 뭘 생각하는데?"

그녀의 반문에 장소산은 순간 멍해졌다.

"뭐?"

강연수는 검을 휘두르며 외쳤다.

"내가 뭘 생각하는지 알지도 못하면서!"

"그게 무슨 소리……?"

장소산이 강연수의 검을 막으며 당황하는데, 가장 먼저 절벽을 오른 공파가 강연수를 향해 장력을 후려쳤다.

"큭!"

강연수는 견디지 못하고 뒤로 물러났다. 공파는 맹렬히 장을 마구 날렸다. 강연수는 침착하게 검을 휘둘러 장력의 위력을 해소시켰다. 공파는 놀라 혀를 내두르며 외쳤다.

"어린 계집애가 무공이 대단하구나!"

그사이 다른 일행도 절벽을 무사히 올라왔다. 강연수는 공파가, 다른 정파 고수들은 한중평과 채영신이 맡으니 완전히 전세는 이쪽의 우위였다. 장소산은 아래에서 기어 올라오는 정파 고수들을 보고 일행에게 소리쳤다.

"그만 싸우고 빨리 갑시다!"

"알았다."

공파는 대답하고 일행과 함께 달려갔다. 다른 정파의 고수들은 일행을 막을 수 없었다. 장소산은 일행의 뒤를 따르며 흘긋 돌아보았다. 강연수가 그를 바라보고 있었다.

"……."

순간 둘의 눈이 마주쳤다.

'지금 쓸데없는 말을 하면 그녀의 주변 사람들이 그녀를 오해하게 될 뿐이다.'

장소산은 생각하며 말없이 고개를 돌렸다.

"이제 얼마 안 남았어."

한중평이 일행을 격려했다. 계속해서 정파 고수들의 추격을 뿌리치며 일행은 마침내 절진에 이르렀다. 절진 안으로 들어가자 정파 고수들은 더 이상 추적하지 않았다.

"여기부턴 자칫하면 길을 잃고 헤매게 되니 모두 내 뒤를 절대 놓치지 말아요."

절진을 안내하는 사람은 한중평이 아닌 채영신이었다. 한중평은 겸연쩍게 웃으며 이런 쪽은 자신이 없다고 했다. 어찌 되었든 일행은 무사히 절진에서 나와 무명회의 마을에 도착할 수 있었다.

마을은 예전에 장소산이 있을 때와 별다른 것이 없어 보였다. 단지 농사짓는 사람이 눈에 띄지 않을 뿐이었다. 일행은 곧장 청류의 집으로 향했다.

"사부님!"

집 앞에 이르자 한중평이 외쳤다. 문이 열리며 청류가 나왔다.

"돌아왔구나."

"어떻게 된 겁니까?"

"어떻게 되긴, 너도 오면서 봤을 텐데?"

장소산은 앞으로 나서 청류에게 인사하고는 물었다.

"상황을 설명해 주십시오."

청류는 고개를 끄덕이고는 말했다.

"별로 이야기할 것도 없네. 연락을 받고 피하려 했으나 그전에 포위를 당하고 말았네. 그래서 이렇게 꼼짝 못하고 있는 것이지."

"도망칠 길은 없습니까?"

"있긴 한데 지금은 쓸 수 없네."

청류는 설명했다.

"만일에 대비해 준비해 놓은 비밀 통로가 있네. 문제는 밖으로 나가는 출구 근처에도 무림맹의 고수들이 있다는 거네."

"전력으로 돌파하면 안 됩니까?"

“물론 가능하지. 하지만 절반은 죽을 거야.”

“절반?”

“그래, 무공을 못하는 사람들 말일세.”

청류의 설명에 의하면 이 마을에 사는 사람들은 천 명 정도인데, 그 중 삼분지 이는 무공을 모른다는 것이다.

“탈출로를 이용하면 포위망을 돌파하는 것은 가능해. 그러나 무공을 할 줄 아는 사람은 도망칠 수 있겠지만 못하는 사람들은 금세 따라잡힐 거야. 결국 그들 대부분은 죽게 되겠지.”

모두의 표정이 굳어졌다. 청류는 그들을 훑어보고는 빙그레 웃으며 말했다.

“일단 밥부터 먹자.”

일행은 청류의 집에서 저녁을 먹었다. 날이 어두워지자 수비를 맡은 사람들을 제외한 마을 사람들이 이곳으로 모여들었다. 청류와 장소산 일행, 마을 사람들은 집 근처의 공터에 둘러앉았다.

얼마 후 정찰을 나갔던 사람이 돌아와 보고해 왔다.

“적들의 수는 계속 늘어 이제 이천이 다 되어 갑니다.”

청류가 고개를 끄덕이고는 말했다.

“처음의 수가 천 명 정도였지. 아마 이천이 되면 공격해 올 것 같군.”

마을 사람들의 웅성거림이 커졌다. 이곳에서 무공을 할 줄 아는 사람의 수는 삼백 명 정도, 일곱 배 가까이 되는 수를 당할 수는 없다.

청류가 고개를 돌려 장소산을 보며 물었다.

“자네 생각에는 어떻게 하면 좋겠는가?”

장소산은 즉시 대답했다.

"싸워서는 승산이 없으니 도망칠 수밖에요."

"어떻게 도망쳐야 하겠나?"

"역시 비밀 통로를 이용할 수밖에 없다고 생각합니다. 무공이 강한 사람들이 최대한 공격을 막으며 퇴로를 확보해 주어야 한다고 봅니다."

청류는 고개를 끄덕였다.

"내 생각도 그렇네."

그는 자신의 계획을 사람들에게 설명했다.

"아마 내일이나 모레쯤 총공격이 있을 것이야. 그렇게 되면 적의 전력 대부분이 마을 안으로 들이닥치겠지. 안으로 집중되면 자연히 밖은 소홀해질 터, 그 틈을 타 비밀 통로로 빠져나가도록 하지."

그는 말을 이었다.

"탈출에 성공하면 흩어지는 것이 좋겠네. 일반 백성으로 꾸며 천하 각지로 흩어져 동료들이 있는 곳으로 가도록 하게. 나중 일은 따로 연락하겠네."

이 마을이 무명회의 중심이긴 했지만 진정한 무명회의 힘은 이곳에 없었다. 이곳은 단지 신자들이 사람들의 시선을 피해 마음 편히 신앙 생활을 하기 위한 장소일 뿐, 무력의 대부분은 천하 각지에 정체를 숨기고 일반 문파 행세를 하고 있는 무명회의 지부에 있었다.

청류는 마을 사람들에게 이곳을 빠져나가면 어디로 가야 하는지 가르쳐 주었다. 무명회 지부의 정보는 이곳 사람들도 대부분 모르는 사실이었는데, 옆에서 듣고 있던 장소산은 예상보다 훨씬 무명회의 세력이 크다는 사실을 깨닫고 놀랐다.

'무명회가 정파와 싸울 마음을 먹는다면, 정파 쪽에서도 이기기 위해서는 엄청난 희생을 각오해야 할 것이다. 청류가 싸움을 피하는 것

은 자기들만을 위해서가 아니라 천하 무림을 위해서이기도 하다.'

어찌 되었든 지금 당장은 이곳의 있는 사람들만으로 사태를 해결해야 한다. 장소산 역시 청류의 계획이 최선이라고 보았다. 하지만 무림맹의 주의를 안으로 집중시키기 위해 남아 싸우는 사람들 대부분은 희생될 것이다.

청류는 세세한 지시를 마을 사람들에게 내렸다. 우선적으로 무공을 모르는 마을 사람들을 탈출시키고 무공을 하는 사람들이 그들을 호위한다. 대부분의 전력은 적의 주의를 집중시키기 위해 마을에서 싸워야 했다.

사람들은 군말없이 청류의 지시에 고개를 끄덕였다. 죽을 위험이 높은 최후까지 싸워야 하는 사람들 역시 두려움을 보이지 않았다.

마을 사람들이 돌아가자 청류는 고개를 돌려 장소산 일행을 보며 말했다.

"자네들은 잠시 나를 따라오게나."

일행은 청류의 뒤를 따랐다. 장소산이 물었다.

"어디로 가는 겁니까?"

"본 교의 유산이 있는 곳이네."

"유산?"

장소산은 의아해했다.

"그런 중요한 장소에 외인인 저희들이 가도 괜찮은 겁니까?"

청류는 웃으며 대답했다.

"지금 상황에서는 아무래도 상관없다네."

도착한 곳은 작은 동굴 앞이었다. 자연 굴에 두꺼운 철문이 달려 입구를 봉하고 있었다.

한중평이 놀라며 물었다.

"여긴 금지 구역 아닙니까?"

"그래, 너도 여긴 처음이겠지."

청류는 열쇠를 꺼내 잠긴 것을 열고 철문을 밀었다. 오랫동안 열리지 않았던 문은 힘겨운 소리를 내며 열렸다. 청류가 준비한 횃불을 나눠준 후 앞장서 걸어가고, 일행은 뒤를 따랐다.

동굴은 조금 가자 계단이 나타났다. 청류가 주의를 주었다.

"첫 번째 계단을 피하고 두 번째 계단만 밟게. 홀수 계단에는 함정이 있네."

함정에 주의하며 계단을 한참 내려가니 끝에는 다시 문이 있었다. 청류가 이번에도 문을 열었다. 석실이 하나 나타났다.

"이것들은……."

석실은 사방에 책장이 있고 수많은 책들이 꽂혀 있었다. 그 수는 족히 천 권이 넘어 보였다. 청류가 설명했다.

"과거 본 교가 정파의 공격을 받았을 때 교의 비전들이 세상에 유출되었지. 그 후 우리는 그것들을 되찾는 데 심혈을 기울였네. 이것들은 그 노력의 결과지."

장소산은 감탄했다. 이 많은 것을 모으기 위해 얼마나 많은 노력이 필요했는지 말하지 않아도 알 것 같았다.

"대단하군요."

"자, 그럼 모조리 태워볼까?"

청류의 말에 모두들 깜짝 놀랐다.

"태운다고요?"

3

한중평이 황당해하며 물었다.

"아니, 고생해서 모은 것을 왜 태운단 말입니까?"

청류는 태연히 대답했다.

"그렇지 않으면 남의 손에 넘어갈 것이 아니냐."

"가져가면 되지 않습니까."

"이 많은 책을 가져가는 것이 쉬운 일인지 아느냐. 자칫 정파의 손에 빼앗길 가능성이 높다."

"그럼 다시 되찾으면 되지요. 굳이 없애서 아예 다시 얻을 가능성까지 없앨 필요는 없지 않습니까."

"아니, 그럴 수는 없다."

청류는 고개를 저었다.

"단지 귀금속 같은 것이라면 네 말대로 해도 상관없지. 하지만 여기 있는 책들은 다르다. 익히는 것 자체가 재앙을 부르는 마공이나 사악한 주술 같은 것들도 다수 있다. 과거 본 교가 불탈 때 이 책들은 강호에 떠돌며 수많은 재앙을 뿌렸다. 그런 일이 또다시 발생하게 할 수는 없지 않겠느냐."

한중평은 말문이 막혀 고개를 숙였다. 청류는 미소 짓고는 한구석에 놓여 있는 주머니를 열었다. 기름이 담겨 있는 것이 오래전부터 이런 일이 있을 때 태울 생각을 하고 있었던 모양이다.

청류는 장소산, 수초들을 둘러보며 말했다.

"내가 자네들을 데려온 것은 우리 무명회가 단 한 권도 남기지 않고 책을 불태우는 것을 확인시켜 주기 위해서이네. 혹여 나중에 말썽의

원인이 되지 않도록 말일세."

"알겠습니다."

장소산은 고개를 끄덕였다. 그런데 그때 공파가 끼어들었다.

"난 절대 찬성할 수 없다! 여기 책들은 본 교의 보물들이다. 교주도 아닌 네가 감히 태울 권리는 없다."

청류는 공파를 보며 물었다.

"누구신지요?"

"추혼살 공파다. 교의 광명사자이셨던 천라신의 맥을 잇는 자다. 교의 무상대원에 불과했던 소요유의 사손인 너와는 다르지."

"본 교의 형제 분이셨군요. 몰라 뵈서 죄송합니다."

청류는 고개를 끄덕이고는 말했다.

"우리 교에 더 이상 교주는 없습니다. 아니, 교 자체가 없어진 지 오래이지요. 교의 서열을 논하는 것은 의미가 없다고 생각합니다."

"누구 마음대로?!"

공파는 외치며 청류에게 달려들며 손을 뻗었다. 청류는 태연히 서서 가볍게 손을 저었다. 반탄력이 발생하며 공파는 뒷걸음질쳤다.

장소산이 공파에게 말했다.

"쓸데없는 짓 마십시오. 당신의 무공으로는 청류의 적수가 되지 않으니."

"큭!"

굳이 듣지 않아도 공파는 한 수만에 그 사실을 실감할 수 있었다. 하지만 아무리 해도 책을 태우는 것은 납득할 수 없는지 소리쳤다.

"본 교의 무공에 확실히 위험한 무공이나 주술이 있긴 하다. 하지만 대부분은 그런 것과는 상관없는 교전들이다. 왜 모두 태워야 하는가!"

청류는 고개를 끄덕였다.

"맞는 말입니다. 이 서고에 있는 책들 중 위험한 것은 극히 일부지요. 십여 권 정도에 불과합니다."

채영신이 물었다.

"그럼 그것들만 태우면 되는 것 아닌가요?"

청류는 고개를 저었다.

"우리는 그것으로 납득할 수 있겠지만 세상은 그렇지 못하다."

그는 설명했다.

"사람들은 생각한다. 우린 마교이고, 마교의 것 중에 사악하지 않은 것은 없다고. 마교의 서고에서 나온 것이 단순한 천자문 책이라도 사람들은 그 안에 뭔가 비밀이 있을지도 모른다고 생각하겠지."

그는 쓴웃음을 짓고는 말을 이었다.

"아주 작은 꼬투리만으로도 사람들은 서로를 의심하고 불신을 키우는 법이다. 남을 의심하기는 쉬우나 믿기는 어렵다. 그러니 나는 모두 없앰으로써 모든 것을 깨끗이 하고자 하는 것이다."

채영신은 굳은 표정으로 말했다.

"하지만 우리가 그런다고 해도 정파는 분명 진짜 중요한 책은 숨겨 놓고 모두 태우는 척했을 것이라고 의심할 것 같습니다."

"물론 그럴지도 모르지. 하지만 말이다. 남을 믿게 하기 위한 최소한의 조건은 이쪽이 먼저 숨기는 것 없이 모두 드러내야 하는 법이다. 그들이 의심하고 우리 마교의 비전을 찾는다 해도, 책 부스러기조차 찾을 수 없다면 믿지 않고 싶어도 믿을 수밖에 없지 않겠느냐."

장소산은 청류의 말이 마음속으로 파고드는 것을 느꼈다. 뭔가 자신이 놓치고 있는 것이 있는 것 같은데, 그것이 무엇인지 알 수 없었다.

'뭐지?

청류가 말했다.

"자, 그럼 모두 태우자꾸나."

모두는 책장의 책을 모조리 밖으로 꺼내 한곳에 쌓았다. 청류는 누군가 책을 몰래 숨겨두고 있지 않은지까지 철저히 확인하고는 책 무더기에 기름을 뿌리고 불을 붙였다.

불길이 하늘 높이 치솟았다. 일행은 말없이 불길을 바라보았다. 한참을 그렇게 있는데 갑자기 밤하늘을 울리며 휘파람 소리가 들려왔다.

청류가 소리가 들려온 방향을 돌아보며 말했다.

"공격해 오는 모양이군. 이 불길 때문인가? 차라리 잘되었군. 서두르는 만큼 빈틈이 많겠지."

무림맹에서 불길을 보고 뭔가 사건이 생겼다고 판단해 공격을 서두른 모양이었다. 청류는 달려온 마을 사람들에게 침착하게 계획한 대로 행동하라고 지시했다. 마을 사람들은 알겠다고 대답하고 각자 맡은 역할대로 행동했다.

청류는 마을 사람들이 행동에 들어가는 것을 지켜보다가 장소산 일행에게 말했다.

"우리는 좀 더 여기 있기로 하지. 혹시나 안 타고 남은 책이 있을지 모르니."

책이 많은 만큼 모조리 태우는 데는 시간이 많이 걸렸다. 장소산 일행은 몇 번을 뒤집으며 골고루 타도록 했다. 그러는 사이 멀리서 들려오던 싸우는 소리는 점점 가까워졌다.

"서두르지 말게나. 아직 시간은 충분하네."

청류는 태연히 말했다. 장소산은 불안했지만 청류를 믿기로 하고 마음을 가다듬었다. 다시 시간이 흘러 책이 모두 타자 일행은 타지 않은 책이 없는지 꼼꼼히 확인했다.

확인이 모두 끝나자 청류는 말했다.

"다 되었군. 그럼 자네들은 먼저 가게나. 우린 나중에 가겠네."

장소산은 고개를 저었다.

"저희들만 갈 수는 없습니다."

한중평이 웃으며 말했다.

"정파와 싸우기는 껄끄럽지 않겠나. 여긴 우리가 싸울 장소이네. 자네가 싸울 장소는 따로 있어."

공파까지 교를 지키기 위한 싸움에 도망칠 수 없다고 해서 할 수 없이 무명회와 관계없는 장소산과 수초만이 먼저 출발했다. 가르쳐 준 대로 청류의 집으로 가니 방 안의 바닥이 열려 있고, 마을 사람들이 그곳을 통해 도망치고 있었다. 청류의 방바닥이 탈출로였던 것이다. 장소산과 수초는 마을 사람들이 모두 들어갈 때까지 기다렸다 마지막으로 들어갔다.

탈출로는 끝없이 아래로 내려가는 계단이 펼쳐져 있었다. 한참을 내려가도 좀처럼 끝이 보이지 않는 깊이였다. 아마도 산 아래쪽까지 이어져 있는 듯했다. 곳곳에 횃불이 밝혀져 있었지만 끝을 보이지 않는 아래는 지옥의 입구를 연상시켰다. 수초는 겁이 나는지 장소산의 옷자락을 힘껏 잡았다.

장소산이 웃으며 그녀에게 말했다.

"걱정할 것 없소."

내려가는 속도는 느렸다. 앞에 있는 마을 사람들의 걸음이 빠르지 않은 탓이었다. 한꺼번에 많은 사람들이 좁은 통로를 이용하려니 정체

가 심한 모양이었다. 장소산은 뒤를 돌아보며 걱정스런 표정이 되었
다.

'괜찮을까?'

청류가 이끄는 무명회의 고수들은 마을 사람들이 도망칠 시간을 벌
기 위해 필사적으로 싸우고 있을 것이다. 하지만 상대가 무림맹과 정
파의 연합 세력인 이상 아무리 그들이 마교의 후예라고 해도 오래 버
티지는 못할 것이다.

근 한 시진 만에 마침내 계단이 끝이 나고, 자연 동굴이 모습을 드러
냈다. 반각 정도를 더 전진하는데, 갑자기 앞서 가던 마을 사람들 사이
에서 동요가 일어났다.

'무슨 일이지?'

현재 위치에서는 앞에서 무슨 일이 일어났는지 알 수가 없었다. 장
소산은 초조하게 기다릴 수밖에 없었다. 한참 후에야 앞에서 전달되어
온 말소리로 상황을 파악할 수 있었다.

"적이다!"

정파의 고수들이 마을 사람들을 발견한 모양이었다. 장소산은 더 이
상 참지 못하고 수초에게 말했다.

"도망칠 수 있으면 날 기다리지 말고 도망쳐. 이곳에서 다시 만날
수 없으면 나중에 네 집에서 만나자."

그리고 그는 훌쩍 뛰어 동굴 천장의 종유석에 매달렸다. 상당히 미
끄러웠지만 장소산은 빠른 속도로 종유석을 타고 마을 사람들 머리 위
로 이동했다.

마침내 동굴 밖으로 나와 보니 동굴 앞은 아수라장이었다. 정파 고
수들이 마을 사람들을 공격하고 있었다. 무명회의 고수들이 싸우고는

있지만 지켜야 할 사람들은 많고 손은 부족했다. 무공을 모르는 마을 사람들은 겁에 질려 사방으로 흩어져 도망치다 정파 고수의 공격을 일 초도 버티지 못하고 죽어갔다.

장소산은 분노했다. 무공을 모르는 사람들을 아무렇지도 않게 죽이 다니!

"이게 무슨 짓이야!"

그는 무명회의 고수들은 피하고 약한 마을 사람들만 골라 죽이는 자를 발견하고 달려가 멱살을 잡으며 외쳐 물었다.

"네놈은 인간이냐! 저항 못하는 사람을 죽이다니!"

그 정파의 고수는 장소산에게 잡히자 겁을 먹었지만 곧 기세 좋게 소리쳤다.

"마교도에게 인정을 두어서는 안 된다!"

"개자식!"

그자를 후려쳐 날려 버린 장소산은 무명회 고수들과 함께 정파 고수 들과 싸웠다. 무명회의 고수들의 무공은 하나같이 일류였다. 수가 부 족해 공격을 허용했지만, 곧 태세를 정비해 반격하자 정파 고수들은 당 하지 못하고 도망쳤다.

하지만 문제는 지금부터였다. 근처에 있던 정파 고수들이 계속해서 몰려와 싸움이 계속되었다. 그 와중에 마을 사람들이 혼란에 빠져 사 방으로 흩어지기 시작했다.

"흩어져서는 안 되오! 모두 한곳에 모이시오!"

열심히 소리쳤지만 혼란에 빠진 마을 사람들의 귀에는 들리지 않았 다. 무명회의 고수들도 별수없이 도망치는 사람들을 따라 흩어질 수밖 에 없었다.

장소산 역시 혼란 중에 흩어져 십여 명의 마을 사람들을 지키며 도망치고 있었다.

"마교 놈들이다!"

사방에서 정파 고수들이 공격해 왔다. 장소산은 타구봉을 휘두르며 싸웠다. 계속되는 싸움에 그의 몸에 상처가 늘어났다.

'이대로는 안 된다!'

현재 그가 싸우는 상대는 세 명의 정파 고수였다. 상대의 무공이 상당하긴 했지만 그의 실력으로 못 이길 정도는 아니었다. 문제는 상대방은 이쪽을 죽이려고 드는데, 자신을 그럴 수가 없다는 점이었다. 살초는 쓰지 않고 제압하는 데만 주력하다 보니 제 실력을 낼 수가 없었다.

목숨 걸고 싸우는 판에 상대를 봐준다는 것은 어리석은 짓이다. 장소산 역시 그 점은 잘 알고 있었다. 하지만 자신도 천명회와 관계되어 진실을 알지 않았다면, 정파인으로서 상대방과 똑같이 무명회와 싸우고 있었을지도 모른다. 그렇게 생각하니 차마 살초를 쓸 수가 없었다.

"도망치시오!"

아무래도 안 되겠다고 생각한 그는 뒤에서 떨고 있는 마을 사람들에게 소리쳤다. 그런데 그 말이 오히려 역효과가 나버렸다.

"그렇게는 안 되지!"

싸우던 상대 한 명이 빠지더니 마을 사람들에게 달려들었다.

"안 돼!"

그때 한 인영이 날아들었다. 검을 치켜들고 달려들던 정파 고수가 피를 토하며 쓰러졌다. 한편이 도와주러 왔다고 생각했던 장소산은 상대방 얼굴을 확인하고 놀랐다.

“당신은 무림맹에서의 살인범?!”

4

나타난 사람은 다름 아닌 천명회의 마공을 익힌 고수 유마였다. 그는 장소산을 돌아보며 싱긋 웃었다.

“안녕.”

그리고는 몸을 날려 장소산과 싸우던 두 명의 정파 고수를 향해 달려들었다. 깜짝 놀란 정파 고수들이 대항하려 했지만 유마의 공격을 막을 수는 없었다. 곧 그의 잔혹한 손아귀에 목이 꺾여 절명했다.

정파 고수들을 모두 처리한 유마는 웃으며 장소산에게 말했다.

“수염을 자른 건가? 아니면 변장을 푼 건가? 어쨌든 지난번과는 용모가 많이 달라졌군. 하지만 아무리 모습이 변해도 한눈에 알아볼 수 있었다. 네가 지닌 무공, 기도는 달라진 것이 없으니까.”

장소산은 상대가 무명회의 인물이라고 생각해 버렸다. 그럴 만도 한 것이, 마공을 쓰고, 무림맹에서 천뢰와 대립했고, 이번에 도와주었기 때문이다.

“도와주어서 감사합니다. 무림맹에서는 오해가 있어 싸우긴 했지만……..”

“아니, 오해 따위는 없었어.”

유마는 웃으며 손을 저었다.

“난 유마라고, 일단은 천명회 사람이다. 네가 마교 쪽이니 싸우는 것이 당연할 수밖에.”

장소산은 놀랐다.

“천명회라면 어째서 마공을…….”

“천명회는 정파의 무공만을 연구한 것이 아니지. 마공 역시 연구했고, 그 결과물 중 하나가 바로 나다.”

“하지만 그때 천뢰가 당신을 죽이려 했지 않소.”

“아, 그거 말인가? 그 녀석 하고는 좀 이런저런 사정이 있었지. 하지만 그런 것은 이제 아무래도 상관없어.”

유마는 히죽 웃으며 장소산을 바라보았다.

“지금 당장 중요한 것은 너와 결판을 내는 것이니까.”

장소산은 마을 사람들에게 먼저 가라고 손짓했다. 마을 사람들은 머뭇거리다가 도망쳤고, 유마는 그들을 내버려 두었다.

“신경 쓸 녀석들도 없고 홀가분해졌겠지? 그럼 싸워볼까?”

장소산은 경계하며 물었다.

“싸우기 전에 하나 물어봅시다. 왜 날 노리는 거요? 천뢰가 죽이라고 시켰소?”

“그 녀석과는 상관없어. 간만에 싸워볼 상대를 만났기에 붙어보려는 것뿐이니까. 대답은 충분히 된 것 같으니 공격하겠다!”

말이 끝남과 동시에 유마가 화살처럼 날아들었다. 장소산은 급히 수비편의 무공으로 유마의 공격을 막았다. 유마는 혈마수를 펼치며 장소산의 사혈을 노려왔다. 장소산은 수공편의 무공으로 대응했다. 서로의 손이 마구 얽혀 들어갔다.

“합!”

장소산은 수심파를 내질렀다. 유마는 횡으로 피하며 각법으로 전환했다. 마왕군림보라는 무공이었다. 장소산은 수비편과 장법편의 무공을 적절히 섞어가며 상대했다.

순식간에 십여 초가 지나갔다. 한순간 장소산이 맹렬히 공격하다 뒤로 물러섰다. 잠시 격렬한 싸움이 멈추고 둘은 대치했다.

"이상하군."

장소산이 입을 열었다.

"예전 무림맹에서 싸울 때 당신의 무공은 분명 나보다 위였소. 또한 너무나 파괴적이라 일 초 일 초에 생사가 오갔지. 하지만 지금 당신의 무공은 그런 힘이 없소. 정파 고수들과 싸우느라 많이 지친 나와 엇비슷한 정도밖에 되지 않는군."

유마는 부정하지 않고 히죽 웃었다.

"꽤나 날카롭군."

"내 생각에 당신은 천뢰에게 입은 상처가 다 낫지 않았을 것이오. 가슴에 검이 박혀 당장 죽어도 이상할 것이 없었을 정도였으니. 그런 상태로는 본래 실력을 낼 수 없을 것이오."

유마는 대답하지 않았다. 이것을 긍정으로 판단한 장소산은 제안했다.

"나중에 다시 만전의 상태가 되었을 때 싸우기로 합시다. 당신이 완전한 상태가 아니듯 나 역시 당신과 싸우고 있을 여유가 없소. 언제 어디서 다시 싸울지 약속하고 오늘은 그만두는 것이 어떻겠소?"

유마는 고개를 저었다.

"거절한다."

장소산은 이해할 수 없었다.

"아니, 왜? 지금 싸운다면 설사 이긴다고 하더라도 만족스럽지 못할 텐데?"

"나중이라도 어차피 만족스럽지 못하긴 마찬가지야. 아니, 나중에는 그나마 싸울 수나 있을지 모르겠군.”

“그게 무슨……?”

“자, 봐라.”

유마는 입을 벌리더니 자신의 앞니를 잡아당겼다. 그러자 그대로 쑥 하고 이가 빠져 버리는 것이 아닌가?

“봤나? 지금 내 몸은 붕괴되고 있다. 아마 앞으로 반년이면 죽을걸? 지금 아니면 너와 싸울 기회가 없지.”

장소산은 놀라 눈이 휘둥그레졌다.

“어째서?”

“마공의 부작용이지. 애초에 불완전한 마공을 억지로 익힌 탓이다. 거기다 천뢰 녀석에게 검을 한 방 맞고 나니 육체의 균형이 무너졌는지 급속도로 부작용이 커지더군.”

유마는 장소산의 눈에서 동정을 읽고 키득거리며 말을 이었다.

“날 불쌍하다고 생각하나? 원래 천명회에서 무리하게 무공을 익히다 죽는 경우는 부지기수야. 또한 성장이 신통치 않으면 그대로 버려지지. 난 원래 수련 성과 미달로 버려질 예정이었는데, 마공을 익히는 역할이 되어 지금까지 남아 있었던 것이다. 죽거나 버려진 다른 녀석들보다는 그나마 나은 편이지.”

장소산은 잠시 생각하다 표정이 밝아져 말했다.

“나와 함께 갑시다. 마교의 후예인 무명회의 지도자 청류를 만나게 해주겠소. 그라면 당신의 불완전한 마공을 고쳐 줄 것이오.”

유마는 히죽 웃고는 물었다.

“나보고 천명회를 배신하라고?”

“천명회는 당신을 그런 꼴로 만들었소. 피해자인 당신은 가해자인 천명회에 아무 유감이 없단 말이오?"

"유감? 유감이야 많지. 천명회의 장로 놈들은 다 잡아 죽여도 시원치가 않다. 또한 천명회의 강호 일통 따윈 전혀 관심 없다."

"그렇다면……."

"단!"

유마는 장소산의 말을 가로막고는 말했다.

"네 편이 될 수는 없어."

장소산으로서는 이해할 수 없었다.

"어째서?"

유마는 웃으며 대답했다.

"동문이니까."

그는 말을 이었다.

"천뢰, 자건, 그 녀석들은 어떻게 생각할지 몰라도 난 그 녀석들과 동문이다. 그놈들을 도와줄 생각은 없지만, 그렇다고 그들을 망칠 수는 없다."

"이해할 수 없군."

"넌 사형제가 없는 모양이지?"

장소산은 고개를 끄덕였다.

"그렇소."

"그렇다면 모르겠지. 어린 시절부터 함께 자라온 형제와 같은 것이 어떤 것인지. 아무리 다투고 밉다고 해도 형제란 관계는 버릴 수가 없는 법이다. 절대 타인이 될 수 없는 존재이니까. 왜냐하면 추억이 있으니까."

"추억?"

유마는 웃었다. 너무나 즐거운 표정이었다.

"그래, 힘든 수련을 끝마치고 함께 둘러앉아 먹던 저녁 식사… 몇 번 되지도 않고 곧 서열이 정해지면서 다신 그럴 수 없게 되었지만, 난 그때를 기억해. 이 추억이 머리 속에 남아 있는 한 난 그들을 배신할 수는 없어."

장소산이 물었다.

"그들은 그렇게 생각하지 않을 텐데? 당신의 가슴에 검을 꽂았지 않소."

"물론 그렇지. 아마 그 녀석들은 날 방해꾼으로 보고 죽일 생각이겠지. 하지만……."

유마는 피식 웃었다.

"아무리 그래도 형이 동생의 장래를 일부러 망칠 수는 없지 않겠나. 아량 넓게 용서해 주어야지. 안 그래?"

그는 표정을 바꾸었다.

"잡설이 길었군. 어찌 되었든 난 결심했다. 어차피 죽을 목숨, 날 이 꼴로 만든 잘난 마공을 실컷 써서 싸우다 죽겠다고. 네가 날 동정하든 말든 난 너와 싸운다. 그리고 죽인다. 네가 죽고 싶지 않으면 날 죽일 수밖에 없을 것이다."

그의 몸 주위로 붉은 기운이 퍼져 나가기 시작했다.

"자, 봐라! 이것이 바로 마공 최고의 경지, 수라혈신! 내가 펼칠 수 있는 최강의 공격이다. 네가 막을 수 있겠나?!"

장소산은 입술을 깨물었다. 싸울 수밖에 없다. 싸우지 않으면 자신이 죽게 될 것이다. 그는 자세를 가다듬으며 자신이 펼칠 수 있는 최고의 무공, 혼의 권을 준비했다.

“간다!”

유마의 붉은 기운이 활짝 펼쳐졌다. 마치 한 마리의 불사조 형상이 되어 그는 장소산에게 날아들었다.

“수라혈신!”

장소산 역시 모든 힘을 다해 주먹을 내뻗었다. 그의 주먹이 눈부신 빛을 발하며 유성처럼 뻗어갔다.

‘혼의 권!’

불꽃의 새와 빛의 주먹이 격돌했다. 빛의 주먹이 불꽃의 새를 헤집으며 파고들었고, 불꽃의 새는 날개를 펼치며 장소산의 몸을 휩쓸었다. 둘의 공격의 여파가 주변을 뒤덮으며 굉음이 터져 나갔다.

콰콰콰쾅!

천지를 진동하는 듯한 뇌성이 끝나자 정적이 자리했다.

“커억!”

장소산이 피를 토하며 주저앉았다. 그의 몸은 온통 화상과 상처로 가득했다. 그는 거친 숨을 내쉬며 뒤를 돌아보았다.

유마가 그곳에 서 있었다. 그는 장소산을 내려다보며 빙그레 웃었다.

“내가 이겼군.”

그는 최후의 일격을 가하기 위해 팔을 치켜들었다. 장소산에게는 더 이상 대항할 힘이 없어 지켜볼 수밖에 없었다.

“그럼 죽…….”

그런데 막 일격을 가하려는 순간, 치켜든 유마의 팔이 힘없이 어깨에서 갈라지며 바닥에 떨어졌다.

“어?”

멍한 표정으로 팔이 떨어져 버린 어깨를 본 유마는 피식 웃고는 장소산을 돌아보며 말했다.

"내가 이긴 줄 알았는데 아니었나 봐."

말을 끝냄과 동시에 유마는 무너지듯 쓰러졌다.

"……."

장소산은 나무에 등을 기대고 주저앉은 채 멍하니 죽은 유마를 바라보았다. 그를 죽인 것은 자신이 아니었다. 한계에 달한 몸으로 무리하게 마공을 펼치다 스스로 자멸한 것이었다.

'그런 식으로 이겨보았자 무슨 의미가 있을까?

잠시 생각에 잠겼던 장소산은 이러고 있을 때가 아니란 생각에 무리하게 몸을 일으켰다. 그런데 막 걸음을 옮기려는 그의 눈앞에 언제 나타났는지 한 명의 여인이 서 있었다. 장소산은 쓴웃음을 지으며 말했다.

"또 만났군."

강연수가 무표정하게 대답했다.

"그렇군."

5

그녀는 검을 뽑아 들고 장소산에게로 다가갔다. 장소산은 그 모습을 앉은 채로 가만히 보고만 있었다. 움직이려 해도 움직일 수 없었기 때문이다.

강연수의 검이 장소산의 목에 겨누어졌다. 장소산은 말없이 그녀를 바라보았다. 둘의 시선이 마주쳤다.

"변명 안 해?"

장소산은 웃으며 말했다.

"모두 오해요."

"뭐가?"

"난 숭산 임 장문인을 죽이지도 않았고, 사문을 배신하지도 않았소. 난 어쩌다 보니 음모에 휩쓸렸고, 지금 누명을 벗기 위해 동분서주하는 중이오."

"그게 끝이야?"

장소산은 고개를 끄덕였다.

"믿지 못하겠다면 할 수 없지만……."

"그거 말고 나에게 할 말은 없냐고."

"뭐……?"

짝!

장소산의 고개가 돌아갔다. 그는 멍하니 자신을 때린 강연수의 손바닥을 보았다.

"이게 무슨……?"

말하려던 그는 강연수의 얼굴을 보고 굳어졌다. 그녀의 눈가에 눈물이 글썽이고 있었다.

"정말 나에게 할 말이 없어?"

"그, 그게……."

짝!

또다시 강연수는 따귀를 때렸다. 그리고 또다시 물었다.

"아직도 나에게 할 말 없어?"

"자, 잠깐 뭘 말하라는 건지 알고나……."

짝!

장소산은 또다시 따귀를 맞았다. 이렇게 되니 그로서도 화가 치밀어 올랐다.

"날 믿지 못하겠다면 죽이든가 말든가 맘대로 하시오!"

"믿지 못한다고?"

강연수는 검을 치켜들었다. 검이 무서운 기세로 장소산에게로 날아들었다. 이제 죽나 보다라고 생각한 장소산은 눈을 질끈 감았다.

"……?"

아무 일도 일어나지 않았다. 아니, 얼굴에 뭔가 닿는 것이 있었다. 눈을 떠보니 검은 장소산 머리 위의 나무에 박혀 있었다. 그리고 고개를 숙이고 있는 강연수의 눈에서 떨어진 눈물이 그의 얼굴에 떨어졌다.

"너야말로……."

강연수는 말했다.

"너야말로 왜 날 믿지 않는 거지?"

그녀의 양손이 장소산의 어깨를 눌렀다.

"숭산에서도, 설죽산장에서도, 주가장에서도, 개방 일에서도, 무림맹에서 벌어진 일도……. 넌 언제나 그랬어. 나에게는 아무 말도 하지 않고 멋대로 사라져 버렸다 멋대로 나타나서는 모든 것을 숨기고, 날 모른 척하고……."

그녀는 울며 외쳤다.

"왜 나에게 솔직하게 말해주지 않는 거야?!"

장소산은 흐느끼는 강연수를 안았다. 무슨 말을 해야 할지 아무 생각도 나지 않았다. 강연수는 계속해서 말해갔다.

"도와달라고, 함께 싸우자고, 왜 말하지 않지? 너에게 나는 믿을 수 없는 남일 뿐이란 말이야? 그런 거야?"

장소산은 한숨을 내쉬었다. 자신이 그녀를 위해서 한 행동이라는 것이 오히려 그녀를 괴롭게 했던 것이다. 그는 머뭇거리다가 간신히 한 마디 말을 꺼냈다.

"미안하오."

장소산은 모든 것을 털어놓았다. 자신이 임예정을 만나 사건에 뛰어든 것을 시작으로 지금까지 겪었던 일들을……

"그래서 임 장문인은 천뢰의 손에 죽고……"

그때였다. 누군가 걸어오는 소리와 함께 목소리가 들려왔다.

"여기 있었군. 정파의 배신자, 장소산."

나타난 사람은 유자건이었다. 그는 무림맹에서 장소산이 도망쳤다는 소식을 듣고 분명 이곳으로 왔을 것이라 짐작하고는 그를 찾고 있었던 것이다.

그는 장소산의 상태와 죽은 유마를 통해 상황을 짐작하고 웃었다.

'이번에야말로 놈을 죽일 절호의 기회다.'

검을 뽑아 든 유자건은 강연수에게 말했다.

"강 여협은 물러나시오. 내가 처리할 테니까."

강연수는 눈물을 닦았다. 그리고 장소산에게 물었다.

"말해줘. 넌 내가 어떻게 해주길 바라지?"

장소산은 웃었다. 그는 이제야 깨달을 수 있었다. 자신에게 필요한 것이 무엇인지, 천뢰를 이길 수 있는 힘이란 것이 무엇을 말하는지……

"강 소저, 도와주시오."

강연수는 웃었다. 그녀는 손을 내밀어 장소산의 머리를 쓰다듬었다.

"진작 그럴 것이지."

유자건은 표정을 찡그렸다. 설마하고 생각했지만 강연수가 장소산의 편을 들다니.

"강 여협, 당신이 지금 날 막는 것은 장소산과 마찬가지로 사문을 배신하고 마교와 한패가 되는 것이오. 그래도 상관없겠소?"

강연수는 나무에 박힌 검을 뽑아 들고 몸을 돌려 유자건을 바라보았다. 그리고는 검을 치켜들며 대답했다.

"상관없어."

유자건의 얼굴이 더욱 일그러졌다.

"흥, 이래서 여자란 것은. 남자에게 빠져 사문도 명예도 다 팽개치겠다는 건가? 정말 한심하군."

"너야말로 한심하군. 그런 식으로밖에 생각하지 못하다니."

강연수는 말했다.

"난 장소산을 믿어. 그가 결코 사문을 배신할 사람이 아니라는 것과 협의를 잃지 않았다는 것을. 그건 애정 이전의 문제, 즉 신뢰야."

"신뢰?"

"그래. 그가 나를 믿고 부탁해 오면 그에 마땅히 응답해 주는 것, 그것이 바로 신뢰."

"흥, 웃기지 마라!"

유자건은 외치며 벼락같이 강연수를 공격했다. 얼른 그녀를 없애 버리고 장소산을 처리할 생각이었다. 그러나 강연수와 검이 마주치는 순간, 유자건은 소름이 돋는 것을 느끼며 뒤로 물러났다.

"아니?"

유자건의 얼굴에 한줄기 피가 흐르고 있었다.

"날 얕보지 않는 것이 좋을걸, 유자건."

강연수는 검을 겨누며 말했다.

"무당제일기재 무당일수 유자건, 스승을 능가한 지 오래고 무당산 내에서 적수가 거의 없다지? 하지만 그건 나 역시 마찬가지야."

유자건은 침을 삼키며 눈앞의 강연수를 쳐다보았다. 도저히 믿을 수 없었다. 일 년 전, 그는 여우 가면으로 정체를 숨기고 동료들과 함께 최진방을 미행하는 강연수를 공격하여 제압한 일이 있었다. 비록 기습이었지만 단 일 수에 그녀를 제압했던 그때, 그와 강연수의 무공 차이는 너무나 확연했다.

'불과 일 년 사이에 이렇게나 강해졌단 말인가?

강연수가 공격해 오자 유자건은 급히 막았다. 서로의 검이 검광을 번뜩이며 치열하게 격돌했다. 그야말로 용호상박! 막상막하의 접전이었다.

그런데 싸움이 백여 초에 이르자 승부의 추가 강연수 쪽으로 기울어지기 시작했다. 유자건의 힘이 다한 것이 아니었다. 무공에서 강연수가 우위였던 것도 아니었다. 아니, 사실 막 싸우기 전까지만 해도 유자건 쪽의 무공이 약간 위라고 할 수 있었다.

그럼에도 이런 결과가 나온 이유는 다름 아닌…….

'싸우면서 강해진다?!'

유자건은 경악했다. 분명 싸우기 시작할 때만 해도 비슷했는데, 시간이 갈수록 강연수의 검법에서 허점은 사라지고 위력은 증가하는 것이 아닌가!

싸움을 지켜보던 장소산이 쓴웃음을 지으며 중얼거렸다.

"무언계가 말하던 싸움을 거듭할수록 강해진다는 인간이 정말로 세상에 있었군."

유자건은 당황했다. 강연수의 모습은 그가 세상에서 유일하게 경애하고 승복하는 한 사람을 떠올리게 했다.

'천뢰!'

그는 믿을 수 없었다.

'천뢰와 같은 천재가 이 세상에 또 한 명 있었단 말인가?!'

당황한 그는 허점을 만들어내고 말았고, 강연수는 그 기회를 놓치지 않았다. 검기가 그의 가슴을 갈랐다.

"악!"

피가 튀어올랐다. 유자건은 비명을 지르며 도망쳤다. 살짝 베인 정도였지만 그는 이미 전의를 상실하고 있었다.

강연수는 쫓을까 하다가 부상이 심한 장소산을 혼자 놔둘 수 없다고 판단했다. 그녀는 몸을 돌려 장소산을 부축해 일으켰다.

"유자건 녀석이 한패를 끌고 올지 모르니 피하는 것이 좋겠어."

"알았소."

둘은 싸움터를 피해 산을 내려갔다. 무명회 사람들과 수초 등이 어떻게 되었는지 알고 싶었지만, 산 위의 상황은 대혼란이라 아무것도 알아낼 수 없었다. 하루가 지나고서야 들려온 소식에는 천뢰가 이끄는 정파 고수들의 공격에 마교의 무리들의 대다수가 몰살당하고 나머지는 도망쳤다는 것이었다.

몇몇 무명회의 고수들과 합류하여 안전한 곳에 숨어 소식을 들은 장소산은 태연히 웃으며 말했다.

"어차피 천뢰가 자기 공을 키우려고 하는 말일 테니 믿을 수는 없지.

도망쳤다는 말이 있는 것을 보니 절반 이상은 무사한 모양이군."

강연수가 물었다.

"이제부터 어떻게 할 거야?"

장소산은 그녀를 바라보며 말했다.

"나는 지금까지 잘못 생각하고 있었소. 아마 임한정과 최진방에게 속은 후 마음 한구석에서 아무도 완전히 믿어서는 안 된다고 생각했던 모양이오. 그래서 누구에게도 도움받지 않고 혼자서 무슨 일이든 해결하려고 했었지."

그는 쓴웃음을 지으며 머리를 긁적였다.

"정말 난 멍청했소. 혼자서는 천뢰와 천명회를 이길 수 없다는 것을 뻔히 알고 있었으면서……. 난 도움을 청해야 했던 거요. 당신과 그 외 많은 사람들에게 사실을 최대한 알려서 함께 천뢰와 싸울 힘을 모아야 했소."

강연수는 웃으며 물었다.

"그래서 누구에게 가장 먼저 도움을 청할 건데?"

"그야 당연히 나의 사문이지."

장소산은 말했다.

"개방으로 갑시다."

『무공총람』 5권으로 이어집니다